司馬中原精品集35
黿神廟傳奇
司馬中原 著

龜神廟傳奇

目錄

一、拜龜神 05
二、魅惑 19
三、帶刺的玫瑰 32
四、孽緣的陰影 46
五、靈驗 58
六、野漢子 68
七、大雷雨 83
八、鑄情 95
九、慾夢 126
十、風聲 150

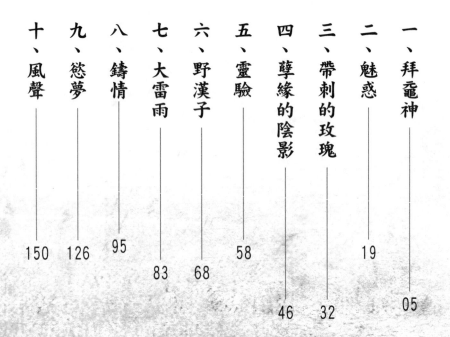

十一、老琴師 169
十二、陰霾 190
十三、迷津 215
十四、惡魔 233
十五、鬼打牆 254
十六、竈神現形 298
十七、鄉野傳說 317
十八、金身 335
十九、久遠的謀殺 355
二十、沉冤大白 370

一、拜鼋神

在鹽河叉港上，老鼋（編按：鼋，音同元。似鱉而大，背甲近圓形，散生小疣，暗綠色，腹面白色。前肢外緣和蹼均呈白色，生活於河中。）塘邊鼋神廟裡的香火越來越興旺了。那些寄泊在叉港的弄船的野漢子們，玩命的鹽工，平常只認老酒不認神，可是這些粗獷的傢伙一到叉港，就都改變了常態，搶著遊塘逛廟，抓把香燭去拜鼋神。

鹽務鼎盛的時刻，這條十里長的叉港夠繁華的，從鹽河口高堆上那隻古老的鎮水銅牛腳下起始，一直迤邐到老鼋塘西的蘆葦蕩子，叉港兩岸泊滿了各形各式的船隻，一些是打造精緻，船樓高聳的南方單桅船，一些是兩頭方闊，式樣笨拙的北方侉船，一些是船身狹長的鹽駁兒，密密扎扎的桅桿舉成林子，高高的桅燈亮似天上的星星，遠遠望過去，分不清哪是燈火？哪是星芒？叉港兩岸的河堆上，每隔三五十步地，就有一盞石雕的方燈，豎立在三尺來高的石柱兒上，千百盞那樣的石燈，從黃昏後開始點燃，一直點燃到第二天的黎明，桅燈，石燈，船艙和岸上的燈火交相投射在河面上，整個河面都被裝點得輝煌了。

黃昏是消閒的時刻，那些船戶和鹽工不愁沒有適宜的去處；叉港兩岸，有許多自成段落的小街，有的是茶樓和書場，有的是賣烈酒和野味的店子，半開門的娼戶和黑沉沉的賭窟，……凡是那些野漢子們平常嗜好的，岸上差不多都有。

但多數野漢子們，卻都被黿神廟吸引著。

「走啊，傻小子。」是誰這樣的招呼著。

被船戶們都看成傻小子的運鹽工狄虎，仰躺在駁船高壘的鹽包上，交叉兩手枕著頭，望著將殘的霞影發愣，聽著有人招呼他上岸去，便苦笑著說：「養養神罷，明早好扛鹽包呢！」

「又不是熬夜賭錢，」那個說：「搖著膀子逛廟，輕鬆愜意的事兒，黿神面前燒把香，許個風流願也是好的，累不著你。」

「我不信那邪門兒。」狄虎聳聳肩膀：「我寧願進茶館，泡上一壺茶，聽它一段大鼓書。」說是這樣說著，只是嘴動身沒動，依舊懶洋洋的躺在那兒，讓岸上的幾個傢伙走掉了。

受僱在鹽船上，常聽那些野漢子們津津樂道的說起叉港上的風情，說起矗立在河叉口兒高堆上的鎮水銅牛，說起由土崗子圍繞著的老黿塘，說兩岸的老酒有多濃郁，姑娘們有多白淨，但如今身在叉港裡，眼看著河上岸上的繁華，反覺得渾身不太對勁兒了。

也許是年歲和經歷都太嫩了些，總跟那些老船戶、老鹽工合不上趟兒，傻小子狄虎是個忙得閒不得的人，若說是裝卸鹽包和貨物，憑他那種結實的個頭兒，鐵硬的兩隻肩膀，他比領班的趙大漢兒都強，行船叫號子，搖櫓唱船歌，他精神抖擻，聲音比誰都粗宏嘹亮，只是一消閒下來，論起吃喝嫖賭，他卻望不見門檻兒，他上岸唯一能做的事情，就是找家茶樓泡壺茶，癡癡迷迷的聽一段大鼓書，再拐回船上來，倒下頭睡覺。

因此，叉港上的黃昏，在他眼裡也就夠長的了。

「狄虎，你怎不上岸去逛逛來？」有人從艙裡出來，打著粗啞的嗓子說：「天快黑了，船頭的蚊蚋嗡嗡叫，只有你這種傻鳥，光著肩膀餵蚊子。」

狄虎聽聽嗓音，就知是趙大漢兒。

「你也沒上岸，——艙裡蚊蟲更多。」

「我這不就去了嗎？」趙大漢兒抖抖衣裳說：「人說單嫖雙賭，今晚我想去擲骰子，拉你做個伴兒。」

「我不會擲骰子。」狄虎說：「凡是賭，我都沾不上邊兒，別人都去逛竈神廟，你為什麼要去賭錢？」

「我？我可沒生那個邪心眼兒，想拿逛廟作幌子，求竈神拉線，好去勾搭陶家香棚的那個閨女，」趙大漢兒曖昧的笑著說：「我這個年近四十的老光棍，人沒甚老，心卻老了，滿把子鬍鐵刷兒似的，配不上十七八歲的一朵黃花，眉來眼去吊棒兒，該是你們這幫小夥子的事了！」

經趙大漢兒這一說，狄虎便漲紅了臉：

「原來他們爭著逛廟，是爲陶家的閨女。」

「可不是？」趙大漢兒說：「那個閨女的長相，在汊港上算是頂尖兒上的人物，又蠻又野，渾身都帶著刺兒，常泊汊港的弄船小子，十個有九個全都打過她的主意，但誰都沒沾著半分便宜。」

狄虎坐起身來，舐了舐嘴唇。

「她娘原在城裡唱戲，」趙大漢兒站在跳板上說：「搬到汊港上不久，不知爲什麼，撇下丈夫跟女兒，跟一個長鬍子的船戶跑了，她爹是個落魄的琴師，如今變成了一條酒蟲，看樣子很猥瑣，卻把女兒看管得死緊。」

「敢情你翻過姓陶的家譜？」狄虎說，一面拾起他的小褂兒搭在肩膀上。

「用不著我翻，包打聽可多著哪。」

兩岸被河上昇起的晚霧包裹著，無數錯落的燈火，都變成一團團閃著芒刺的澄色的光球，晚風不起，空氣裡有一股悶鬱的味道，混和著鹽的滷汁和海魚的腥氣。兩個人沿著河堆朝西走，隱隱憧憧的看得見建在土坡平臺上的竈神廟的影子和廟前密集的燈球。

「大廟荒湮冷落的不知多少？」狄虎說：「倒是這座小廟，熱鬧成這樣……烏龜忘八受得萬家香火，可不氣煞了那些天神？」

「瞎廟祝紙糊燈籠，——肚裡明白，」趙大漢兒說：「他這座小廟是靠著什麼興隆起來的？我敢說，廟前坡地上若沒有陶家香棚，香棚裡若沒有那個十七八歲的閨女，他這座竈神廟，鬼都養不活。」

醉漢拎著酒壺，歪歪晃晃走過來，吹著淫靡的四季相思的口哨。

「野得很……」那個捲著舌頭自言自語的說：「我只不過……呃呃，只不過捏了她的辮梢兒一把，她就扯爛我的小褂兒，又…踢疼了我的屁股……。」

「你聽著了沒有？」趙大漢兒轉臉跟狄虎說：「八成又是那個蠻妞兒幹的，這還算是輕的呢！」

「重的又該怎樣？」狄虎顯得有些興致勃發的樣子，舐舐嘴唇追問說。

「嘿嘿嘿……」趙大漢兒咧開他闊厚的唇，粗野不文的大笑起來：「有一回，她在河岸邊的青石跳板上搥打衣裳，一個弄船的小子坐在石燈座兒上衝她吹口哨兒，她洗妥衣裳爬石級，圓屁股扭呀扭的扭動了那小子的火性，他伸手在她背後捏了一把，她不聲不響衝著對方腦袋上敲了一棒槌，打得那小子仰臉八叉倒躺在石級上，兩眼翻得像兩隻雞蛋！」

「有味道。」傻小子狄虎叫說。

「可不是？」趙大漢兒說：「豈止你這麼說，連那個被洗衣棒敲暈了腦袋的傢伙，醒後也都這麼說呢！……男人就是在這點上主賤，說是：妻不如妾，妾不如婢，婢不如偷，偷不如偷不著……」

「偷不著又不如捱棒槌殼腦！」狄虎說。

「弄船漢和鹽工們死纏著那妞兒，也就是這個道理了！」趙大漢兒說：「照理說，只要腰裡捌著銅（即錢的意思。）岸上多的是賣家，何苦伸著腦殼捱棒槌來？天下偏就有這種傻鳥，捱了棒槌，還說打得有滋味呢！」

「照你這麼說，我倒想去逛逛黿神廟了！」狄虎聳聳肩膀說。

「也想去捱棒槌？」趙大漢兒調侃著。

「不敢。」狄虎說：「我只是想瞧瞧她長得什麼樣兒？能讓好多人伸著脖子，心甘情願的捱敲。」

「你只是生就的傻樣兒，」趙大漢兒說：「聽你說起話來，可一點兒也不傻。衝著你這點兒誠心，今晚我不賭骰子了，陪著你去逛廟罷。」

河上瀰漫起來的晚霧只是一陣兒，習習的涼風一起，就把霧氛沖得稀淡了，轉過一道熱鬧的小街，高高的紅土臺級上，正坐著那小小的黿神廟，臺級一邊，背臨著深黑的老黿塘，有一座依著崗坡築成的宅院的圍籬，圍籬前有兩間不高不低的茅屋，趙大漢兒指說：

「你瞧，狄虎，那就是陶家香棚，兼管香客們的茶水，你只要進門買把香燭，那妞兒就會央著你坐，端給你一盞噴香的麥仁兒茶，你只要不撩撥她動火，就能偷眼把她看個飽！」

狄虎又舐舐嘴唇，自覺渾身有些搔不著的癢。

「嘿嘿，真有……意思……」他吶吶的說。

正說著，兩腳還沒踏上土級呢，就聽上頭有一條氣呼呼的嬌嗓子罵說：

「你這個窮灌貓尿的死鬼，壞心眼兒，爛肚腸的，豬狗不如邪行子貨，也沒撒泡溺照你那缺德影子，有沒有半分像個人形！你倚酒三分醉，存心吃你姑奶奶的豆腐，你這個挨槍頂炮子兒，生瘟害汗病的，不知是哪個和尚的種尼姑生的，怎不一腳踏下河，翹著腚死了的！你再敢拐回去，當心我使錫壺砸你腦袋，看是錫壺扁，還是你那腦袋開花……」

「你又在罵誰？」趙大漢兒迎上去說：「那個醉鬼早回船去了。」

「我當是誰在上頭唱小曲兒呢？」狄虎跟上來說：「原來是大姑娘罵醉貓子，罵得比唱得還好聽，有高有低，有板有眼的！」

「用不著你來奉承。」那妞兒一甩辮子，轉臉回屋裡去了。

狄虎又愣愣的瞧了一口吐沫。

「我一路上說的，就是她。」趙大漢兒捏捏狄虎的胳膊說：「她叫盈盈，名字倒蠻文雅的，罵人像喝白開水，一派新罵法兒。」

「我沒看見她是什麼模樣兒。」狄虎說：「還沒算見面呢，黑裡剛一開口，就觸上了她的霉頭。」

「不關緊，」趙大漢兒說：「你等歇進棚去買香燭，燈底下跟她臉對臉，有你瞧的，她對正經的香客滿客氣，你不去惹惱她，她不會伸手戳疼你的鼻子。」

倆人爬了一段土臺級兒，就瞧見鼉神廟門廊上吊著的那盞蓮花形的大佛燈了；姆指粗的燈芯，幾寸長火舌，閃閃跳跳的吐著黑煙，把這一帶土坡描出一些不甚分明的影廓來，彷彿也在閃閃跳跳的。

究竟怎樣撞進那座香棚的？連狄虎自己也覺得有些迷糊，彷彿那不是一座香棚，卻是一座煙霧騰騰的茶館，那種雜亂的喧嘩，闊闊的笑語，一下子就把人牽進去了。

「三個銅子兒一小把，五個銅子一大把，隨意挑罷！」那個叫盈盈的妞兒，每逢有人踏進香棚門，就指著櫃上的香燭，背書似的背上一遍，那聲音刻刻板板，有一種理所當然的味道。

趙大漢兒跨上前去，隔著櫃檯，從腰肚兒裡東摸西摸的捏出三個錢來去買香，狄虎卻木頭似的呆在一邊瞧看著，櫃檯頂端的橫架上，一盞大樸燈吊得很低，光暈亮得發出微藍，足夠他把燈下的人臉仔細端詳的，這妞兒年紀不甚大，至多十六七歲的樣子，穿著高領短袖的印花衫子，胸前鼓鼓凸凸，像懷揣兩隻活生生的小兔，就要迸出來似的，短袖標出一雙豐腴的白膀子，不肥不瘦正夠一把抓的，那膚色，白藕簡直難比，白成了一片晶光閃閃的水晶鹽，她的臉也夠白，只不過在一層薄薄又透明的臉皮子下面，游漾著一些透活的深淺不定的青春紅，一笑一口野性的小白牙，牽動兩頰上能陷得進人去的圓酒渦兒……

長年跟著水淌的漢子，走南到北，也不知到過多少碼頭，狄虎可就沒見著這麼樣俊俏的一個人，眉梢眼角牽得動春風，多看一眼，就會撲突撲突的心跳，這張臉子，只有在洋畫兒上見過，洋畫兒上的美人是死的，比起她來，總要差上三分。

「嗳，你這人，你買香不買香？」閨女沖著狄虎說話了，臉雖還帶著笑，聲音卻有些冷。

狄虎嗯了一聲，一摸口袋，臉可就長了一截兒。

「我…我……忘了帶錢，只聽說這兒黿神廟上很熱鬧，就隨意下船來逛逛。」

「廟在那邊。」閨女甩動辮子呶呶嘴說：「這兒是做買賣的香棚，有錢來買香燭，沒錢沒你好逛的。好狗不攔路，請你一邊站站，甭耽誤我的香燭生意。」

「你……你？說我是狗！」狄虎說。

「我只是說套話，打比方，」閨女說：「有人那對眼睛比狗還饞呢！──當然不會就是你，世上只有認打的，沒人踩著話音兒認罵的！」

「閻王爺自會摘那罵人的舌頭，關我什麼事？」狄虎說：「大漢兒，你借我點兒錢，我要買大把香燭，雙份兒的。」

「你這傻鳥，初見面，就跟她認真嘔氣，何苦來？」趙大漢兒捏出一疊小銅子兒，塞在狄虎手心裡，附著他耳門說：「她不是你的媳婦兒，她是個野慣了的妞兒，有口無心，你歇下來，一會兒她就熱火了。」

狄虎買了香燭，那妞兒朝他笑一笑，狄虎胸口的悶氣就叫她笑走了一大半。

「歇歇喝盞茶罷，土坡夠爬的！」趙大漢兒說。

兩人找了一張靠窗的小桌兒，拖張條凳坐下來，閨女真的沒計較，替他們端上兩盞熱茶來。

「這窗下就是老黿塘？這樣深黑法兒？」狄虎攀著窗口朝下探望說：「簡直像地穴似的。」

「你約莫是初來，沒在白天看過它。」閨女在一邊說：「一圈兒黃色盤龍似的土崗子，壁陡壁陡的陷下去，陷成這座挺圓的深塘，站在太陽底下看，塘水碧綠得就像一粒龍嘴含著的綠珠兒，黿神廟是龍頭，山門是龍嘴，殿脊飛越的瓦翅就是龍的兩隻角。」

狄虎愣一愣，搖頭說：

「既是這美的一座塘，幹嘛不叫老龍塘，偏偏取個癩名兒，叫做老黿塘呢？依我看，改叫忘八窩還更順口些兒呢！」

「你胡說！」

「甭跟他嘔氣。」趙大漢兒說：「他是個傻小子，口沒遮攔弄慣了的。」

「傻子也不能胡說亂道。」閨女盈盈說：「這塘叫做老黿塘，是因著水底下有個千年得道的神黿住著，單凡誰看見神黿在塘裡現身，誰就會變成瞎子，黿神廟裡的老廟祝，就這樣變瞎了的。」

狄虎又探頭到窗外去，俯視著那座神秘的深塘，十三四的上弦月出來了，繞塘的崗坡上有一層黯黯的月光，深塘的一角有月光照著，另一半是崖壁投覆著的黑影，看上去有些陰森詭秘的氣氛。

「你信不信？」闔女說。

狄虎不說話，轉過臉來朝她傻傻的笑著。

「聽起來滿像真有這一回事。」趙大漢兒說。

「你信不信？」盈盈還是盯著狄虎：「要是不信，你幹嘛來買香燭上廟？」

「這個麼？……」狄虎摸摸後腦說：「見著菩薩就下拜，摸著廟門就上香。人家告訴我，錯也錯不到哪兒去的，可不是？」

「瞧你模樣兒憨傻，嘴卻不傻，」闔女噗嗤一笑說：「說起話來，頭頭是道的。」

「咱們該上廟去啦！」趙大漢兒說。

狄虎只挪一挪身子，人卻像叫釘子釘在條凳上，有站也站不起來的感覺，人全說是自己傻，其實他一點兒也不傻，只是跟大夥兒合不上趟兒，那些久受風霜東西飄泊的野漢們，熬不住隨水漂流的日子，都養成了那種滿不在乎的任性，一泊到繁華的港岸，一個個忙不迭的去狂嫖濫賭，酗酒買醉，盡情揮霍，好像不及早樂一陣子，空過了今夜就沒有明天了，打上船起始，自己就愛泊野泊，一處圍在樹叢裡的臨水的野舖，三兩盞黃黃暖暖的燈籠，燈光搖起一野的蒼茫，跳下船來，逛逛林蔭夾道的野路也好，或獨坐船頭，聽岸邊水蘆間的風噫也好，心裡反覺安靜些。自小長在村野裡，兩腳踏進黑土，長得像生了根的樹，飄在水上，總覺空空茫茫，渾身使不上勁兒。

常想著，多賣幾年勞力，多灑幾把汗，積賺些銀錢，買幾分田地，圍起一個小小窩巢來，種不得莊稼，就種些瓜果蔬菜也好，好歹有一個根。……也不知怎麼地，這兩間小茅棚兒，一張帶笑的白臉，就會使人想起這些不相干的零星事，自己倒巴不得老黿塘裡真有這麼一位神異的黿神，能受納自己誠心奉上的一份香火，能……

算了罷，甭在這兒癡心妄想了，一條黑鰍魚似的身子，一身鹽腥汗臭味兒，連自己都覺得刺鼻難聞，即算一天三把澡，洗三年也洗不清爽，不自慚形穢麼？如今是穿在身上，吃在肚裡的窮光棍，一條命跟著駁船飄，一些南方北地的野漢子，全都是些過眼的煙雲，等這趟船卸下鹽包，換裝上當地出產的花生和豆餅，少則十天，多則半月，又不知飄到哪兒去了？糊塗算盤想打也打不成呀！

閨女忙著賣香燭，又在那邊像穿花蝴蝶似的，把逛廟的漢子朝廟裡趕，趙大漢兒斜睨著狄虎，牽起嘴角，笑著：

「傻小子，我瞧你是臘月裡的蘿蔔——動（凍）了心啦！當心她這隻母大蟲，日後成天使棒槌猛敲你那腦殼，那可就酸甜苦辣鹹，五味齊全了……」

「我沒那意思。」狄虎掙說：「我哪兒配呀？」

「你推賴不脫的，」趙大漢兒使勁擰了狄虎的大腿說：「我擰的是你的腿，她捏著的是你的心，疼是一樣疼，滋味卻各有不同。落魄琴師的女兒，配著豁膀子扛鹽的小子，恰恰是門當戶對，談什麼配不配？」

閨女在那邊又收走一些茶盅，狄虎還在愣著，趙大漢兒瞧著又說：

「狄虎，你敢情是等著她來添茶？」

狄虎苦笑笑，無可奈何的抓起那兩份香燭來，儘管夜還很早，但這兒總是一座香棚，不是酒館茶樓，喝完了這盞茶，就沒道理再窮泡下去。兩人存著走的意思，屁股還沒離板凳呢，那閨女卻拎著茶壺跑了過來，順手又把兩隻茶盞裡沖滿了滾燙的麥仁茶。

「有一……盅就夠了！」狄虎說。

「您買的是兩份香燭，」閨女說：「一份香燭一盞茶，另一杯是饒的，你們忙什麼？我還沒把黿神的事情講完呢！」

二、魅惑

兩盞麥仁兒茶，要比一壺烈酒還醉人，那一夜，狄虎總覺醉得恍恍惚惚的，不知是真還是夢？那閨女一會兒跑去賣香燭，一會兒跑來講說老鼉塘的故事，她貪著講述那故事，使自己跟趙大漢兒兩個變成陶家香棚裡最晚回船的客人，說是逛廟燒香的，結果把香燭都帶回船上來了，真是從沒有過的荒唐。

回船後，就覺渾身有些虛飄飄的，心裡有把火在燒，一頭扎進河心去，在微帶沁寒的水裡洗了一把澡，攀著船舷爬上來，就那麼溼淋淋的躺在蘆蓆上，癡望穿雲而走的上弦月和夏夜緊密的星空。

人醒著，也像是睡著，總有一些浮沉似的夢，繞著人飄游，抓不著，觸不著的那麼一種透明又朦朧的景象，有那麼一些升騰的煙霧，那麼一盞溫暖黃亮的大吊燈，那閨女透著青春紅的笑臉，陷得進人去的圓酒渦兒，白地櫻桃紅的短袖衫子，欲迸欲凸的前胸，兜得渾圓的臀浪，兩截豐腴的水晶鹽似的白膀子……這些這些，全化成一片熊熊的火燄，在人四肢百骸裡翻騰著，迸射著，頂得人壓根兒闔不上眼。

正經些兒罷，狄虎，人不是野狼野狗，心總朝邪處落，可是不成，那顆心就像沒上絡頭的馬，變野了，怎樣也控不住它，嗨，只好多想一想她講說的黿神的故事罷！

說老黿塘是黿神隱居的地方，黿屬龍族，傳言說是天龍生有九子，其中一個名叫黿龍，又有人叫牠豬婆龍，實在就是駭見的巨黿。

「叉港上的人都說，早先這兒只是一片平陽地，原沒有這座深塘，有一年發洪水，波頭上浮出黿龍來，那殼足有兩三丈寬長，頭像一隻柳斗似高昂著，四腳平伸，快得像箭鏃一樣，水頭在這兒打了一個盤旋，裂地成塘，黿神也跟著不見了……」

小小的紅唇，是一朵圓圓的忽開忽闔的紅花，吐出來的聲音，也像一粒粒能滾的圓珠子，哪還有心去辨別傳說的真假？只管迷著那些滾動的圓珠子罷了。

「遠近的人聽說了，都揹了香火袋兒，紛紛來到塘邊拜黿神，黿神廟，就是在洪水後由鄉人集資蓋起來的，這座塘究竟有多深？沒有誰能說得出來，不論年成怎樣乾旱，旁的地方河乾土裂了，老黿塘可沒乾涸過，不多不少，總是半塘綠水，也有人用拴著大石的繩索墜量過，量盡三捆繩子還不見底兒，」她有意無意的用黑眼瞟著人，娓娓的述說著，一粒粒圓珠子滾在人的心上：「廟裡的老廟祝勸人不要再量它，說是這深塘裡有一個塘眼，接著地心的水穴，直通東洋大海，投石墜繩下去量深淺，只怕會驚觸了塘裡的黿神……」

狄虎翻了一個身，睡不著，就是睡不著，月亮變成那張誘人的白臉，滿天星斗都在眼裡搖晃，有那麼一種怪異的魔境，把人吸進去了。

他揉揉眼，坐起身來，把小褂兒披上。

十里方燈輝亮著，有人踏著鄰船的跳板，吹著幽幽的口哨兒回船，喝醉了的說著醉話，賭輸了的發著怨聲，像這樣繁華的叉港，總響著些不夜的聲音。這些聲音把他從魔境裡拉出來，森冷的河上的夜氣告訴他，天已到快亮的時辰了。

紙剪似的月亮朝下掉，就要落到西邊的河裡去，有些即將離港的早行船，已經在嘩拉嘩拉的起錨了。河水是動著的，浮在水下的世界也恆在動著，狄虎熟悉了這些，熟悉了黎明的河上的起錨聲，撥櫓聲，尖亢的打號子聲和升帆時合力的呼吼，熟悉了精赤著胳膊的扛物伕在裝卸貨物時的忙碌，把野性的青春賣給生活，用拼命的工作消耗掉過剩的精力，使慾望昇化成採擷不著的夢想。

那是一陣不可抗的風，就要把人從這裡捲走。

不甘心呀，狄虎！傻小子心裡響著這麼一種聲音，便摸起昨夜買得來的兩份香燭，自言自語的說：

「早也是做幌子，晚也是做幌子，我不如趁著早涼逛廟，把這兩把香燭燒給那個忘八去！」

說著，他就溜下了船，走進藍霧裡去了。

崗頂上的黿神廟還沒開門呢，廟前平臺上不見人影兒，只有那盞蓮花形的大佛燈，在霧雰裡獨睜著那隻熬紅了的倦眼，沒精打采的望著坡下的河面。遠遠近近的雞啼和應著，月落五更天。

狄虎把香燭放在一邊，雙手捧著下巴，坐在廟門外的石階臺上，朝土級下面望著。香棚門口的燈籠熄滅了，那座灌木圍籬裡面的宅院，也只是一些朦朧的黑影，被一層霧雰包裹著。

她一定還在那裡睡著，做著夢，可不知她夢著些什麼？她夢著些什麼你怎會知道？橫豎不會夢著你狄虎！想想真也夠缺氣的，這一身沾滿鹽漬和臭汗的衣裳，連自己聞著也皺眉頭，這樣轉著傻念頭，夠荒唐的了，十天半月的日子一眨眼，船起了錨，升了帆，還不知哪年哪季再回到叉港上來，那時刻，她早該嫁到人家，手裡抱著白生生的胖娃娃了！

趙大漢兒真夠作弄人，唆使我來逛廟，從她手上買這兩份香燭，算是替人祝賀來的麼？說我狄虎可憐，有些人伸著腦殼挨棒槌的傢伙，要比我狄虎更可憐，我雖傻氣，卻還能認真想透這一層，不存過望的心，那些傢伙捱棒槌打破頭，還執迷不悟呢！

我也不想別的，能坐在這兒等著天亮，等到她出來，偷偷的飽看她幾眼，在心上留個俊俏的影子，好在飄流不定的日子裡回回味兒，也就知足了。

天，在狄虎胡亂的傻想裡透出懞忪的微亮來，雞啼聲綿延不斷，像飄著一陣清涼索落的濛濛雨，早星一顆一顆的落。

淡藍的朝霧裹著那座灌木圍成的園子，恍似一層輕紗，那宅院從香棚起，順著土崗的斜坡朝上升，一排三間後屋坐在崗頂，背臨著壁陡下陷的老黿塘，園子裡的坡級是石砌的，——一些粗糙多稜的青灰帶白的石頭，坡級兩邊，生滿了各種帶露的野花草，草叢裡寂舉著一些奇形怪異的多孔立石，有些像是人，有些像是猴，另有幾塊光滑的臥牛石躺在石級邊，彷彿是常被人當著凳兒坐著歇腳的，園邊植著一些樹，一棵揀棗兒，兩棵開黃花的洋槐，一棵樹身佝僂的馬纓花；在石級的口兒邊，還放了兩隻盆景，一盆是葉簇茂密的萬年青，另一盆是灰紫色的風寒草，種在一隻生銹的鉛桶裡。

園子另一角，一塊略為平坦的地方，凸起一口用褐色石片兒圍成的六角井，井欄上豎著一個打水的木架，久經日晒雨淋，架身變成黧黑色，還長出一朵朵灰白的木菌子，像是一些精靈的耳朵，在聽著井穴裡的秘密；一圈兒潮濕的汲水繩子盤繞在井欄上，咬住一隻懸空的吊桶，像是在朝來的小風裡微微晃盪著。

一隻錦毛大公雞昂頭站在一方立石的尖頂上，頭朝著泛白的東天，喔喔的啼叫著呢！

狄虎那樣凝神的癡望著，不自覺的舐著他的嘴唇，這樣一座寬大荒圮的園子，上面蓋著沒遮攔的天，彷彿是一幅年代久遠的彩畫，不論畫面上的顏彩有多霉黯，它卻總是一個有根有絆的窩巢，而自己在荒亂裡離家時，那間黑屋子牆倒壁塌，灶臺上都生了茅草……這園子再荒落，總要比河面上浮動的世界要強多了。

那是什麼?水洗的晨光映亮的油紙窗裡，閃跳起一圈兒影影綽綽的黃輝，好像微藍的淺池上浮出的一朵黃水蓮，黃光裡托出花芯似的人影，一剎間，人影打一個盤旋，黃光隱沒了，油紙窗被推開一條縫，從窗裡伸出一支向日葵桿截成的支窗棍兒，呀——的一聲，支起半垂在窗戶上端的、半截遮陽的窗篷。緊接著，狄虎看見那截豐腴皎潔的水晶鹽似的白膀子在開著的窗前劃了個半弧：一見著那截白膀子，狄虎禁不住又舐起嘴唇來了。

又隔了一歇兒，那閨女的影子出現在茅屋前的石級上，早起沒梳妝，拖著那條鬆軟的大辮子，鬢角的散髮叫小風兜得飛舞著，衫擺也沒理齊整，渾身上下都有著一股嬌慵懶散的神情，也正因那樣，顯得分外的媚人。

叉港上緩移過一艘揚滿帆篷的船，三四個光赤著上身，露出古銅色肌膚的漢子也望見了她，咧開嘴，發出一陣咦荷呀荷的怪叫，但風鼓著帆，把他們逐走了。

「餵魚餵蝦的短命鬼！」閨女跺著腳，尖聲的咒罵著，但她臉上仍掛著笑，露出她那口野性的白牙。

她罵人罵得夠刻毒，可不是？生活在船上的漢子們，最怕人用船家犯忌的言語咀咒他，頂風頂浪啦，漏底兒翻船啦，抱船板，飄篷折櫓啦，餵魚餵蝦啦！她可是摸準了船家所忌的那些，專揀那些不吉利的字眼兒罵！這些字眼兒，要是旁人罵出口，準是一場拚命的事兒，但是由她嘴裡罵出來，可就有了不同的味道。

「她罵人罵得真過癮！」這話是趙大漢兒說的，他還說：「捱棒槌打破腦殼的傢伙，醒後還誇讚她罵人要比黃鸝鳥叫得還好聽呢……這真箇是『打是情，罵是愛』了，男人主賤，可真是……」

狄虎像呆了似的品味著。

那閨女目送著揚帆遠去的船，嘴裡還在不乾不淨的罵著什麼，一邊罵，一邊走下石級，走到石砌的井欄邊，扳動木架上的打水軲轆，滿滿的汲了一桶水，從草叢裡撿起一隻破水舀兒，一舀水澆給萬年青，一舀水澆給風寒草，把其餘的水舀了，胡亂的一陣亂潑灑，何止是男人主賤，那些花草樹木也主賤，經她罵罵咧咧的冷水澆頭，都更顯得朝氣勃勃的添了精神。

天上燒起紅燦燦的早霞來，河岸上有人在熄滅燃了一夜的石燈，吱——呀一聲響，狄虎背後的廟門打開了，一個看廟的小廝看見狄虎，便轉臉叫說：

「師傅，外頭有人燒早香來了！」

「燒早香的？」

「不錯。」狄虎抓起那兩份香燭，扒起身來撣撣屁股說：「我是鹽船上的工人，初來乂港，燒香拜廟，好歹湊份熱鬧，我不知黿神管些什麼事？我想許個願心！呃，許……個願心。」

「黿神靈驗得很。」瞎廟祝在院子裡摸著走，那模樣很像在練太極拳：「舉凡天時，水旱，瘟災，時疫，行船趕早，前途禍福，男女婚姻，只要誠心求祂，沒有不活靈活驗的。」

狄虎打心裡輕蔑的笑笑說：

「照你這麼說，我這兩份買來退不掉的香燭，全都餵給牠算了！」

說了話，也不理會瞎廟祝，三腳兩步跨進後殿，把香燭插上，開玩笑似的在心裡禱告說：

「座上的烏龜忘八神，我狄虎求你顯邪能，雙份香燭餵給你，你該當做個拉縴的人，旁的我狄虎全不要，單要陶家香棚裡那個細皮白肉的人……」

也許是這些年來粗俚的船歌唱慣了，心裡禱告起來，竟也是押了韻的船歌的調子，狄虎心裡忍不住的想笑，就哈哈的笑出聲來，笑聲剛落，聽見外面有人放聲的喊叫著：

「狄虎！狄虎！船上等著卸貨，你不聲不響的，跑到哪兒去啦？」

狄虎一聽，那可不是領班的趙大漢兒，一路叫喊著找得來了，急忙跑出黿神廟，迎著他說：

「昨晚上買了兩份香燭沒銷掉，今兒一大早，我就趕著來燒早香了！」

趙大漢兒重重的一巴掌拍在狄虎的肩頭上，咧開嘴笑說：

「嘿嘿嘿，你半夜三更就離船，你以爲你鬼鬼祟祟的能瞞得了人？你頭上沒叫棒槌打出疙瘩來？」

趙大漢兒肆無忌憚的縱聲說著這話時，兩人正並肩走下土臺級兒，和那在園子裡汲水澆花的閨女只隔著一道矮矮的圍籬，圍籬不過兩尺來高，壓根兒擋不住人臉，狄虎怕那閨女聽著了，會惹出口舌風波來，就暗中扯了趙大漢兒一把，將中指壓在嘴唇上，低低的噓了一聲。

也許這聲噓已噓的晚了，那閨女把水桶拎在手上，正朝著趙大漢兒翻白眼呢！

「你是一條老實驢，」趙大漢兒好像存心說給誰聽似的：「我把你套上磨，你果然偷吃麩粉，我要不是親來捉著你，你還不肯認賬呢！」

「說話帶鉤兒，死後要進拔舌地獄！」那閨女在園子裡頭發話了：「早知是個邪皮子貨，我那兩盞麥仁兒茶就該潑進豬食盆裡去。」

「罵人罵得溫吞吞的，不冷不熱不煞癢。」趙大漢兒停住腳，逗弄她說：「越發罵得熱火些，燙燙我的爛腳朽罷！」

狄虎兩邊這一瞅，不成，揎拳抹袖，劍拔弩張的架勢已經擺出來了，趙大漢兒瞇著眼，一臉涎笑，倚在土級邊的一棵樹上，等著那閨女答口，那閨女臉蛋兒漲得紅紅的，放開手上的汲水桶，橫著撥了一腳，汲水桶被她一腳撥翻了，吉里谷碌的在井欄邊亂滾，小半桶膹水全部潑灑在地上，她兩眼翻溜著，野蠻裡仍脫不了那股誘人的媚氣，她挫磨著那口野性的小白牙，反手叉著腰，連三趕四的跺著腳罵說：

「你甭走，你這個邪心施壞的獨和尚，嚼你那一肚子瘟蛆，你那兩隻生霉綠的眼珠，鷹來啄你，你那臭鬨鬨的肝腸屎肚兒．狗來啃你！」

「我沒走，你甭當你漢子的面拖我留我。」趙大漢兒朝狄虎擠擠眼，笑說：「你昨兒晚上壞過了，今兒咀咒不靈驗，你那小嘴皮兒，只配舐我的爛腳枒！沒人指名道姓講你，你憑空橫找什麼岔兒？」

「不興這樣的，大漢兒，」狄虎粗漲脖頸說：「衝著人家大姑娘的面說這種粗話。」

「用不著你護著疼著她，」趙大漢兒說：「她平素鬥口舌，掄棒槌，嬌蠻鬥勝弄慣了，這一回，我該替你來殺殺她的火性，要不然，她日後擰耳朵，掄棒槌，發雌威，哪還肯替你舖床疊被？」

「閉住你吃大糞的狗嘴！」閨女又罵說：「你吃的是人渣兒，說話可沒有一絲人味！你這條狂言亂語的瘋狗，來生圓毛變扁毛，扁毛變螞蚱，越變越不是個東西！……你再在那兒望著人影兒咬空，我就使水舀兒舀瓢大糞封住你那流膿化血的爛嘴！」

「你哪是繡花繡朵的大閨女？你是血口噴人的野黃毛，偷人養漢子的假姑娘，騷不可聞的小妖精！也只有咱們這個傻小子看得上你，你不將就點兒，還在那兒充什麼破門面，耍什麼假惺惺？」

趙大漢兒明知盈盈的野脾性，偏在那兒頂著毛抹它，竟跟她耍流嘴兒似的，硬頂硬對罵開了。

閨女叫他罵得火冒八丈，一手抄起那隻水舀兒，拔開香棚的柴笆門，罵罵咧咧揮舞著水舀兒奔出來說：

「有種你站著，你這個野畜牲，看姑奶奶我一舀兒挖出你的腦子來！」

「好男不跟女鬥，」趙大漢兒笑著跑說：「咱們只是賽罵，可不是賽打——你賣你的香燭，咱們扛咱們的鹽包，沒那閒功夫打架玩兒。」

「哼！」閨女追不上他，冷哼著說：「短命嚼舌頭根兒，生疔生瘟，雷打火燒的鬼！你跑不了的！你在叉港待一天，姑奶奶我會罵你一天，咱們騎驢看唱本兒——走著瞧罷！」

倆人這一罵，可把狄虎飄浮的好夢給驚醒了，他不能不責怪趙大漢兒這個冒失鬼，半路殺出來，燒起這把看得救不得的火，閨女恨上了趙大漢兒，也許連自己也被怨恨上了，朝後甭說進香棚，只怕逛廟都逛不了啦！

閨女揚起水舀兒追著趙大漢兒，狄虎跟在後面追著那閨女，一面連聲求告說：「大姑娘，大姑娘，他拿我開心，話裡扯著了你，我連一句話都不好講，他們說話粗慣了的，也都是有口無心鬧著玩兒，你千萬甭當真。」

「不關你的事！」閨女說：「用不著狗咬耗子，我只找那個大漢子，不撕爛他那嘴才怪了呢！」

不過追到土坡下面，她還是喘吁吁的停住了，臉上紅馥馥的罩了一層霞暈，額角、鼻凹裡都沁出細小的汗粒兒，把她的臉浸潤著，更顯出一種艷麗的光彩，好像灑過水的鮮花一樣。

狄虎眨眼望著她，霞光是柔麗的，披著霞光的她，渾身上下都有一股說不出的圓柔，彷彿她是用白沙混著碧水揑成的，該有那麼一種女孩兒家神秘的嬌羞，水波一般的柔順，她在沉默不語的時辰，更會給人這樣的感覺。他奇怪著這妞兒怎會變得這樣蠻野？這樣任性？跟她的長相完全反著來！

「你知你像是什麼？」閨女覺出狄虎在望她，就衝著他問說。

「我像什麼？你說。」

「賊！」閨女說：「單看你那兩眼就知道。」

狄虎正待說什麼，她卻一轉臉，搖著辮子跑回屋去了，關門之前，她伸出頭朝狄虎扮個鬼臉說：

「你回去告訴他罷，我不會饒過他的。」

三、帶刺的玫瑰

在遍灑著陽光的石砌的碼頭上，趙大漢兒用誇張的語氣渲染著那場相罵，直把一大群鹽工都灌醉了。——那夥人總把這類笑話當成不花錢的老酒。

「我這算是幫著狄虎娶媳婦，」趙大漢兒說：「那傻小子雖也有心眼兒，可惜眉眼上的功夫太差，又不甚會說勾搭的話。」

「只怕你還是成事不足，反砸了攤兒罷？」

「你算是後街擺扁——外行，」趙大漢兒瞇著眼說：「盈盈那個野丫頭，從來沒受過委屈，我這一罵呀，嘿，不怕她不找的來磨牙鬥嘴，我這哪兒是砸攤兒？我是在替他們撮合咧！」

野漢子們鬨鬨的笑了……

凡是常泊叉港的傢伙，差不多都逗弄過陶家香棚裡那個已經私奔了的女人，在城裡唱過戲的女人再正經，也會帶給人一份曖昧的猜疑，如今，這點兒曖昧的存心，逐漸移轉到她女兒的身上似乎也很自然，人在船上，渾身燒著慾火，找個體體面面的女人逗趣，圖份清涼，管不了旁人評斷什麼是非，在這點上，大夥兒又都覺得解得風情、慣於調笑的女人，遠不及火辣辣的小妮兒逗人，在船戶們眼裡，閨女盈盈就是這種人。帶刺的玫瑰總是最嬌美的。

「咱們幹活罷！」趙大漢兒說：「等歇由她來罵，替咱們大夥兒提精神，也讓狄虎那傻小子飽飽眼福，——橫豎他心裡想著她。」

棧房的碼子籤筒擺在碼頭上，一夥漢子們精赤著上身開始卸鹽入棧，平常卸貨的，他們都嗨呀荷呀的呼吼著，把那宏亮的吼聲當作一支歌兒來唱，使心裡保持著一股輕鬆愉悅的情緒，用以消滅肩頭沉重的壓力；今天卸貨時，他們不再呼吼了，卻笑著，高聲的說著狄虎跟盈盈的事情，說著趙大漢兒弄出來的這場鬧劇。

「你們瞧，那傻小子磨磨蹭蹭的來啦，」趙大漢兒說：「昨晚上我帶他去香棚，閨女用白眼珠兒瞪我，卻拿黑眼珠兒衝著他，跟他說老黿塘的故事，又替他添茶，這小子一下子就著了魔道了，一夜沒睡著覺，大五更就朝廟上跑，我不幫他的忙成嗎？——噯，狄虎，她跟你咬著耳朵說什麼來？」

「說什麼？」狄虎說：「她說不會饒過你，等歇兒要來找你算賬呢！」

「她只是嘴上說說好聽。」一個說。

「我不管，」狄虎仍找著趙大漢兒說：「事情是你惹開了頭的，等歇得由你應付她。」

「那當然，」趙大漢兒說：「可是狄虎，只有我肯當這種武大郎盤槓子，——兩頭不夠有的媒人。」

狄虎不再理會他，扔開小褂兒，緊一緊腰帶，就參進了扛包的行列裡來了。日頭騰騰的朝上昇，朝霞退去後，碼頭上化成一片熔金色，成千上百的扛夫像群群縷縷的螞蟻，頂著大太陽工作著，單是這船鹽的起卸，就得費去五六個人一整天的時辰，熔金色的陽光流灼著他們的額頂和他們紅銅帶褐的肌膚，鹽包縫隙裡的鹽粒兒，在他們躍行的顫動中撒落下來，船絃上，跳板上，碼頭通道上，都像是落了一層霜，他們背脊，胳膊，大腿上，有力的筋球滾動著，大把的汗水，瓢澆似的朝下滴，每人腰間都泛起一片溼印兒。

但沒有誰覺著疲累，他們都在等著就要來到的一場好戲呢。

「瞧罷，好戲來了，大漢兒！」誰呶呶嘴，半嘲謔地說：「只缺一場鬧臺的鑼鼓。」

狄虎跟趙大漢兒一齊抬頭望過去，那可不是香棚的閨女？她換了一身白色的衫褲，手裡挽著洗衣的竹籃子，籃裡橫著那根敲過人腦袋的棒槌，笑瞇瞇的走過來，單看她那樣子，就好像壓根兒忘了早晨那回事似的。

「她是下河洗衣裳來的！」

「她要是找著大漢兒，看她怎樣開罵？」扛伕們竊竊的議論著。

閨女盈盈走到碼頭石級邊，找人似的朝這隻正在卸貨的船望了望，看見了狄虎，也看見趙大漢兒，但並沒開口罵什麼，仍笑著，踩著輕快的步子，跳著下了石級，一直下到臨著水面的青石跳板上，慢吞吞的伸手試試水，取出衣裳，搓洗起來。狄虎留神看她，見她先把一條手巾浸溼了水，摺成兩疊兒，頂在頭上。他知道，她那樣做，爲的是防著火灼灼的太陽。

那隻青石跳板離鹽船的泊處很近，不過相隔兩三丈水面，和他們卸貨用的長木搭板平行，扛伕們來回都能低頭看見她，看清她映在水波上的影子，她只顧搓洗她的衣裳，一點兒也沒有要罵人的樣子。

這樣過了好一會兒，一個扛伕忍不住的說：

「大姑娘，你不是來罵人的嗎？怎麼光在搓洗衣裳不開腔呢？那大漢兒姓趙，等歇你罵時，指名道姓的罵，咱們聽著了才夠過癮。」

「我怎知他姓趙？」閨女只略停了停手，並沒有抬頭，笑說：「有人告訴我，他姓錢，又有人說他姓孫，——龜孫兒的孫，他家開的是百姓祠堂，魚鱉蝦蟹都有牌位，他哪兒配姓趙？」

「嘿，大漢兒，」那個興高采烈的說：「你聽著了沒有？——開場鑼響了，頭一場戲的戲目是『罵龜孫兒呢！』，罵的可妙啊！」

「我沒聽著，」趙大漢兒笑說：「誰聽得罵誰的，大夥兒都捱上兩句，豈不全過了癮？」

「他說他沒聽著。」另一個說。

「他不會聽著的，他兩耳塞了驢毛，只會動來動去的打蒼蠅！」閨女說，還是閒閒的搓洗衣裳。

「誰聽著了罵誰的，老哥！」後一個跟上來說：「你是匹驢，我該是趕驢的，得兒，得兒，嘟嘟……」他說著，竟扛著鹽包，打著趕驢的忽哨兒，在船搭板上跳舞起來了。

「真的是罵人來了。」後邊跟上來的是狄虎，他橫過身，聳聳肩上的鹽包，勸說：「何必呢？」

「這哪兒算罵人？」閨女抬頭說：「這是說話呀！」

「那你不罵人了？」

「誰說的？」閨女又說：「等我洗好了衣裳，坐在那兒消消停停的罵，今兒罵不完，留著明天罵，我的罵勁兒長得很，除非他不惹我。要是我罵得高起興來，我會罵過了黿神節，罵到你們開船。」

「那敢情是全本兒的『王婆罵雞』，包唱到底！」又一個說：「她能動嘴罵，咱們就能出耳朵聽，最巴望她罵得天翻地覆昏昏黯，咬牙切齒血淋淋。」

船與岸之間，長長的搭板是隻輪軸，那些往覆的漢子們就像是一隻絞鏈，多了這個野性的閨女，這條絞鏈像是膏足了油，輪轉得越發輕快起來了。

雖說趙大漢兒把這丫頭推給狄虎，大夥嘴上說笑，每個人的心底下，還是洗不清那種曖昧，望在眼裡熱進心頭的那種混混沌沌的暖玉溫香的意想。

閨女低著頭搓洗她的衣裳，流水漂動著一件件紅花綠葉的衫褲和衣裙，氣泡鼓凸著，像一些青春的水藻，飛翻著，搖漾著，她的白色紗衫子裡透出隱約的肌膚，橫著紅綾抹胸的帶子，她的腰肢和圓臂，都隨著她搓衣的動作，漾起一種有韻律的顫顫的搖擺……無一處不豐滿撩人。他們扛著鹽包走過去，水波把他們精赤著上身的雄健的影子晃亂了，和她的白影子壓疊在一起，更使人有些真幻難分的邪想，嘴上雖沒明言，那神情，卻都含蘊在裹著慾念的微笑裡。

而盈盈卻沒想過這些，她不是先天的野性人，她的野性是環境養成的。

童年住在縣城裡，只知那條巷子叫做剪口巷，一間房子黑得像地穴，四壁沒有一扇窗，只有冷著臉的青石板，不論陰晴雨雪，石板牆上總是半乾半濕的，結著一層霜粒似的鹽屑兒。

幸好屋裡還有座通風的梯口，梯口上去，是間狹小的矮閣樓，閣樓外有條伸凸在巷心的窄涼臺，讓人能看見被房頂兒擠扁了的天。

總是陰陰冷冷的深灰色，城裡的天很少有開顏的時候，但那時不懂埋怨日子，有那樣的一塊小天小地，就很心滿意足了！……爹跟娘不在的時辰，自己總攀在涼臺邊，低頭看著窄巷，抬頭瞪著窄天。剪口巷的巷身陰黯曲折，兩頭不見街，只見一塊連一塊的青麻石，延至彎處就沒了，曲牆迎著巷子，像張受傷的臉，青一塊，紫一塊，貼滿各式招貼和白粉畫的烏龜，龜身下面是垃圾堆，蒼蠅嗡嗡飛舞，沒早沒晚的，常有狗在那兒爲搶一塊骨頭咬架，或是翹起一條後腿，理直氣壯的溺騷，或是兩條狗奇怪的連在一起，一面想各奔東西，偏又分不開的拉拉扯扯。天呢？風也掃不乾淨的一團灰，叫房影兒割得奇形怪狀，彷彿是用七巧板兒存心拼出來的四不像。

總還算有那麼一條窄窄的涼臺罷，總還有那兩盆子花草，一盆子萬年青，葉子根根硬，長得滿茂密，秋來還會結紅果兒，另一盆風寒草，爹拿它的葉子泡在酒裡，補腰疼用的。

心滿意足的小天小地，真是的。不管誰經過這條窄巷，都得從自己腳底下走過去，不由不使一個住慣了地牢的小女孩，覺得格外的「高人一等」，心裡那麼一樂，就想唱出些快樂的小調兒來。

但狹窄的小巷裡，總常出現一些三五成群的野孩子，他們任意的塗牆踢狗，用彈弓兒擊窗打瓦，任意的罵人，隨地便溺，滿口都是髒話。「你媽跟三花臉睡覺，你還在有心唱唱哩？」「你爹是老和尚的那話兒——廢料！」……總是這樣一堆邪氣的言語，總是蠻不講理的欺侮她。她不能就這樣放開小小的涼臺，從此躲進黑屋裡去，整天整天的忍受那種陰冷，不能就這樣巴望成天不在家的父母去幫她逐走那些男孩，她必得面對著他們，跟他們對吵對罵，對喊對叫，她用許多從他們嘴裡騙來的言語，加上她自創的言語反罵他們，她發覺這是對抗野男孩的最好方法。——他們原就是一群野狗。

這是開始，開始她就把自己投進了那種樣的生活。

搬家來叉港時，她還不滿十二歲，初來的印象又美又單純，那時的黿神廟香火並不興旺，廟前河堆上，也只有幾戶稀稀落落的人家，脫不了靜謐的鄉野氣味，雲遮著，樹繞著，一簇簇的白李紅桃，爭競的開著花，招引著許多蜂蝶。……陶家香棚開了門，河上的野漢子來得比蜂蝶更多了，他們準是那些狗一樣的野孩子長大的，狗啃骨頭似的眼睛，前後盯在媽的身上，他們戲謔媽，用的全是那些粗俗不堪的話，甭說存心去學，聽也聽熟了，有些話，自己並不甚懂，只是聽話音兒，看表情，約摸揣摩出不是好話；當媽反過頭嘲罵他們的時刻，自己也便胡天胡地的幫了腔。

罵雖罵著，自己卻沒認真恨過這些野漢子們，那究竟跟窄巷裡的野男孩不同，在無數船隻川流不息的叉港上，他們匯集著，造成了一個粗蠻有力的世界，儘管沒有什麼瘋言瘋語，她站在碼頭上望著他們，也能明顯的看出，他們全身的動作都飽含著無聲的言語，那些褐紅沁汗的臉子上怪異的痙攣，永遠獵弋著什麼似的眼神，那些飲著烈酒般的嘿嘿的笑聲……甚至一塊球肌的滾動，一方古銅色皮膚的顯光，都有另一種言語迸發出來，粗俚得像太陽烤著的醬缸蓋兒，直能把人心燙紅了。

她知道那些無聲的言語說的是什麼？而她是鳥，不願意一下子就被誰縛住，河上的世界吸引她，她卻沒有投身到河上生活的存心，那有力的世界威脅著她，她就用他們所有的粗蠻抗拒著從那世界傳來的壓力。——媽走後，這壓力越來越重了。

太陽火灼灼的照著，滿河碎碎的金子，她的影子在流水上晃動著，飄漾的衣裳是一片片五彩的雲，她多麼想永遠這樣的笑著，活在那些鮮艷的顏彩裡，那整條叉港都充滿那種沉宏的呼吼，嗨里嗨喲！啊里荷唷……那種洶湧的聲音，像波像浪猛擊著石岸，那種原始的力的迸發，也彷彿是一種可憐的哀懇，把她圍著。

而那絞鏈般輪覆的人影，在水面上把她壓著……她脫不開，遁不掉，總要這樣子活著。該死的大漢兒今早上欺侮她，就得罵這個死鬼，罵人，似乎已經變成她和這河上世界交通的一種習慣的模式。這總怪不得自己呀！

她把衣裳洗好，又用河水溼一溼頭上頂著的毛巾，爬上石級，坐在碼頭口那盞方燈的石座兒上，深深的吸了一口氣，就像唱流口兒（即俚曲）似的罵開了。

「你們河上岸上，有耳朵的都來聽著，旁人沒惹我，我嘴尖舌利，罵不到旁人頭上，我罵的是這隻鹽船上這個大漢兒！——就是伸著脖頸扛鹽的那個死忘八！」

「好，正本戲開鑼了，大漢兒。」

「我跟你爹把兄弟，」趙大漢兒說：「我是條老光棍，想戴綠帽子也戴不上，你罵錯了人了！」

「你是陰死鬼，進十八層地獄眼兒的！」

「你這樣罵沒意思，我是酒肉和尚，愛吃大五葷，你得弄點兒葷氣些的我嚐嚐！」

趙大漢兒這麼一說，一夥人全開心的大笑起來，閨女盈盈平素愛罵人，那些野漢子們多半讓著她三分，她一向嬌慣了，自以爲沒有對手，誰知碰上趙大漢兒這個促狹鬼，臉皮八丈厚，錐子也戳不透，看樣子，盈盈這一回算是遇上敵手啦！那些鬨鬨響的笑聲裡，多少有點幸災樂禍的意味。

閨女被他們這一笑，笑得多少有些發窘，世上罵人也要分輩的素的？她的臉有些熱刺刺的泛紅了。

「若論罵人，你的道行還淺著啦！」趙大漢兒說：「怎樣？你要是不罵，我教你，免得你頭上頂著溼手巾，在大太陽底下空坐著，晒黑了你那嫩臉蛋兒，和那雙能捏出水來的白膀子，讓咱們這位不說話的老弟偷偷兒心疼著你！」

趙大漢兒抹著脊背上的鹽屑兒，故意繞過來要捏她，盈盈掄起洗衣棒，呼的就是一棒子，對方跳開了，笑著朝狄虎說：

「傻小子，你瞧著，瞧她棒槌怎樣出，你就該怎樣躲閃，若叫她打中了子孫堂，這輩子莫想有兒子！」

「你這個死活不要臉皮的東西，驢打狗生的！」閨女罵說：「狗心驢肺，才會說這些混賬話呢！」

「嗯，有點兒葷腥味了！」一個扛伕品味著說。

「也只是蔥韭薤荄蒜小五葷。」另一個說。

「驢往哪兒打？狗從哪兒生？」趙大漢兒笑瞇瞇的說：「咱們就請這位愛罵人的大姑娘說說看？她要真的說出口，我認罵，要是說不出，就該讓傻小子狄虎去教教她！哈哈哈……」

他還沒笑完呢，正好河堆上走過一個牽驢帶狗的趕路人，閨女盈盈靈機一動指著說：「這事你甭問我，那邊前頭走的是你驢爹，後頭跟著你狗媽，你何不叩頭去問牠？」

這一回，受窘的倒變成趙大漢兒了。

「我說，大姑娘，要罵你不妨換點兒旁的罵，我又沒怎樣招惹著你，你何苦窮罵人家爹媽？」

「我罵的只是叫驢跟母狗，」閨女說：「你硬要認是你爹媽，那有什麼辦法？你說這話，明明是認了這本賬了嘛。」

「我高掛免戰牌了！」趙大漢兒說：「沒大沒小的，你這樣指名叫姓狠罵我，旁人不知道，還不知你吃了什麼虧？我在你身上佔了些什麼便宜呢?!你擋不住旁人朝邪處想呀！其實，我跟你上下沒幫邊兒，我不願意白擔這個名聲！」

趙大漢兒擠眉弄眼的這麼一說，閨女盈盈罵得更兇了，她用尖亢的嗓子，揮舞著洗衣棍，坐著罵，走著罵，跳著罵，好像一個初出道的女巫獨唱一場跳神戲，惹得河上岸上的人全都圍攏來，拿當一場熱鬧看。

碼頭邊圍聚的人越多，閨女盈盈罵得越起勁；盈盈罵得越起勁，那些看熱鬧的人群越是品頭論足，笑得開心。

「大漢子招惹了她，算是倒了八輩子窮霉！」

「盈盈是個直性子女孩兒，替咱們叉港上人家爭了口氣。」岸上的婦人們袒護她說：「也好叫這些涎皮厚臉的鹽工船戶看看，巧嘴薄舌拿人開心，總要遇上魔星，吃一番苦頭！」

趙大漢兒當初只是拿話逗弄逗弄她，並沒想到她會這麼認真，一罵罵了一上午，招引來這麼一大群人，連旁的船上扛貨的全停了工，跑過來張望；論年歲，自己要比盈盈大一倍，若真硬頂硬撞的破口對罵，委實不像話，若就這麼不吭聲的由她罵，彷彿顯得自己虧心，這真像騎在老虎脊背上，上不得，下不得了。

比趙大漢兒更懊惱的，該算是傻小子狄虎了，他做了一夜的美夢，硬叫趙大漢兒揉成這樣，再怎樣也理抹不平它了！閨女究竟罵了些什麼話？他迷迷糊糊也沒聽得清楚，只覺得鹽包扛在肩上，輕飄飄的沒斤兩，壓不住那顆朝上迸的心，覺得碼頭上的太陽光──一些碎碎的金屑兒，都像遇上了磁鐵似的被吸著黏在她身上，她雖在罵著，卻看不出一絲潑悍的樣子，薄嘴唇兒微微翹動著，迷人的小白牙時隱時現，帶一種嬌媚的甜味，連她嘴裡發出來的聲音也是蹦脆的，還加上那麼一份未脫盡的稚氣，抓得人心裡發癢。

她要不是在罵人，要是換一個時辰，換一個地方，跟自己說點兒甜的——哪怕是一句半句呢？若不是趙大漢兒胡插一腳，也許會遇著這個機會的……既拴不住這匹心猿意馬，益發鬆開轠繩恁它奔罷，人有口氣，就會成天胡思亂想的。只有用它來沖淡窩盤在心裡的懊惱了。

那一天，閨女盈盈罵到晌午才收了兵，一個扛伕逗她說：

「大姑娘，你罵夠了。」

「罵夠了？這兒沒誰供我的飯食，等我回去吃了飯再來。」盈盈說。

不過，下午她再來的時刻沒有開罵，趙大漢兒把卸貨的事情交給扛伕老徐，不知躲到哪兒逃罵去了，倒是狄虎心不在焉的扛鹽包，鬧出一場笑話，——他兩眼沒看搭板，連人帶鹽包摔下河去洗了個澡，他半天扛鹽的工錢扣去那包鹽，只落下夠買兩份香燭的銅板。

雖說破了錢財，狄虎的心裡倒滿樂意，因爲閨女是用手帕蒙著嘴，笑著跑走了的。

四、孽緣的陰影

卸了貨，船輕了，船上的扛伕們渾身也輕了，船仍泊在叉港裡，等著裝貨駛回北方去，在這段等待的日子裡，正是那些野漢子們搖膀子逛盪的時辰。

到酒樓飯館裡去買醉罷，只有那種樣香醇的烈酒能把人一心的飄浮壓住，或是去後街矮屋裡，找那些粉面油頭的娼女，泛濫著一些粗野與淫邪，再不然，把那些灑汗積賺的銀錢一股腦兒推上賭臺，去碰碰運氣，輸光了口袋，睡它一頓蒙頭大覺。……多少年來，沒根沒絆的浪人們習慣了這種樣的模式——把一切拋在腦後的一種自暴自棄式的生存。

只有傻小子狄虎不沾惹這些，他沒精打采的守著空船，抱著腦袋，大睜兩眼做他自己的夢。烏龜忘八就是烏龜忘八，哪是什麼百靈百驗的黿神？那兩份香燭一點兒也沒為自己帶來好兆頭，打那天閨女離去後，自己就一直沒能再見著她，心裡空留下她的一些影子，彷彿很遠很遠的一些影子，非但摸觸不著，連眨眨眼也會把它眨碎了。他那樣苦寂的摟著膝蓋，獨坐在空船上，就為了捕捉那些影子罷？

他看著流水，水面逐漸逐漸黯下來，化成那一座煙霧騰繞的香棚，一盞大樸燈照耀著一角空間，蘆材桿兒編織成的隔扇上端，剪凸出她的頭部輪廓來，一片烏雲樣的覆額的彎瀏海，沒覆住她那雙又黑又大會說話的眼，眸子裡發出一種流盼的磁光，就那麼一閃的光景，使自己變成一隻撞在網上的飛蛾……。

他抬頭去看天，那片無波無浪的碧海上，亮著那座叫朝露洗亮的園子，石砌的坡級——一些粗糙多稜的青灰帶白的石頭，怪異的多孔立石，光滑的臥牛石，揀棗兒，開黃色花串的洋槐，樹身佝僂的馬纓花，褐石圍成的六角井，黧黑的木架，耳形的白木菌子。這些依稀的背景裡飄著她的身影，穿著白地印紅花的短袖衫子，拖垂著鬆軟的辮髮，像一隻嬌慵懶散的初醒的白貓咪。

他也看得見，她坐在碼頭口石燈座子上，指罵趙大漢兒時的影子，太陽光染亮她絲絲鬢髮，像一些新染的金絲線，小風搖拍著它們，便迸出些奪目的虹彩來，她的周身也浴著太陽的光，潔白的衫子亮得刺人兩眼，彷彿那光彩不是來自太陽，而是發自她的身體。

她是那片光，也是一團火，把自己的心燒得熱鬨鬨的，不能不這樣想著：要是有一艘船，能載著她，不管飄流到哪一處天涯，哪一個海角，即使到了寒風如刃，冰山叢立的地方，自己也不會覺得孤單和寒冷了。

這種奇異的情感，是早先從沒曾懷有過的。

再到香棚去罷?!再趕著去逛廟去罷！不就在那邊不遠的地方麼？……在那裡，你仍會跟平常一樣的見著她，她會跟你笑，和你閒搭訕幾句什麼，或者會扯開話匣子，再講些關於黿神如何靈異的故事，爲什麼獨自悶在船頭，一股勁兒的癡想呢？

他在這樣的轉念中跳下船去，可是，人一走到那座山崗邊，還沒有去爬土級呢，雙腿就打軟了，並不是心虛膽怯怕著什麼，狄虎倒不是那樣溫吞人，只覺得自己心裡包藏著的那點意思，全叫趙大漢兒當著閨女的面，用各種淺薄的話頭兒抖開了，再沒一點兒覆蓋。……要是自己再去香棚，跟那閨女臉對臉，那該是宗多麼尷尬的事兒？

他還記得閨女跟他說過的話：「你知你像是什麼？」問話的是她，答話的也是她：

「賊，單看你那兩眼就知道！」

她可沒說錯，雖說賊這個字眼兒有些不好聽，自己確是想從她那兒偷些什麼：偷她那個人，偷她那顆心；但自己是多麼糟的一個笨賊，還沒有下手去偷呢，只是心意初動就叫原主兒當面點破了，再怎樣裝聾作啞，怕也掩不住那份難堪罷？……「單看你那兩眼就知道！」話頭兒夠尖夠薄的，照理說，從那天起，再見著她時就不該抬眼的，偏偏兩雙眼睛太貪婪，不肯聽話，才害得自己一腳踏空掉下河去，白造出一場笑話。

這回若再去香棚，她會怎樣說？怎樣嘲笑？怎樣奚落？會不會指著問他存的什麼心？指著說出那場笑話，讓自己當著那麼多同行同業的漢子，硬把笨賊兩個字寫在額頭上？既不願意硬闖那一關，就拐個彎兒，去爬老黿塘背後的土崗罷。土崗不算高，可是夠陡的，崗頂上舖著一片綠草，草叢裡間夾著一些五色紛呈的野花，也有一些疏落的小樹，叫風掃成彎著腰的樣子，即使沒有什麼風吹，也餘悸猶存的誇張著風威，規規矩矩的彎在那兒。

他背倚著一棵那樣彎曲的樹，和他平常背靠著船上高高疊起的鹽包一樣，採一種自然懶散的姿勢，發散著他的無聊。——唯有像這樣恁情的躺靠著，他那匹心猿意馬才能脫得轡繩，恣意的奔馳。

傳說裡的老黿塘，就展陳在他的眼下，像一張碧綠的荷葉，在陽光下顯出亮汪汪的顏彩來，他無心去推究那種古老的傳說是真是假？這同他毫無關連，也許只有瞎老廟祝關心它，因為它是黿神廟的廟產，他們用一道齒形的木欄柵，柵住這塘邊唯一通達水邊的臺級，限制一般遊人下塘去取水，聽趙大漢兒說，附近凡是生疾病、患癬疥的人，多半要來焚香拜廟，取些塘水回去吞飲，每回取水，都得付給廟祝一點兒錢，作爲謝神的香火燈油費用，又說：「這行業可比咱們哥兒扛包輕快得多了！」……當時真有幾分羨慕和尙，可當一見香棚裡的閨女之後，越想越覺得和尙不是人做的，光瞧著不能娶老婆這門子規矩上，自己就寧願八輩子扛包。

塘那邊就是閨女家的宅子，人躺在這邊看來，跟坐在黿神廟前看得一樣的清楚，斜坡一邊豎著曬衣架，長竹竿上掛著閨女洗過的衣裳，那件自己夢見過好幾回的白地印紅花的短袖衫子，那大紅的抹胸，那……撩撥人似的朝這邊招晃著，恍惚要使人通過這深幽的塘面到那邊去似的，但招晃著的不是那閨女的白手，只是她的飄飄盪盪的衣裳。

從下午坐到黃昏時分，也沒有見著閨女盈盈的影子，只看見一個矮小佝腰的老頭兒，穿著破舊的藍布長衫，從那後屋的門裡踱出來，衣衫兜著晚霞，手持著一瓶酒，一把琴，臉朝著西邊坐在一塊臥牛石上，瞇起眼，彷彿也在望著什麼。

蝙蝠的影子出現在老黿塘的上空，一汪水似的黃昏，被牠們飛翻的翅膀攪得渾沌沌的，塘面上的霞影也逐漸的轉黯了。

那老頭兒在咿咿呀呀的調動弦兒，拉起他的琴來，估量著他是喝多了酒，弓弦走得顫抖，琴聲除了淒冷沉傖之外，竟也沾了三分醉意。這古怪的老頭兒，就該是被趙大漢兒形容爲固執、冷漠的琴師老陶了，狄虎聽著望著，只覺得他跟那閨女簡直不像是父女，至少，他找不出這父女之間有什麼相似的關連。

他不想傾聽這種低啞的訴泣，便站起身來，拂開那片蒼茫的暮色，悶聲不響的走回船去，他只有悶坐在船頭上，看天、看雲、看水，連去窺望那宅子的勇氣也沒有了。而藏在心裡的那點兒希冀並沒消泯，總在想著，她會再到碼頭下面的跳板上洗去裳的罷？

「狄虎，狄虎，」趙大漢兒邪氣的嗓子在叫喚著他，酒喝成那樣，連舌頭都捲成了一截兒，他穿著的小褂兒沒扣扣子，大敞著懷，一路歪斜的撞上船來，拍打著傻小子的肩膀說：「男子漢，害那種軟兜兜的相思病，多麼沒出息？」

「見你的鬼！」狄虎沒好氣的說。

「你賴也賴不掉的！」趙大漢兒咬著黃牙：「你敢情是氣我胡搗亂？天地良心，我是出心成全你，若不是這樣鬧一鬧，怎能把你的影子栽在她心坎兒上？盈盈這個妮兒，說是野氣一點，其實是手巧心靈，一等的才貌，能弄得到她，是你天大的福氣……。」

「我沒那個能耐。」狄虎說：「更沒那麼大的福氣！我是金剛鑽鑽碗——自顧自還顧不過來呢，朝後少拿我開心算了！」

「絕不是拿你開心。」趙大漢兒認真起來說：「年輕的光棍好打，年老的光棍難熬，我是一路光棍打過來的，如今半截身子下了土了，這滋味真是寒天飲冷水，點滴在心頭，老和尚唸經，只有自己懂得！」

「大漢子，你又在唸什麼『一本正經』？」扛伕老徐也醉呼呼的回船來了，插上一槓兒說。

「噢，我正在替狄虎拿主意，要他去釘那個野丫頭呢。」趙大漢兒說。

「難難難……」老徐坐在一盤纜繩上，連著搖頭說：「你要是開開心，逗逗趣呢，倒也無所謂，要是認真慫恿他，那可是害苦了狄虎啦。」

「你這話怎麼說？」趙大漢兒抬起槓子來。

「此路不通！」老徐這樣說著，在黝黑裡慢吞吞的摸出他的煙袋，捺上煙葉兒，打火吸著。煙頭火一亮一亮的，映照著他皺眉的臉子。

「此路爲什麼不通？我倒要聽聽。」趙大漢兒也摸出個煙袋來，捺上煙葉兒，打火吸著。

「你該知道盈盈她爹，那個老傢伙有多麼固執！」老徐的聲音沉沉的：「老陶那個老頭兒呢，說來算是個正經的老好人，他如今這種固執冷漠的脾氣，全是當年那段孽緣鬱漾出來的。」

「孽緣？你說是——」沉默在一邊的狄虎說話了。

「就是了。」老徐說：「我剛剛在茶館裡，還聽人講說這宗事呢。……說起來話可長了，老陶當年進戲班兒學戲，就跟她——盈盈她媽在一起，學戲的苦楚，你們是想得到的，戲班子借住在城西古廟裡，學戲的孩子成天練腰功，練腿功，打螃蟹溜兒，靠著廟牆拿大頂，誰差遲一點就得捱一頓鞭抽棍打，頭頂香火跪長跪，嗯，那日子，化成一座遮天蓋日的大黑山，得要人拼著一身血肉朝前爬，……她那時是班子裡年紀最小的女娃兒，挺白挺俊的小美人胎子，人都說她走對了路，日後定有竄紅的日子，放開做唱功夫不說，單憑那種臺風長相，也先佔了不少的便宜，誰知她偏沒心學戲，成天唸著鹽河，想著鹽河，其實，她的家不在這兒，她生在一條破船上，父母全是沒根的浮萍草，一面愁著飢餓貧苦，一面又興風作浪的弄出一大窩無力養活的兒女，她排行第八還不算老么！」

「船戶人家把女兒送去學戲，也算是異想天開了！」趙大漢兒嘆了口氣說。

「哪兒是送啊？」老徐說：「她父母把她們這窩兒女當成一船貨來賣，有的賣給城裡的富戶，有的賣給玩馬戲的，她碰巧賣進戲班子罷了！……」

「這種賣人的父母也值得成天哭著想嗎？」狄虎說：「有點兒骨肉之情，也不該這樣狠心！」

「偏偏就有她這種人，割不斷心裡的傻念頭，被賣掉了，還癡念著她的父母弟兄，指望有一天還能團聚呢！……她成天紅著兩眼，哭倒了嗓子，又受了罰，當夜她逃走了，二天天沒亮就叫抓了回來，鎖在廟廊一邊，那間寄放棺材的黑屋裡，整天不給她飯吃。……老陶那時是班子裡年紀較為大些的，他夜晚裝著起床解手，跑到灶上去偷些吃食送給她，要幫她脫鎖，力氣不足，鎖簧沒扭得斷，倆人隔著門，黑漆漆的說了些傻話。

「也許有人告了密，竊食的事發了，那種萎靡不振的戲班子，偏就有那許多霉爛的規矩——要拿來對付學戲的小徒弟，香火炙得他渾身黑印兒，外加用木棍一陣攔腰毒打，打得他含著一嘴腥甜。——老陶的一輩子，就廢在那頓毒打上，脊骨的算盤珠兒受了傷，使他在那事上成了廢人。」

「怕只是以訛傳訛，叫人難信的。」趙大漢兒說：「他要真在那事上成了廢人，怎會生出個丫頭來？除非閨女不是他生的，這話還有點影兒。」

老徐在船舷邊磕去煙袋裡的煙灰，啣住煙袋嘴兒吹了吹氣，又捺進煙絲去，慢吞吞的打火吸著，從唇角發出一串笑聲來說：

「你這全說的是外行話了！他究竟不是閹過了的太監，沒煙沒火，他只是一把燒又燒不著，熄又熄不了的溫吞火，燒不著盈盈她媽那把燥燥的乾柴！套句俗話說罷，他倒不是『有名無實』，卻是『名不符實』，萎萎縮縮的銀樣蠟槍頭，見熱就化，萎萎縮縮的結出這麼一粒鮮紅的果兒——盈盈。」

「就算你有歪理，」趙大漢兒說：「他既落到這步田地，又何苦不拉屎強佔著茅坑，去娶盈盈他媽來？」

「孽緣！我不是早就說過了嗎？」老徐這才吸著了第二袋煙：「要不是這個『孽』字作怪，兩下裡怎會又纏結在一起？……他傷勢好後，變成個板腰，離開那戲班子，到別處去學琴，兩下分開總有十來年，山不轉水轉，十多年後，竟又在縣城裡碰了頭。

「那時，她早在班裡站穩了，憑她的字號，把那破落多年的班子硬挑起來，他呢，說來夠落魄的，靠了那把胡琴，在一家書場上賣唱過日子，她若不找著他來，一個落魄的琴師怎會攀上她？……照理說，她既感恩圖報不忘舊情，自願跟他吃苦受餓，就不該再出什麼岔兒，可是，遺憾就遺憾在那點上——做不得名符其實的事情！她是個活女人，可不是個死木頭呀！」

「後來她就……」

「一棵紅杏出了牆。」老徐說。

「聽你話，好像你親眼見著似的？」趙大漢兒探手在頸子底下搔著癢。

「哪會輪到我見著？」老徐說：「捉姦自有武大郎，據傳全是老陶捉著的，在縣城裡，她跟過一個周什麼名字的三花臉，搬來這兒之後，又跟那個長鬍子的船戶，壓尾，她熬不住，還是跟那野漢子跑掉了。」

「她跟誰跑，和做女兒的有啥相干？你怎麼好說狄虎追不得她？」趙大漢兒轉話頭追問說。

「你這不是多問的嗎？——老陶的老婆是跟船戶跑了的，直到如今，他一見著船上的人，兩眼就冒火星兒。」老徐笑笑說：「他吃不得船上人的肉，剝不得船上人的皮罷了，還肯把女兒許給船上的小夥子，做夢罷？」

「你甭長了那老傢伙的志氣，滅了咱們的威風！」趙大漢兒挑剔說：「老傢伙連他自己的老婆都管不了，哪還有心力管得了野氣的女兒？」

「話不能那麼說，」老徐不以爲然的說：「婚姻之事，她得要老傢伙點個頭罷？誰去提親，誰就碰一鼻子灰，這可是板上釘釘的，不信你自去試試，不碰得你像一隻灰鼻子貓才怪了呢！」

「我？」趙大漢兒指著他自己的鼻子，伸長頸子說：「你以爲我有那麼傻？辦法多著呢，這條路走不過，還有那一條，只要傻小子能跟閨女搭上，只要閨女肯跟他，老頭兒怕只有乾瞪眼的份兒！」

老徐倒是沉吟了一會兒，這才緩緩的說：「你想得倒輕鬆。」

「不輕鬆又該怎樣？」趙大漢兒頂了回去。

「你知道叉港這一帶民風罷？沒出嫁的大閨女要是偷人，除非不透漏半點兒風聲，要是叫人捉著了，一鬨而上的拿棍打，亂棍能把人砸爛掉，你慫恿狄虎豁命幹，多夠風險？」

「風險總是有的，」趙大漢兒說：「人長兩條腿，船起一帆風，這好比伸竿兒釣魚，一上鉤，拎著就跑不就得了！」說著，轉過臉去，捏了狄虎一把說：「沒誰鎖著你的兩條腿，是不是？」

「我……我……」狄虎訥訥的說：「我是一個……笨賊！」

「不要緊。」趙大漢兒笑呵呵的說：「我來教你一個竅門兒！」他伸過頭，附著狄虎的耳朵說：「俗語說：閨女犯猛，寡婦犯哄，你只要攫著機會，使出老虎撲羊的架勢來，一口咬定不放鬆，就成了……甭看她又蠻又野，那是幌子，一旦，呃呃，一旦生米煮成熟飯，嘿，她包管百依百順的依著你，比綿羊還乖呢！」

「……」狄虎沒說話，兩眼直瞪瞪的，只管伸出舌頭來舐著嘴唇。

五、靈驗

兩個傢伙的談話，被晚歸的漢子們打斷了，這些關於那古怪老琴師的談話，反使狄虎心裡壓上一層撥不開的雲霧。河面上的夜風溫溫潤潤的吹著，盪走了浮雲，現出滿天晶燦的星子，在水面上晃著，方燈的倒影是一串串長長曲曲的光柱，橙紅裡帶著些堂皇的喜氣，有意無意的撩動人的幻想，但也彷彿被水波搖亂了，曲曲折折的想不出什麼來。

帶點兒猥瑣的老徐揭現那個昏黑的世界時，狄虎並沒有驚異，那老琴師的過往，彷彿都包納在獨自拉著的琴音裡，一弦一弦生了霉的黯色，一弦一弦欲說還休的惱恨，曾把人心撥觸得荒淒索落，空空的沒個定處。

那還是極迢遠的童年時刻，曾有過相同的經歷，自己提著籃子去外祖母家，回程時正是傍晚，不知怎的走迷了路，天色逐漸變黑了，四面都是高高聳起的黑林的尖齒，籠罩著一層深色暮靄，煙灰灰霧迷迷的分不出那些細小的葉簇來，但那些尖齒上卻挑著令人心悸的恐懼，灰橙色的天，高得出奇，疏落的早出的星粒，似有還無的眨著眼，顯出冷漠嘲弄的神色。烏鴉在黯影裡噪叫著，鬼臉已經在眼前的黯色裡閃晃著了。奔跑罷，林影像手牽著手嬉弄著人，繞著人旋轉，旋轉，天在旋轉，地在旋轉，星粒兒在旋轉的林齒上滾動追逐，越跑那林子越深越黑，連白糊糊的沙路也像被黑黑的林影埋斷了。……

這樣不知經過多麼久，林子沒有了，眼前出現了一片寂默迷離的曠野，平平的鋪展到極目無盡的乳霧裡去，連初升的月色也暈濛濛的，暈濛中可以模糊辨認出腳下荒涼的草叢，較遠處林立的亂塚，有些新的墳塚泛出依稀的白色，塚前還插著引魂的紙旛……風也像是披上了黑衫，噓溜噓溜的尖聲吹著忽哨兒，把紙旛刮得沙沙響，使人不由自主的想到死亡，鬼靈，妖魔，狐魅什麼的。……

曠野是這樣陌生，好像白天從沒到過這樣荒冷的地方，但是，模糊的白色路影兒正通過那些墳塚，一條盤旋游動的大蛇似的，即使膽怯情虛，也不得不硬著頭皮走過去，這時候，忽然聽見一種斷斷續續又飄飄忽忽的琴聲，裹在風裡流響著，彷彿是在雲裡，又彷彿是發自那些墓穴，那琴聲，那不知來處的琴聲，恍惚正是由老琴師手上發出來的。

實在不想再去探究了。

這隻空船雖然拋了錨，繫了纜，還是飄飄盪盪的晃動著，夜晚回船的傢伙們，多少總帶幾分醉意，也有哼的，也有唱的，也有攀著船舷嘔吐的，更有些一回船，就和衣倒頭睡著了，發出沉重的鎖鍊似的鼾聲。小波浪輕輕的在船尾拍擊著，等到一揚帆出了叉港，河上的長風便會把什麼樣的夢全給洗白了。

趙大漢兒慫恿的那些，也只能算是一場笑話罷！假如認起真來，苦惱的還是自己。

這一夜不知是怎樣恍惚的睡著了的，及至再睜開眼，霧影片片的飄在水面上，又是另一個早晨了，昨晚的那些傢伙，一個個走得不見蹤影，仍然留下自己和這隻停泊的空船。

早晨的太陽光掃退了兩岸的淡霧，照在身上有些暖洋洋的，天色朗亮得使人輕鬆，使人舒暢，狄虎把兩手交叉著，反枕在腦後，一動不動的仰著臉發愣，這樣的朗晴天夠長的，總該做些什麼才好，真是的，該做些什麼呢？

一種雜亂喧鬧的鑼鼓聲，打著急速的音雨，時而間歇，時而騰揚，叫人的思緒捲在那種短而有力的聲音裡跟著興奮起來，這不是喜樂，不是喪樂，而是鄉間起廟會用的配樂，狄虎一聽就聽出來了。

「唔，」他自言自語的：「黿神廟裡，那隻烏龜忘八要過生日了！敢情是。」

一陣細碎如鈴的笑聲在船邊不遠的地方響著，還夾有清脆的搗衣聲，狄虎也聽得出來，那是岸上婦女們在河邊洗衣時發出的嬉笑，卻不知她們在笑些什麼？

「瞧那大懶蟲，一睡睡到太陽紅。」

「他是留著壓船的。」

「那不是前天賊眼溜溜掉進河裡去的小子嗎？」

「他有些迷著盈盈呢。」

狄虎悄悄的轉側一下，斜眼朝碼頭石級那邊望過去，臨水的石級上，花紅柳綠的總有六七個年輕的婦女在洗著衣裳，但閨女盈盈並不在裡面。

他噓了口氣，有些失望了。

「盈盈要不是爲了他和那個促狹的大漢兒，才不會遭她爹的罵呢。」她們又在肆無憚忌的議論著了，但說話的聲音常被搗衣聲攔腰打斷，也變得忽高忽低，一浪一浪的了。

「這條懶蟲，看上去還滿老實的，就是那大個兒心邪嘴皮兒薄，油腔滑調的胡言亂語，連我們聽了也會作嘔心，真是的。」

「陶老爹也夠古怪。」另一個說：「哪有罵女兒像他那樣罵法兒的？不跑也會叫他給罵跑的，他這種見神見鬼的疑心病，這一輩子是改不了的了。」

「盈盈來了！」誰這樣一聲叫喚，使狄虎的頸子像被線牽似的歪側過去，那邊來的可不正是做夢也想著的閨女，她手挽著洗衣籃子，滿臉帶著燦然的笑容，一步一步的走下臺級。

在這突如其來的一剎之間，一道燦爛的光在狄虎的眼瞳裡閃亮起來，那一圈彩暈四迸的朦朧中，托現出那閨女的影子，薄薄的藕色紗衫子像想包裹住什麼，卻什麼也包裹不住，她烏黑閃亮的頭髮上塗潤過刨花兒汁，迸閃出千萬晶瑩的光刺，芒針似的刺著人眼，滾銀珠的髮攏間，插著兩朵相傍相偎的帶露的小黃花，越發把她那掛著甜笑的白臉映得鮮活了，她的長辮子是精心梳理過的，編得那麼光滑，整齊而勻稱，透出別樣的溫柔，辮梢繫著黃色的絹結，像一隻搧翼初停的黃蝶：她那豐滿均勻的身體，在她邁步踏下碼頭石級時顫動著，使人更能從她藕色衣裳裡，看出她被裹著的嬌柔的肢節，無一處不是圓的、柔的、軟的，也覺出那種活生生的溫熱，嬌慵慵的甜蜜，和青春流隘的芬芳……

也在一剎之間，狄虎覺得除她的影像之外，這世上的一切都隱遁了，喧鬧的鑼鼓聲，細碎的笑語，岸上的行人，店屋、土崗、林樹、河上的船隻、桅檣，都遁到那團彩暈之外，變成一些遠遠淡淡、不足關心的背景，只有她的體態，明明顯顯的活動著，使他又習慣的在癡迷中舐起嘴唇來。

她是從那種琴聲流佈出的晦黯境界裡升起來的月亮，發出使人安心、使人寬慰的柔光，不管那境界中的顏色多麼黑暗，但她的臉色是明淨的，像月亮一樣的明淨、開朗，即算是她爹——那古怪的老頭兒是黑漆漆的暗夜罷，也擋不住她發出來的清光，不是嗎？

「日子過得好快，都到竈神節了……」她跟那些洗衣的姐妹們說。

「就是啊，一眨眼似的。」

「每年夏天都發洪水，竈神節前後，雷雨瓢澆似的朝下瀉，連著幾日不開天，」一個穿藍衫的閨女說：「今年天反常，莫說沒落一點雨，連塊烏雲也沒見著。——竈神老爺怕熱，不知躲到哪兒睡覺去了！」

「總不會像條懶蟲似的，頂著太陽躺在船上罷。」一個穿綠的女孩說。有點兒逗弄狄虎講話的意思，但她落了空，狄虎手抱著膝蓋坐起來，什麼也沒說。

閨女盈盈放下洗衣籃子，抬起頭，款款的瞄了他一眼，狄虎看見她的嘴唇微微動了一動，話到嘴邊嚥住了，也沒說什麼，就低下頭去洗她的衣裳。

她那雙靈活的白手攪動一圈圈粼波，有情有意的撫著船尾，就像她撒出了一把金絲線，把他和她牽連著。狄虎自己也弄不明白，平素口尖舌利野慣了的閨女，今天怎會變得這樣的沉默溫柔？她雖也笑著，總覺有一分隱隱的羞澀，躲避什麼似的，一直低著頭。

她這模樣兒，使狄虎也跟著有些不太自然了，心裡滿壓著嘈嘈切切的言語，像混纏在絡上的亂絲，一時慌慌忙忙的理不出頭緒來，不知是開口說話的好？還是把悶葫蘆拖到底的好？

可是那流水存心把人捉弄著，倆人愈是各自低頭，卻都能看見對方映在水面上的臉孔和神態，——連誰在窺瞥著誰的影子也瞞不了對方啦。

閨女正在洗著她那件白紗衫子，也不知怎麼的，怔忡著，讓那件衫子隨著流水流開了，她發現後，搶著用搗衣杵去挑它，連挑兩次沒挑著，那衫子飄漾飄漾的朝下淌，閨女站起身，空自著跺腳，啊呀啊呀的叫著。

倒是旁的女孩兒叫說：「噯，那船上的懶蟲，你是會水的，該當下河洗把澡，順便幫個忙，把那件衫子撈著。」

「不要緊。」狄虎這才得著機會，名正言順的開了腔：「有我在這兒，它淌不走的！」一面說著，挺身躍起來，豁去身上的空心小褂兒，站在船舷邊，縱力劃一道圓弧，汆進河裡去，飛快的撈住了那件飄流的衣裳，像條小水牛似的泅到碼頭邊，高舉起手，把那件水淋淋的衫子交給了閨女盈盈。

「該說謝謝你，」閨女說：「真不好意思，讓你大早上就下河。」

「其實不謝也不要緊。」穿藍衫的閨女打趣說：「他下河業已算是第二回了。」

狄虎手攀著青石跳板翻上岸來，用雙手抹著髮上的水珠兒，訕訕的笑著。他的身材原就壯實雄健，經水珠潤著的肌膚，更像剛剛膏過一層油，短褲濕得緊貼著身體，更顯出他偉俊的男性的手姿。

「實在沒什麼，」他跟著掩飾說：「我是天天下河洗澡的。」

閨女望了他一會兒，說：「總算好，碰著你在船上，要不然，好好的一件衫子，就白白的跟水淌了。」又拐個彎問一句說：「空船泊著沒有事，你怎不上岸去逛逛？」

「岸上沒什麼好逛的，」狄虎說：「叉港的人全知道船上這夥人上岸去，不是賭錢，就是酗酒——我跟他們合不上趟兒。」

「那就該去逛逛廟，竈神節就快到了，廟裡要起會，很熱鬧。」

狄虎寂寞的搖搖頭：「我信不過什麼竈神，真的。雖說那天晚上，你跟我講了很多竈神如何靈異的事情。」

閨女掩著嘴，笑出聲來說：「你既信不過它，那你為什麼又去香棚買香燭？要是我沒記錯，買香你揀大把的拿，還又買雙份兒呢——你進廟燒香，可有向竈神許過願心？你怎知它不靈？」

「許是許過了，」狄虎說：「我罵它是烏龜忘八，它就加了我一頂帽子——賊。」

狄虎傻傻的說著這話時，並沒有發笑，閨女盈盈一聽，可笑得換不過氣來，兩眼笑得水瀅瀅的，過了好半晌，才忍住笑說：

「那你就該再燒兩把香，——它究竟有幾分靈驗。」

「你再去黿神廟，口舌上要千萬當心，」穿綠的女孩說：「你們一些外方來的人，總把焚香拜廟當做玩笑看，不成的。……早年聽人講，說是有個扛鹽的黑皮，喝醉了酒去逛廟，當著黿神不知亂說了些什麼，二天扛鹽時，人不見了，好些人到處找也沒找得著，後來過了個把月，清倉時才找著他，叫壓在疊疊層層的鹽包底下，只落一把骨頭，和一身醃板了的皮肉，變成一付人乾兒啦。」

「那只是糟蹋了一包鹽，」狄虎說：「人乾兒又賣不了半文錢。你們的黿神倒是很會慷他人之慨呢！」

「總比你把鹽包扔下河要好些。」不知誰這樣的說了：「你為的是什麼呢？」

狄虎受窘語塞了，那群洗衣的閨女們都掀起一串串響鈴似的笑聲來。有些笑得彎著腰，辮梢兒垂在腰間亂抖動，有些笑落了鬢邊插著的野花，被風吹到河面上打旋也不去撿，閨女盈盈一面笑，一面拿她那雙會說話的黑眼瞟著他。一群女孩兒聚在一道，另有一種野法，當她們存心嘲弄著一個人時，你一言，我一語，連滴水的空兒都不留，狄虎遇上這種局面，只好踏著碼頭的石級，藉故跑回船去了，這一回，他不願留在船頭甲板上，一逕鑽進艙裡去，扯條乾手巾抹抹身子，換了衣褲，躺在大蓆上，心慌撩亂，卻又滿足的閉上眼。

忽然他神經兮兮的綻出笑來，坐起身一拍巴掌說：

「靈了！真的靈了！這隻烏龜大忘八，倒不是白受人香火的。」

儘管隔著一層艙板，他仍清楚的聽得見那些洗衣姑娘們時歇時揚的喧語和笑聲，聽得見她們之中不知是誰哼唱的小曲兒，聲音很柔很美，就像拍著船尾的小波浪一樣，輕脆的搗衣聲飛盪著，鑼鼓又在遠處響了，他從艙口掀起的板蓋上，看見一塊方方的藍，天，是這樣的晴和美好，擋在他和閨女之間的一些陰雲也該退散了，她的神情模樣使他很夠安心。

他決意再到香棚去。

他也相信世上有運氣也得靠人去碰了。

六、野漢子

聞嗅慣了的葉子煙的煙霧在燈下嬝繞著，閨女盈盈靠在櫃檯一角，一動不動的坐著，不時的眨著眼。

黿神廟前的夜晚，本就夠熱鬧的了，到了黿神節的前夕，更熱鬧得勝過城裡的鬧市，從土坡下面開始，一路布篷挨肩搭背的張起來，每個棚前都點燃著馬燈和彩燈，把夏夜溫寂的大氣燒得一片火紅。星空很繁密，來拜廟的人群更繁密，天上的流星還在星群中間飛跑著，不遇什麼遮攔，人呢？只有挨挨擦擦的擠，誰也休想跑上一步。

也許難得逗上這樣晴和的天色罷？

那說傻不傻，說機靈又不機靈的小夥子怎麼還沒見著影兒呢？……儘管爹那暴暴的嗓子還在耳邊飄響著：「我不准你跟那些扛鹽伕和莽船人閒搭訕，不准你去招惹他們，這些沒根的浪漢，十個有十個不是好人！」好像他多年來就沒改過他那種神經兮兮的固執，至少，那小夥子一眼看上去，就跟那些浪漢們不一樣，他是不會相信的，當初他也曾多次這樣吼罵過媽，使那許多原本平靜的夜晚，平添了許多咆哮、咒咀和眼淚……爹說媽走了，人人都跟著傳說媽走了，爹在酒肆裡昏天黑地的酗酒，講了媽許多莫須有的醜話，說她怎樣跟三花臉，怎樣跟長鬍子的浪漢，人們居然就相信他，並且跟著傳說這，傳說那，繪聲繪色的，把沒有人眼看的事情都說成真的。

真相如何？自己也不知道。

只還隱約記得那些在爹咆哮聲裡戰慄的夜晚，爹臉色鐵青，兩眼噴火，額頭的青筋暴凸著，拚命揪著媽披散的頭髮朝牆上撞，一面說些昏亂得不能連貫的話：你甭想拿什麼感恩依順的甜嘴來哄騙我，你不是木頭刻的，你說，你是不是偷了三花臉？我是殘廢人，沒老婆也過得了日子，你認了，我放你走！我不戴這頂綠帽子……天知道哪來的三花臉？要等他脾氣發過了，媽才跪著說好話，說絕沒有這種事情，全是你憑空想出來折磨人的，假如在城裡不好，就搬下鄉好了。

下了鄉，三花臉沒有了，換成個長鬍子的船戶，還是三朝兩日的一頓罵，一頓打，二天媽眼上貼膏藥，頭蒙在被裡，委屈不盡的哭……。

「盈盈，媽的乖女兒，媽也許有一天，就這樣含冤不白的死在你爹手上，你爹是個好人，卻是個瘋子！……他怎樣古怪的想，就以為他想的就是真的，媽若真像他想的那樣人，當初就不會找著他嫁了。」

媽究竟去了哪兒？自己根本不知道，問爹，爹冷著臉子說：「別問她！那不要臉的，跟那生長鬍子的野漢子跑掉了！」

「老陶的老婆跟那長鬍子船戶跑掉了！」幾乎立刻就聽到了這種風播的迴聲。

星空很繁密，又有一顆曳著長長光尾的流星在飛跑著，突然滑落到高高的黑裡，再覺不著蹤跡了！那邊亮著的船桅燈也很繁密，它們夜夜亮著，它們是一些地上的星子，但也會在朝來的霧裡滑落，跟著滑落的是一些人臉。

在這被燈火燒紅的夜裡，不知怎的竟是想著那個看來傻氣的小夥子，偏又想起那些使人心潮的往事，跟著這些升起的，是爹陰鬱的眼和緊鎖的眉，也就那眼和眉的濃密的陰影，把自己鎖禁著，禁在身後這座遍地生苔的院落裡，每一塊石上的苔痕，都是一張陰鬱的人臉，每一張那樣的臉上，都有著爹的影子。

天知道媽走後這五年的長日子是怎麼過的？記憶愈朝深處推，瀰漫著的黑霧越是濃，混混沌沌，更加尋不出什麼蛛絲馬腳來，能替媽捲逃這樁事下注腳，只是失去她之後，家便寂寞冷清下來，連風也留不住，而爹只有一把琴和一罈酒，醉意醺醺的拉走了一個黃昏又一個黃昏，雲也僵凝，風也冷，那琴弦總像在吐著什麼，說著什麼？日復一日的，幾乎拉的是同樣的調門兒，慘霧在弦下湧聚，愁雲在弦上匯結，叫人不忍卒聽。——似乎比媽在家時夜夜聽爹的咆哮更慘了。

只有守在香棚裡的時辰，才覺得離外在的世界近一些，但總像隔著一層什麼，隔著什麼呢？自己曾在園子裡捉過一隻螻蛄蟲兒，把牠裝在一隻小口的玻璃瓶子裡，放在石階上看著牠，螻蛄蟲靈活的頭顱轉動著，牠一定看見瓶外的天地。花和草，土和石，牠便用力的爬著，爬著，但總跌回原來的地方，自己也就是那隻螻蛄蟲兒罷？但比那螻蛄蟲兒聰慧些，至少還能知道有那麼一層阻擋，不願費力去掙扎，只是坐著，沉在一剎而來一剎而去的迷惘裡，用那些迷惘編成一個結又一個結，只能編，卻不能解開……

那看來傻氣的小夥子怎麼還不來呢？

「三個銅子兒一小把，五個銅子兒一大把，隨意挑罷！」有買香燭的人進香棚來了，她便照例的這樣說著，站起身來，替他們斟上一盞熱燙的麥仁茶，再照例的收一圈兒空茶盞，把久坐的客人朝廟裡趕。

點燃著方燈賣吃食的小擔兒連著挑過去，篤篤的敲著毛竹片兒，賣西瓜枒兒和成串水蘿蔔的小販，怪腔怪調的發出一些高過人聲的呼喊。人頭黑鴉鴉的順著鑼鼓點子滾動，這麼多的人，該把崗坡壓塌了。

一隻蛾蟲不知從哪兒飛進來，受了驚似的抖著粉翅，叮叮的撞著燈罩兒，又飛繞一個圈，把思緒引至另一個打得很緊的死結兒上。……媽走前那一天，爹又舊話重提，咬牙切齒的說起那個長鬍子的野漢，說他親眼看見那個人，斜揹著個扁扁的小包袱，在香棚門口兜來轉去的繞圈兒，說那人存心來接她的。

「你這賤貨，怎不跟他走？死賴在這兒哄騙我做什麼？潘金蓮謀害武大，你是想謀害我，讓我七孔流血死給你看？」

……「天喲！」媽雖捱了掌摑，仍然朝爹跪了下來，抱著他的腿，發出撕裂人心的哀叫說：「好人，天怎會讓你得了這種疑心病的？我自願跟你苦，跟你熬，這十幾年來，前世差你欠你的，論補也該補夠了，你不能這樣平白的冤我，鬼見著什麼長鬍子的大漢了？」……

「那你跟我到老黿塘上去發誓去！走呀！」爹動手扯著她的腕子，扯得她那對碧玉的手環叮噹擊打著，媽跟自己講過那對手環，她買它們時，正是她在戲臺上最風光的日子。……

「你不用這樣拉扯我，莫說到老黿塘上對著神黿發誓了，就是上刀山下油鍋我也願去，只要你肯相信，朝後不再活活的折磨我。」……誰知道呢，她竟是第二天夜晚走了的，在她發過誓之後。

她忽覺兩眼有些溼，便用笑來壓，硬把淚水壓回去了，滿天的星子似乎晃了一下，一個人笑著走進了香棚。那正是傻小子狄虎。

「哦，」她笑得更深些，兩頰的酒渦起了旋動，朝他說：「怎麼這樣躡手躡腳的？活脫像個——賊！」

「我來了好一會兒了。」狄虎說：「來買兩把香燭，求那個亀神把我的賊名洗一洗，剛剛我見你在想著什麼，沒好打擾你。」

閨女用霎著的黑眼說了一點兒什麼。狄虎又舐了舐嘴唇。

「那個害汗病的大個兒，沒跟你一道兒來逛廟？」

「他？——他叫你罵怕了。」狄虎說。

「我又不是靠罵人吃飯，不罵人嘴會癢！」閨女說：「他惹我在先，對付這種人，最好的法子就是罵，不罵得他狼狽，得不著清靜。」

「你真的很會罵人。」狄虎把奉承話說出了口，又覺得奉承得不甚妥當，——哪有奉承女孩兒家會罵人的？不過，他又立刻想出話來，補正說：「當然嘍，罵人並不是什麼好事情，用在該用的地方，不會吃人的虧，凡人在世，學著什麼都有用處，不是嗎？——學個羊癲瘋在身上，一樣嚇得著人。」

「嘻，看不出你倒是滿會說話的。」

「他們雖叫我傻小子，」狄虎說：「其實我並不傻，我自己知道。在船上的日子不太久，總覺過不慣，三天五日一個地方，飄來飄去的跟大夥兒合不上趟，在人家眼裡，不傻也傻了。」

「既是過不慣，那你幹嘛要上船做事情？」

「人總要混飽肚皮啊！」

「哪兒都好混日子，不一定在船上。」

「幹這行，利潤多些，」狄虎倚著門框兒說：「我也不想久幹它，總打算發力幹它三幾年，積蓄些錢，回去買塊靠路邊的地，搭起個茅屋來，做點兒將本求利的小買賣什麼的。」

他自覺今晚上說話很順暢，言語也多起來，因爲每當自己說話時，對方都那樣的半仰著臉，手托著下巴，出神的，又饒有興致的傾聽著，彷彿四周一切喧鬧的聲音都沒在她的耳裡，其實他說的，並不是心眼兒裡要說的，也只說些零零碎碎不相干的話，正因爲她顯露出願意聽下去的樣子，才逼得他找出話來說下去，越是不相干，說起來越沒有什麼顧忌。

自己說話時，也遇上有人進棚來買香燭，閨女盈盈光顧著聽話，連例行的招呼都忘了打，任由客人抓了香燭，隨意把銅子兒丟在櫃面上，這雖是細微的小事，看在狄虎的眼裡，不由得滿心感動起來。

他就這樣嘮嘮叨叨說下去，平素他這些言語，在船上說了是沒人聽的，在心裡窩久了，抖出來彷彿都有些酸味和霉味，一塊一塊的泛著溼溼的黏，說他願意開一家小小的野舖兒，能讓趕長途的客人歇歇腿，吃餐熱飯，野店門前若是臨著河，就養些鵝和鴨，當然能有一條小小的船更好，但那只是發貨用的船，只用雙槳不用帆，早出晚歸罷了……一邊說著，一邊也弄不明白，爲什麼要把這些不相干的事情吐給她聽？

但那雙睜大的黑眼睛，像兩隻剛生出黑羽來的天真、稚氣又飢餓的鳥雀，吱喳喳的叫著，總得要餵給牠們一點兒什麼，自己早先也餵過兩隻乳雀，當牠們試抖小翅，張開白牙牙的小嘴唧噪時，就餵給牠們一些成熟了的紫黑色的桑椹，她的黑眼睛就那樣的吞飲著自己的言語，彷彿仍沒吃飽的樣子。

「坐著吃盞茶罷，」閨女說：「甭光站著。」

狄虎這才過去，坐的仍是前幾天坐過的地方。

「節後就快開船了罷？」閨女端過茶來說，聲音裡透露出一份難以捉摸的情韻，不敢說是她自興的迷惘？還是對自己離去的關心？

用手旋著那隻熱霧騰游的茶盞，狄虎忽然覺得心裡有些泛潮，閨女站在桌邊，離自己這麼貼近，但這彷彿不是真的，只是一個紙剪的影子，誰知在明天，後天，或是哪一個時辰？飽飽的帆篷像張著的翅，只怕連回憶裡的這樣的影廓也會變成一片模糊的白了罷？何苦要到這兒來呢？一想到開船，就覺得杯裡不是茶，卻是一盞由閨女親手斟上來的苦汁了。

什麼時刻唱過那樣的小曲兒：

人人都說是黃蓮苦，

我心比那黃蓮還苦呀苦十分……

「你怎的又不說話了？」閨女的聲音飄過來說：「儘愣著想些什麼？」

「哦，我是在算日期呢，」狄虎說：「下一船運的是豆餅，貨還沒來齊，貨齊後再裝船，總還要兩三天的光景……竈神節，這場熱鬧嘛……算是看定了。」

「甭騙我，」閨女的黑瞳仁兒凝定的看著狄虎的眼睛說：「你不是個愛看熱鬧的人。」

「那也沒辦法，」狄虎說：「咱們這號人，飄流打轉過日子，沒有什麼挑呀揀的了，不能說喜歡什麼，不喜歡什麼？有時喜歡的反而得不著，不喜歡的反而送到眼前來，只能說碰著六就是六，碰著么就是么了！」

「你倒是看得開。」闔女說。

「不是看得開，」狄虎聳聳肩，攤開兩手說：「我不是剛說過，那都是沒辦法呀！」

「能轉的骰子總比不轉的骰子好！」闔女忽然吐出這麼一句意味深長的話來，下面好像還有什麼話要說，但卻頓住了，沒再說下去。正碰著又有拜廟的來買香燭，她就搖搖辮子走開了，把含蘊在話裡的意思留給狄虎獨自去默飲。

外面的鑼鼓聲一陣比一陣響，月光又落在老黿塘半邊塘面上了，正因有月光描勒著，更顯出那深塘的神秘深幽。好些留連在香棚裡的漢子，也都紛紛擠出去看熱鬧去了，闔女還是在櫃角的高凳兒上坐著。

一隻不轉的骰子：狄虎想。假如老徐那番話是真的，她跟著一個瘋了的爹過日子，該是一顆不轉的么點子！但她從沒鎖過眉，嘆過氣，她明朗得像是無風無雲的天，比較起來看，老徐的那番話，又不像是真的了。

他喝著那盞茶，闔女又過來替他添。

狄虎扯扯她的衣袖，低聲的說：

「昨夜晚，我聽船上有個人，老跑汊港的，他說起你家的事情，說你爹精神有些……可是真的?對不起，我不該冒冒失失這樣問的。」

「除了你，誰都知道的。」閨女盈盈夠坦直的，立時就點頭承認了，問說：「你一定聽了很多很多罷？」

「很多很多。」狄虎說。

「你的骰子還在轉，我的卻不動了，——碗底上現的是一個么。」閨女說：「有什麼辦法呢？他能吃能喝，能講能說，他不承認有毛病，誰敢指著說他有毛病呢？瘋病沒藥醫的，香棚的生意好，賺的錢夠他買酒的。」

「他怎麼總不出來？」

「怕看你們這些外路人的臉。」閨女說：「你要是聽人說了，你就該知道爲什麼了！」

「我知道。」狄虎說。

「我媽不是那種女人。」閨女又說：「她決不會做出那種事來的，也沒有那樣一個長鬍子的人，真的沒有，他心裡想著有，就有了！」

「我知道，別人也都這麼說的。」

「還有你們不知道的。」閨女說：「他常在三更半夜裡起來，穿好衣裳，點上燈，對著燈生氣，咬牙切齒的，一個人跟那盞燈說話，又叫又罵的。有時候，他會拎著一盞馬燈，繞著老黿塘打轉，喊著罵那長鬍子的野漢子，要跟那個人拚命。」

「我卻沒有見著過。」狄虎緊閉著嘴唇，兩眼炯炯的，在濃眉的陰影下發著光。

「我是說：有時候他會。」閨女說：「你只是沒遇著罷了。通常在下雨天，響暴雷落大雨的夜晚，他聽著雷，看著閃，就會突然發起瘋來，可是過了那一陣子，雨水淋透了他，他自會一歪一拐的回來，脫下濕衣，再睡下去，第二天好像沒有那回事一樣。」

閨女歪過身子，拖一拖長凳，背窗坐下來，低著頭，用纖巧的手指引動桌面上的茶水，在胡亂的塗抹著什麼，門前的燈光射不透老黿塘底的黝黯，黑黯沉沉的崖影仍然和月亮互相噬食著。

狄虎猛可的驚震起來，一個閃電似的怪異的感覺掠過他的腦際——閨女彷彿正立在峻陡的危崖上，面對著一個可怕的瘋人，雖然那瘋人確是她爹，但這樣下去，他會做出什麼來呢？

這一切都是無意的，他到這兒來，並沒存心要牽動什麼，天知道話頭兒一斜，竟斜到這事上面來，對於這著事情，他是絲毫無能爲力的。……從閨女的坦直吐述，再加上傳言的映證，他幾乎可以確信，那古怪的老頭兒老陶，因爲腰部受過傷害，使他無法做一個名符其實的男人，但又因著這段孽緣得到一個絕頂俊俏的女人，這使他身體的傷害沉落到心裡，化成精神的殘疾，疾久成瘋，他能那樣的逼害著他的妻，日後也許會同樣的逼害著他親生的女兒，……他抬頭望著她，幾至不敢再想下去了。

「你爹發瘋的時刻，你不覺得駭怕嗎？」

「不。」閨女低聲說：「我早就看慣了。再說，他很少對我兇過，除非提起『船』，『船上人』或是『帆』、『錨』、『槳』、『纜』之類的東西，只要跟船字有關聯的，都惹他生氣。」

「我弄不懂。」狄虎把手指插在短髮裡搔著，苦笑說：「我弄不懂這是甚麼樣的古怪毛病？」

「他妒忌，」閨女說：「他始終記著那個長鬍子的野漢子，他相信那個『人』是弄船的。他恨他，也就恨上了叉港上的船，恨上了你們這些船上的人，這幾年，他從不到香棚裡來，總把自己關在後屋裡，他一見著我跟船上人說話，就會氣得發病。」

麥仁兒在茶盞上打著旋，緩緩的沉下去了，狄虎的一顆心也跟著朝下沉，朝下沉，一切的慾望，夢和幻想，也都在隨著沉澱。夏夜是喧鬧的，浪頭般的喧嘩一陣陣的沖激過來，但總沖不透繞在身邊的一圈兒死寂。

「這總是怕人的事情……」他喃喃的說。

「你用不著擔心，」閨女用大大的黑眼斜睨著他，笑了笑說：「再過幾天，船一掛上帆，這事就過去了，大不了你們會講起它，變成一個故事，像汊港上流傳著的老黿塘的故事一樣罷了。」

「不，不是這樣！」

「又怎樣？」

狄虎被她這一激，激出話來說：

「你爹這毛病，早晚會激出事來的，假如……呃呃……假如日後你跟了一個弄船的，他會怎樣？這香棚又不是鐵壁銅牆，禁不住你這樣的人，也擋不得弄船的漢子，可不是？當然，我這只是說假如的話……」

「假如總歸是假如，」閨女說：「這假如，那假如，千百個假如，沒有幾個會成真的，我爹跟我兇說：十個弄船的，有十個不是好人……」

她還在用手指在撥弄書桌面上的水漬，一道閃電在她眼前划過——她的手被另一隻手用力的壓住了，在昏黯的跳動的燈影裡，她吃驚的去看那張臉，那張臉也正在看著她，他兩眼不知所以的瞪著，仍然是那副愣傻的樣子，認真又誠懇，她想抽回手，卻失去力量，想罵一句什麼，又罵不出口。

「你記住，我是那十個之外的。」狄虎說。

閃電掠過去，他突然的走了。

七、大雷雨

要來的，終於這樣的來了。

這十七八年來，生命像一池快要滿溢的蓄水，在鎖著的閘門裡漾著些細碎的漣漪，閃電迅疾掠起，一條撕裂什麼似的曲折的光鞭，帶來一刹迷目的暈眩，那閘門在一聲巨響中崩潰了，跟著是嘩嘩急瀉的青春的潮水……再沒有什麼力量能擋住它的洶湧，擋住它的激盪，連整個生命都在無能爲力的情境中跟隨著它翻滾，自己也不知道將要滾落何處？

夜朝深處走，廟前的人聲寂滅了，只有老鼋塘下的蛙鼓鳴噪著，從半敞著的油紙窗洞裡流來的小風，徐徐的兜著人的鬢髮。

閨女盈盈鬆開她編結的長辮子，坐著只是坐著，一心的慌亂，總覺得那張臉仍在人眼前，一動不動的盯視著自己，他的眼神有些陰鬱，又有一種凝定的火花，從濃眉的陰影下閃迸出來，他那張石刻的臉子上，注著一股搖撼不動的力量，雖說這只是匆匆一瞥，這一瞥，在自身感覺裡就抵得過千年。

她不自覺的舉起那隻曾被他手掌壓過的手來，就著燈光，反覆端詳著，手掌和手背都還是平常的樣子，絲毫沒有異狀，但在感覺裡就不同了，她仍覺得他那隻火熱沁汗的手掌的壓力和重量，她手背的皮膚上，仍留著那股炙人的溫熱，通過她循環的血脈，連結在她的心上，這感覺是從未曾有過的。

這使她的手和心都輕輕的，輕輕的戰慄起來。

她記得，近幾年裡，她也曾經歷過一些浪漢們的追逐，接觸一些不甚理解的邪淫的言語，一些貪婪狂亂的眼神，一些別有存心的口哨，而她穩穩的站立著，沒被什麼力量震撼過，她慣把那些當成一種觸犯，就像那油嘴薄舌的大漢兒一樣，她自有嬌蠻野性的方法來對付這些觸犯。但這一次不同，對方從沒說過一句她曾暗想過的言語，她做夢也沒想到他竟敢伸手壓住自己的手？而他突然的這麼做了，那誠懇，那堅毅，那由誠懇堅毅的眼神中噴出來的熱力，銷熔了自己一切所能的抗拒。

那彷彿是驟雨前的閃電和轟隆震耳的雷聲……

「你記住，我是那十個之外的。」

閃電亮自他火花迸射的眼瞳，雷聲就在他舌尖上滾響，那該是驟雨欲來的訊號，他卻留下這些突然的走了！把自己獨留在驟雨前的鬱熱、煩悶當中，在渴切的等待著那一場翻天覆地的滂沱……

盈盈仍然呆坐在油紙窗前，痴痴望著妝臺上的燈焰，這一道眩目的大閃，把她從根擊醒了，她不能不嚙咬著塗染了鳳仙花汁的指甲，認真的去思想。

她這才想起來，十幾年來，自己只是一塊生了霉黯蒼苔的立石，被囿困在一陣荒涼頹圮的空園子裡，四周是一片蔓草，媽在家時那份溫切的關愛，是一場微濛的春雨，那已經很遠遙了，在久晴不雨的烈日下面，一曬曬了這多年，再覓不著一絲溫濕，儘管在表面上嬉笑著，哼唱著，逢人就說一遍老黿塘的神異的故事，雖沒眼見，說久了自己也竟認爲那都是真的。……但總是孤寂的，和眼見的一切都隔著一層透明的阻擋，從沒有誰能闖進自己的這一片孤寂的天地。

可是，那張臉究竟是陌生的，他姓什麼？叫什麼？自己都沒有問起過，恍惚聽人叫他做什麼虎的罷？更不知道哪兒是這沒根漢子的家鄉了！這陌生的小夥子突然的闖入，使她極度的驚喜，也極度的驚懼，使她體味到進退失據的艱難……

多使人渴慕的境界，在他的縷述聲裡開展著，這世上還有比那再好的麼？……一家小小的野舖兒，傍著路，迎著河，傍晚掛起扁扁紅紅的迎客燈籠，接替那西沉的落日，賣些野味兒，飯食和土釀的酒，一杯在手，就有著含泥帶土的芬芳，讓那些推車擔擔兒的，騎毛驢趕旱的長途客，有一個一夕的窩巢，……河上放養著鵝和鴨，屋後點種些果蔬桑麻，有一條不用揚帆的船，只供發貨，採菱、或是閒時垂釣。

他那樣稚拙的說著，當時自己曾有一種忘情的想法——想提醒他還差一樣什麼？至少，他身邊還該有個知情解意的人，話在心裡旋著，只是沒說出口。

但他真夠聰明的，誰說他憨傻來？他只用一隻手，便把那充滿希望的世界烙在自己的心上了！

能那樣離開叉港，跟他一道兒去開創新天新地麼？把爹給安排在哪兒呢？一想到爹那種無端的憤怒，狂暴和固執，她的心就逐漸的僵涼了，她一直相信爹是個好人，只是患上了這種鬱鬱魘魘的病，除了喝酒和拉琴，他早已不能再做什麼事情，她似乎註定要活在這兒，不能離開他，即使是正正當當的遠嫁。

她不能跟這孤獨無依的老人割離開。她卻又躲避不了這場即將臨頭的驟雨，他雖然走了，但他還會再來的，她該怎樣區處呢？正因爲他是十個之外的，才會使她覺得爲難。

她抬起頭來，鏡子裡映出她的臉，像一朵在黯淡夜色裡幽幽獨放的白花，這會是平常的自己麼？她從那影像裡，發現一種從沒有過的沉靜的溫柔，在眼角，在眉梢張掛著，代替了平常的嬌憨蠻野，她再不是愛賭氣罵人的女孩子了，那隻火熱的手掌使她有了改變。

爲什麼傻傻的想得這麼遠呢？真箇兒的，這樣的一轉念頭，鏡裡的臉就羞紅了；暫時壓住這一頭不去想它，那思緒恰像蜘蛛在風裡牽出的游絲，又黏黏的搭上了另一頭。

他一定還沒有睡，隱約聽見他在那邊房裡咳嗽的聲音，他常常這樣躺在靠窗的竹椅上，像睡了一樣的閉上眼，喃喃的自言自語，很難聽清他在說些什麼？遇上這樣晴和的天氣，只要沒有特別的事情激怒他，他倒很少會發癲狂的毛病的；不過，無論他看上去怎樣的正常，她知道他絕不會放任自己和任何一個船上的人往來，在這一點上，他心裡裝有一把沒有鎖匙的鐵鎖，怎麼打也打不開；他要是知道那小夥子的心意，誰知他會做出怎樣的事情來？

這時候，她聽見的已經不光是咳嗽，而是煩躁不安的腳步了，終於那腳步聲一逕向這邊響過來。

她不知爲什麼，忽然起了驚慌，彷彿心裡有份隱秘怕被他發現，極需要用黑暗來掩蓋；當那腳步聲走到切近時，她便「咈」的一口吹熄了燈，悄悄的摸索到床沿，和衣躺在床上，但仍從瞇成一線的眼裡朝外窺望著。

吱——呀一聲，虛掩著的房門被推開了，一道扁扁長長的搖閃的黃光斜射到打開的油紙窗上。

盈盈看見佝僂的影子背光站立在門隙，彷彿在一動不動的望著自己，這倒沒有什麼怪異的跡象，平常，他也會在三更半夜裡起來，防賊似的兜著圈兒，前後察看門戶，有時也會替自己關上臨著深塘的窗子。

「天就要落雷雨了，」老頭兒又走過去關那扇窗子，一面喃喃的自語說：「一個大姑娘家，開著窗睡覺，像話不像話？……雷雨夜的閃光比什麼都亮，那黿神在塘心一伸頭，什麼都瞧得見，一個躺在床上的姑娘叫牠瞧見了，日後會怎樣？……她跟她媽一樣，越長越像是一個模子裡脫出來的，天生是招蜂引蝶的美人胎子，香棚裡來的都是歪心斜眼的漢子，這樣下去，怎麼得了？……豬婆龍最是淫性子，晚開著窗，不妥當，這該死的丫頭。」

閨女本待裝睡著不講話的，一聽做爹的這樣嘮嘮叨叨的窮嘀咕，便翻了個身，用懶洋洋的鼻子朦朧的說：

「爹，是您？——您在罵誰呀？」

「哦，」老頭兒怔了一怔說：「沒罵誰。」

「我好像聽見您在罵誰該死。」

「我是說，天就快落雷雨了，你一個姑娘家，睡覺怎能不關窗子？我就順手替你關上了。」

「天不是朗朗的嗎？您沒見著月亮跟滿天的星？」

「要落雷雨了！」老頭兒固執的重複著說。

「奇怪？明明是晴朗的天，沒見打乾閃，又沒響沉雷，哪兒像是要落雨的樣子呀？」閨女說：「我說爹，您自去睡去罷，要真的落雷雨，我會起來關窗子的，用不著您來操勞。如今並沒落雨呢！」

「盈盈，你爲什麼這晚還不睡覺？」

「您不是也沒睡？」

「我是我。」老頭兒乾咳兩聲說：「我算是老頭兒了，人越老，心事越多，多半睡不好覺的，你卻不同，你一個年輕輕的大閨女，上床就該睡得著，上床不睡，有什麼心事好想的？一個閨女上床睡不著，八成兒就是心裡有了毛病，不能算是好閨女了！」

做爹的說話，好像也有話核兒，繞著那隻核心打轉，閨女把他打斷了：

「爹，您這是在說什麼話？當初您就是這樣冤著媽，如今，轉頭又來冤女兒了，我明明睡著了，全是您來把人吵醒的。」

老頭兒側過身子，在一半燈光一半黑影裡站著，寂默了一會兒，自顧說他的：「要落雷雨了，……一定是，我的腰背酸疼了兩天，這比什麼都靈驗，越是酸疼得厲害時落得越大，老黿塘的水，也許會漲到你的窗戶腳下呢！我把靠塘那邊的窗篷也落了，怕風大，掃雨進屋來。你嫌悶，前窗不是還開著嗎？」

做女兒的並沒認真去聽他在說些什麼，她真的看到了映亮紙窗戶的閃光，月亮好像仍掛在天上，有幾縷細碎的月光篩過窗櫺子，印在那邊的青紗帳子上，但閃光比月光亮，一剎閃光就會吞掉月光，這閃光不是來自天頂，而是來自遠處的天邊，光亮短促，並不太強，　閃光過去之後，很久很久才傳來一聲長長混響的沉雷，那彷佛是一種悶鬱在層雲裡的巨大的精靈，發出要衝破什麼似的吼叫，雷聲沉寂後，蛙鼓鳴噪得更烈了。

難道真的要落雨了嗎？

這雷雨也真是邪氣，每年都這樣：早不落，晚不落，偏要趕著黿神節前後兩天落，一落就是連著來，每天一早大晴天，眨眼就生雲，掉頭就來雨，那種洶洶的來勢夠嚇人的，雨要來時，先起大風，那種烈烈的大風吹得砂飛石走，塵土滿天飛，叫人睜不開眼，河上岸上，總響著一片惶惶的叫喊聲：雨要來啦，收衣物，掩門窗呀！風在天上掀弄著雲頭，那層層湧動的黑雲被摧得朝上翻升，人說：頂風的雨，順風的船，真沒錯兒，黑雲比離弦的羽箭還急，猛然一聲開閘般的雷響，銅錢大的雨粒就潑潑啦啦的激射下來，打得沙土地上一片麻坑！……就像是替黿神保鏢護駕來的。

今年裡，難得有這一番晴和的日子，遠近的人們都準備了供物，集起玩會的班子，打算熱熱鬧鬧的度過這個節，這位番神爺要是通達人情世故，就不該挾來狂風，帶來暴雨，讓那些火熱的人們來一冷水澆頭。

旱閃在亮，沉雷在響，每一次抖動的閃光，都映亮了爹的那張臉，呈現出比閃光更亮的青白色，他沒有說話，也沒有離開這屋，仍在房門邊呆站著。做女兒的雖只能在閃光抖動的那一剎看見對方的臉色和神情，卻從對方的臉色和神情上，揣著了一份不吉的預感，彷彿就會有什麼事情在今夜發生，——她弄不懂，爲什麼雷雨和爹的瘋狂的病症總牽連在一起？它們之間究竟有著什麼樣的關連？根據過往的經驗，他這種凝固的臉容，木木的神情，卻是將要發病的兆示。

「你聽，盈盈！你聽這雷……」老頭兒說：「你看這閃，狂風會在江河上掀起滔天的白浪來，烏雲跟暴雨會把天給染成黑漆，伸手不見五指，漩渦磨盤大，有水鬼在推著它打轉，沙灘是陷坑，專咬船底兒，暗礁是一排排撕裂人肉的狼牙！……缺德虧心的弄船人，他是跑不掉的！——天會罰他。」

「您還是去睡覺罷，爹。夏天的夜晚，不是常見旱閃在天邊亮的嗎？用不著胡思亂想的了！當真人老了，心裡念頭就會轉個不停？」

「我知道，你媽是個好女人，」老頭兒一點也沒聽女兒的勸，只管說他自己的：「但她受不住那傢伙的誘騙，甜言蜜語一哄，她就變了心腸了！……」人說什麼都是假的，嘿嘿嘿嘿……」他像嚎哭般的抖索著笑起來！「什麼情呀，愛呀，都是狗屎不值，她要的只是一個活男人，好女人也不過這樣罷了，她要的我沒有，她才會想走！」

「您都在說些什麼呀？」

「她乾燥日子過久了，忍不得飢渴，她要一場雷雨，她可就不知道，雷雨也會坑害死她，那長鬍子的傢伙存心拐騙她，日後定會遭雷打火燒。」

閨女盈盈睜大兩眼，驚駭著：此時此刻，她怎樣也摸不透爹的心裡究竟在想著些什麼？人們說起來，都說是父女倆人相依過活，孰不知父親和女兒的心相隔得多遙多遠！……早年在城裡的時候，記憶中，爹還不像這樣子，他白天拎了琴袋兒出門，總會在夜色初臨的時分摸著黑黝黝的窄巷子走回來，無論是有風有雨的日子，或是降霜飄雪的日子，他總穿著那件看來很單薄的衫子，一副瑟縮的樣子。

——忘記那是哪年的秋冬季了，儘管他偶爾跟媽露出怪氣的冷淡，但對自己一直是那樣的好，一進門就蹲下身，伸手招引著她，把她擁在懷裡，用冰冷的鼻尖摩擦她的臉，他渾身都冷，只有袖籠兒是熱的，他總會帶一些熱呼呼的點心回來給她吃，有時候是兩塊薺菜餅，有時候是一包糖炒栗子，一角子炕餅，一包素雞什麼的，雖說那些零星吃食值不上幾個銅子兒，但有著一份深深的關愛，吃在嘴裡，暖在心裡。

而這許多年來，那個記憶裡的爹早已死了，眼前活著的，只是一個反常怪異的瘋人，在他清醒時，還只有冷淡和執拗，在他發瘋時，他就像一匹怒嗥的狂獸，他常把自己錯認爲是媽，用很多惡毒淫穢的字眼兒罵個不歇，而且清醒後，彷彿壓根兒忘記了他曾說過些什麼，——一點兒也沒有懊惱和悔恨的意思。

最難的不是忍受這些，而是當他發瘋時，沒有什麼方法能救治得了；比喻，勸說，提醒，都沒用，好像眼看著一個人陷進噬人的流沙坑，只有睜眼看他沒頂。

另一道閃光抖動時，他退出那間房子。

她仍在閃光過去的黑暗裡睜著眼……。

她不知是怎樣和衣睡著了的，雷聲把她震醒後，暴雨已經嘩嘩的落著了，從老黿塘那邊沒遮攔的野地上吹來的風非常猛，把雨點掃落在油紙窗外卸下的護篷上，劈啦劈啦的響，天和地都像翻覆般的搖撼著，她醒後首先想到的就是爹，他也許會發了病，獨自拎了馬燈到雨地裡去。

閃電這樣驚人，風雨這樣狂暴，崗背上的泥路又黏黏滑滑的，他要是真的摸出去，也許會失足滑下老黿塘的，老黿塘水深不說，四壁又那麼陡險，即使是個精通水性的人，也不容易很快爬上來的……這樣想著，她立時摸火點上了煤燈，拉開房門。

一踏到當間（中間的明間），她就發現情形不對了。當間的門閂兒已被拔開，風鼓搧著門板，咿咿呀呀的開合著，條案一端，那盞照夜用的馬燈也沒有了。

「爹呀，爹！」閨女叫了兩聲。

對面的房門簾兒飄飄刮動，裡面沒有聲音。

「爹，您不在屋裡嗎？」

明知道是多問的，閨女還是這樣問了一聲，她即時走過去，拉住那面飄動的房門簾兒，用煤燈環照著那間屋子。

正如她所料——那屋子是空的。

八、鑄情

雷雨來時，狄虎並沒有睡。

在停泊的船上，一向很少有人關心天晴天雨，那種吃喝嫖賭的生涯和天晴天雨毫不相干，近伏的天氣，整天頂著火炕炕的日頭，有些人倒盼夜來能落一場雷暴雨，沖刷沖刷浮塵，也清一清暑氣。所以，有了雷雨欲來的徵兆時，那些耽於玩樂的漢子們照樣夜不歸船，一直到大雨傾盆的澆灌下來，艙裡也還只有三四個人，圍在一張大蓆上擲骰豆賭小錢呢！

受不住艙裡那種嗆人的煙氣和觸鼻的霉溼味，狄虎寧願在船頭的甲板上坐著，享受著一份雷雨前狂風帶來的清涼。

久在船上生活的人，對於氣候的變化夠敏感的，狄虎早就由傍晚時分那陣子懊熱和無風的塞悶，預想到夜來會有暴雨了，他的心，要比雨前的悶熱更爲煩躁，至少，他不願意這種突來的暴雨把黿神節的熱鬧澆沒了，雖說他內心裡並不相信什麼黿神，也並不貪圖那場熱鬧。夜晚在香棚裡泡過去，他珍惜著那一分一寸的時光，有一把火在他心底下燒著，使他頭腦有些昏沉，閨女究竟跟他說了些什麼？他自己究竟又說了些什麼？已經有些混混沌沌的記不清楚了，只知道她曾揭露了一些她沉黑的生活處境，她的爹——那個怪異的老頭兒，確有突發的瘋狂的疾病。

但她指給他的，只是一口深深的黑井，他攀在井緣上朝裡窺望，仍然窺不見它有多麼深邃？多麼神秘？他不敢說是怎樣的愛著那野性的女孩，但他自有一股攫有她的慾望，這慾望極端強烈，不可遏止，他要一個有活氣有熱力的年輕的女人，在地上築成一個不再飄泊的窩巢，他知道閨女盈盈就是那樣有活氣有熱力的女人，她如今面對著一個瘋狂的老頭兒，腳踏在老鼋塘壁陡的懸崖邊上，他若不儘快攫走她，也許朝後後就沒有機會了。

雷聲在振奮著他，閃光描出他對於未來的朦朧的希望，他覺得他會有勇氣去攫取他所要的未來，正像他有勇氣伸出手去壓著對方的手掌一樣，——那正是他事先從沒想到的事情，但他卻那樣的做了，他一點兒也沒顧忌到那樣做的結果會怎樣？他那樣做，全憑著當時那股子激動，和心底湧泛的真誠。

「狄虎，狄虎，」艙底下有人在叫他說：「雷轟轟，電閃閃的，你不進船來，一個人蹲在船頭想啥呀？」

「艙裡太悶氣，」狄虎說：「我在這兒吹吹風，涼快涼快。」

「天就要落暴雨了。」

子酒。」

「還沒落呢。」

「下艙來撥豆子玩罷，」一個說：「老子今兒格手氣順當，快贏了半罈

「我不會那玩意兒。」

「唉，說你笨，你真笨，撥豆兒賭錢還用得著學嗎？」那個說：「隨便幾個人都能玩的。揀一個人做莊家，隨手抓一把豆兒在碗裡，大夥兒押出注兒來，一二三四四個數兒任你猜，然後用竹枝撥豆兒，五個一攤，五個一攤，尾數是幾就是幾了！——這跟開寶一個樣兒，開寶容易玩手法，撥豆兒不好玩手法，你初學，賭它也不吃虧。來吧，多個人熱鬧些。」

「你甭像歪屁蛾子似的逗他了罷，二哥。」另一個說：「他那顆心，如今還不知飛在幾層雲上呢？三根長頭髮，拴得住一條金剛大漢，他呀，早叫香燭舖那隻小狐狸迷住啦。」

他們雜亂的說話聲，帶著一股淫靡味的鬨笑聲，都從掀開蓋板的艙口黃色燈光裡浮騰上來，那一方黃光、還夾著些時淡時濃的煙霧，變得昏昏沉沉的。

那正像船上的漢子們昏昏沉沉的日月。

狄虎望著那一方混濁的黃光，噓了一口氣，那些浪漢們在船上生活著，好

像從沒閒下來，靜下來，爲自己的未來正正經經的打算過，既不憂愁什麼，又不掛慮什麼，——就真有憂愁掛慮也被他們泡死在酒裡了。說它昏昏沉沉，是一點也沒錯的，也不知是什麼時候傳下來的那種打發日子的模式，一塊刻板上拓下來的，線條、色調全是一樣，過一天了一日，把腳印兒踩遍南北地的碼頭，彼此尋開心，嘲笑詬罵，像是真心樂意的樣兒，自己從開始就沒中意過這種生活，總想有一天，把餓癟了肚子的小錢袋餵飽了，就摔脫掉這種飄流打轉的日子。

也只常這樣想著罷了，世上事，再沒有比摔脫肩膀上扛著的日子更難的了，那就像逆水行船時拉大縴，粗糙，潮溼的繩索磨著人的肩膀，每掙行一步，都得費出全身的力量，半歪著身子，翹起屁股，拼死命的在彎曲不平的河岸上跋涉，而肩上的無形的日月，沉甸甸的壓著人，要比那縴繩更重十分。

能輕易摔得脫麼？

至少，在當雷雨來前，他不願意下艙去，去忍受那種醉意的昏沉，認識了閨女盈盈之後，他更加有了決心，要及早擺脫船上的日子，憑自己的雙手和一身力氣，去描出他希望裡的圖景。……在這些船上，他和另一些漢子們不算什麼，包裝包運的船隻，多半雇有幾個跟船的扛伕，負責接貨卸貨，人手不足時，再臨時去找岸上的扛伕，只爲可以省下一些工錢，說來連弄船人都比不得，弄船人總還有條自己的船，而扛伕只是些馱負重物的螞蟻——有得扛的，沒得吃的。

烏黑的雲頭湧上來，湧上來，像一重重撥不開的陰影，一直壓到人的眉頭上。河兩岸的石燈和綿延到遠處去的桅燈，彷彿都被那股烏雲裏壓得很緊，顯出瑟縮淒惶的樣子，突然間，一陣狂烈的涼風貼著河面反捲而過，所有的桅燈都搖晃起來，雷聲滾響，涼森森的雨點已經打到狄虎的手臂和額頭上。

狄虎沒有動，抬眼四面環顧著。雨勢來得這樣猛，從遠而近的雨腳隨風疾走，被石燈映得白汪汪的發亮。

也只是一眨眼的功夫，雨霧就把一盞盞燈光擊碎了，變成一些閃耀不定的黃色晶片，在迷濛中輝亮著，只是輝亮著，卻映照不出什麼來。那些晶片也碎在河面上，波亮不停，但當曲折的閃光抖動時，一切的燈暈叫那種帶青的強光刷白了，幻景似的顯出雨的箭鏃，船、岸、房屋和遠處的崗稜子，也顯出天頂上叫閃光撕裂的雲層的影子來，玄黑的裂弧間，鑲著白色的光邊。

一剎之後，陷進更大的黑暗，風在桅桿上叫號著，叭叭的雨點鞭韃著河面和船身，狄虎還是不想回到艙底去，他摸著一隻破舊的寬邊竹斗篷戴上，又胡亂的披上一件蘆葉穿綴的簑衣，像一隻豎毛刺蝟似的坐在盤起的繩索上，一腦子迷迷糊糊的思緒。

「喝，真它媽見鬼？這場雨……」艙裡的傢伙們約莫是賭入了迷，這才注意到外面的雷雨來。

「天也太悶熱，落場雨沖沖暑氣，涼快涼快。」另一個說：「下注兒罷。」

「還說什麼涼快呢？暑氣叫雨一逼，全它娘逼到艙裡來了，光著身子還透不過氣來，早知底下這麼悶法兒，咱們該留在酒館裡。」

「甭它娘光顧說話了，二哥，雨全掃進艙來啦，你去落艙蓋兒罷。」

「喔，船頭還有一個人呢，」一個說：「傻小子狄虎，落這麼大的雨，你不進艙，想等龍王爺來招你做女婿？還是想認雷公做乾爹？」

「我情願在上頭涼快涼快。」狄虎一本正經的說：「我替你們落艙蓋兒罷。」

艙蓋兒一落，一塊方形的黃光就變成一條細細的光縫，幾個迷溺著賭豆兒的傢伙，又恢復了他們的嘈嚷。狄虎扭過頭，朝那邊崗坡上的宅子張望一看，岸上的石燈和船上的桅燈都射不透這種傾盆大雨，只有在閃光抖動的時辰，才能看見茅屋的脊線，在烏雲的背景上，劃出一道灰白色的痕跡。

雷聲跟在閃光後面滾，轟隆隆的推著大磨，狄虎的心裡也有一盤大磨，推呀推的輪迴轉，三轉幾不轉的，仍然落在閨女的身上。

夏夜的鬱熱叫雨水沖刷盡了，無邊的浸寒像水一樣的把狄虎裹住，真像是一瓣兒飄萍，狄虎悟出來，自己那個夢圖雖好，但缺一個知心解意的人，沒有那個人，一切都是空的，擋不得心裡浸出的寒冷。

也許只是一廂情願的想法，總覺那個人就是閨女盈盈。雷聲不是雷聲，而是一股子積鬱的什麼在身體裡騰轉迸發，他想起那些浪漢們圍聚在船頭，各自帶著三分醉意，談論起有老婆的滋味時，那種曖昧和貪婪的神態；言語是粗俗甚至淫猥的，但卻有著赤裸的真情。……世上是片無情海，傻小子，什麼是它娘真的，你說？沒有一個心連心的活女人疼你愛你，你就閉眼漆黑沒亮光。……香棚裡那個妮兒，你得一口咬定了她，這話是大個兒他說的，他還笑拍著自己的肩膀，兩眼斜睨的說：你冬天抱著她，像抱一隻小火爐子，夏天摟著她，像抱一隻涼涼滑滑的西瓜！——哪兒真說她是火爐子和西瓜，這只是打個比方罷了！

他那個比方一打不怎樣，狄虎可就想起那種溫暖和那份甜勁來，火的熱和瓜的甜，他真的有些懊悔，他心裡原有很多話要吐給她聽的，但那些話都沒吐出口，要是鼂神節的那天，不再落雷雨，他也許會再去香棚，藉著瞧熱鬧爲名，抽空親近她，但香棚子裡是個多眼目的地方，當著那些遊蜂浪蝶似的野漢子，無法跟她說什麼心裡的話，除非是倆個人單獨在一道兒的時刻，哪兒找得著這樣的機會呢？實在使他懊惱的還不是這些，卻是那個古怪的老琴師，他沒能跟那古怪的老頭兒面對面，只在前一個黃昏，隔著老黿塘，遠遠的看過他的影子，他更不能僅從老徐和閨女零星的吐述中，真正摸清楚他那瘋狂怪癖的緣由？他只是一個憨樸魯拙的年輕人，懂不了這許多，要想得到閨女盈盈，偏又要通過老頭兒這道關口，這可是一個大大的難題，他該怎樣面對著這個難題呢？

——老傢伙若不是真瘋子，總該知道，他女兒不能留在他身邊一輩子，總要嫁人的。

——他不能像看守老婆一樣看守著女兒啊！

他又習慣的舐起嘴唇來了。

不過這一回他舐著的只是涼涼雨滴，那是從竹斗篷的破孔隙間滴落下來的，他已經披著簑衣，在暴雨裡坐了很久了，雖說也想出一些什麼來，卻是輕飄得很啊，空幻渺茫拿不定它，不知到底該怎麼辦才好？

漸漸的，那些思緒也像升高擴散的煙霧一樣，愈加紛亂，朦朧的搖曳著，他禁不住的打了個呵欠，意識到自己是倦了；就這麼窮想下去也沒意味，可不是？等到明天再講罷，船到橋頭自然直，也只好如此這般了！他嘴唇上劃過一道自嘲自慰的弧線，打算掀開艙蓋板，回艙去睡覺去了。

暴雨仍嘩嘩的傾瀉著，風勢似乎收煞了許多，雨絲也變直了，穩穩沉沉的擊打著他的竹斗篷，發出一片沙沙的蠶食聲。雷聲和閃電也像稀落了些，但雨還沒有立時停歇的意思。

正當他站起身子，打算去掀艙蓋時，他恍惚聽見了一聲呼喊：

「爹……您在哪嘿……喲！」

他怔了一怔，側耳去尋找那種呼喊的聲音。這次他聽得更清楚一些了，那聲音正是他熟悉的閨女盈盈的聲音，嬌而脆的嗓子，有些抖索淒惶，隔著雨幕，聽來倍覺遙遠。這呼喊觸動了他，他分明記得閨女跟他說過，說她爹每逢雷雨來時，常會突然發起瘋癲症，拎著燈籠，像夜遊般的繞著老鼉塘打轉……如今他沒有心緒探究那古怪的老頭兒為什麼會這樣，只覺得他一定是發了病，要不然，做女兒的就不會頂著深夜的雷雨出來叫喚他了。

石燈燈光幻出的無數晶片刺著他的眼，使他看不見光後的一切，狄虎遲疑了一下，終於順著跳板，橫著身子走向岸上去了。

他繞過碼頭口的那盞石燈，便看見另一個朦朧的黃色光團在黑裡搖曳著，他一眼就判斷出那是一盞小號的馬燈，好像缺了油，或是燈芯兒沒捻高，光亮異常的微弱，在緩緩的移動著。儘管他凝神的細看，也看不清拎燈的人是誰來？燈在移動，漸朝這邊攏近，狄虎心想：拎這盞燈的若不是她，那就該是那發瘋的老頭兒了。

一時顧不得腳下的積水和泥濘，他迎著那燈光，冒雨奔過去，直到相隔十步以內，他才看出拎燈的正是閨女盈盈。

她手裡拎著燈，卻沒有打傘，只在頭上戴了一隻經桐油浸過的簸箕形的雨披風，那披風很短，只夠遮住她的頭和半截後背，她身上的月白衫褲全已叫雨潑濕了，像在水裡撈上來一樣的狼狽。

在同時，閨女盈盈也看見了他，但卻沒有認出他來，她只看見一個戴著竹斗篷，披著雨簑衣的漢子，像個水怪似的橫在路口攔著她。

她吃驚的退後一步，舉高她手裡的馬燈，搖晃一下，逼視著他問：

「你是誰？鬼模鬼樣的阻在路口裡……」

「是……是我。」狄虎吃吃的說。

閨女還是驚疑著：

「你？——沒名沒姓怎麼的？三更半夜的，攔著路嚇人？」

「我……我是狄虎。」狄虎把竹斗篷的邊兒朝上掀一掀，讓對面的燈光映著他的臉，又走近幾步說：「我在船上沒睡覺，雷雨就來了，聽著有人叫喚，聲音像是你，放不下心，才趕過來看看，……你是怎麼了？」

「啊，是你。」閨女叫了一聲，好像一下子攫住了什麼，她用手指挑著被風刮得半遮在肩上的防雨披風說：「你沒看見我爹持著燈走過來？……雷雨來前，他白著臉站在我房門口，儘說些顛倒話，我一時迷盹著了，再等醒過來找他，他早已不在屋裡了。」

雨聲嘩嘩的，使兩個人對面說話都很費力。

「燈給我，」狄虎說：「他總是個上年紀的人，怎能在雨地裡淋著？我陪你去找他罷！這樣的瓢澆大雨，硬淋也會叫淋得生病的。」

「那……那敢情……」閨女的黑眼夠明媚的，她嘴裡雖沒把那個「謝」字吐出來，眼睛業已說得夠明白了。再怎樣，他總算是外路來的陌生人，沒來由淋雨陪她摸黑去找她爹，雖說看他那樣子很誠懇，很急切，自己卻覺得有些虧欠，埋在夜雨裡的老鼉塘是一片黑黑的海，想在那裡找著爹，可不就像在海底撈針？她真的惶亂著，極需有個熱心熱腸的人做幫手，至少至少，有人替她拿主意，使她覺得心寬一點。

「不要緊，」他說：「你爹他走不了多遠的。他手裡既有馬燈，我們總能看見。」他從她手裡接過馬燈，又瞟了她一眼說：「來，你換了我的竹斗篷戴上罷，至少能多遮一些雨，那防雨的小披風，只能擋著頭。」

說著，他就脫下竹笠來和她換過了，轉過身來，用燈照著路，讓她走在前面，倆人沿著升起的坡路，朝那邊摸索著。

若是在平常的日子，有一盞馬燈拎在手上，黑裡走路就不會有這樣艱難，帶有玻璃風罩的馬燈不會被風吹熄，又比影影綽綽的燈籠要亮些；但在今夜，在這樣雷電交加的大雨裡，這盞已快破爛的小號馬燈不靈光了，燈裡的煤油不夠，燈芯吐出的黑煙把玻璃罩兒燻得一片煙黃，那燈罩兒曾經炸裂過，用紫英膠膠了幾個大圓斑，約莫很久沒曾擦拭了，雨點打在罩面上，水氣滲進裂隙，幻成一股黏附在罩裡的乳色蒸氣，燈光不成燈光，只是一團發亮的濛濛白，這種白又叫四周的黑夜和大雨緊緊鎖住，簡直照不亮幾步方圓的地方。

她跟他就靠著這點兒亮光，一滑一踏的爬著那泥濘的崗坡。

雨勢是這樣的急驟，高處的雨水汩汩的朝低處匯流，匯進漏斗般的傾斜的裂隙裡，再嘩啦啦的噴濺出來，從高高的削壁邊緣，直瀉進老黿塘去，他們雖然看不見那許多白練似的飛瀑，耳邊卻響著那種吼聲。

在狄虎的一剎幻覺裡，這世界變成了一片無邊黑暗，無邊寂寞的洪荒，只有手裡這盞昏暗的馬燈光展佈開來的這一圈兒地方，只有他跟她倆個人在活著，此外的一切，都叫黑夜和大雨吞了。

在這世界裡跋涉著是艱難的，但也是溫暖充實的。

他總算幫助她做點兒什麼了。

難得她肯這樣信任他，一共沒見過幾回面，又是一對年輕輕的孤男寡女，在這種鬼影兒也見不著的雨夜裡，至少證出她沒聽信她爹的話——船上的那些野漢子，十個有十個都是壞傢伙。

閨女盈盈的心裡可沒想著這些，她念著只是她爹，她恨不得飛快的爬上坡去，在崗稜子背後哪一塊黑裡找著他，她記得早些時他發這毛病時，天氣很冷，雨更冷，她沿著老黿塘兜圈兒找他，整整找了一夜沒找著，直到二天凌晨，她轉到崗坡背後亂塚堆邊，才發現他踡縮著，睡在一塊橫倒的碑石上，馬燈扔在一邊，兀自亮著，事後他很清醒，偏絕口不提這事，恍惚根本沒有發生過一樣。……與其說愛著年紀漸老的爹，不如說是充滿駭懼和悲憐，她深信這是一種可怕的瘋癲病，永遠無法醫治的，他這樣活下去，不知會變成什麼樣子？但他在世上活一天，自己就得忍受他，看顧他，算是做女兒的替媽償還前生前世欠他的債。——她相信這個。

心裡越是惶急，越覺得崗坡難爬，一路盡是爛乎乎的紅黏土，油泥滑塌像踩在麵缸裡，深深咬住她的桐油釘鞋，狄虎手裡的燈，只能使她勉強辨別出前面一兩步地的路影兒，風存心作弄人似的轉著吹，渾身上下都叫雨水潑得透透的，初時寒冷，久了反變得熱辣辣的了，爲了拔起陷入泥濘裡的釘鞋，她不得不每一步一擰身子，扭呀扭的，費力的喘息。

閃電和雷聲仍在催著雨，每一聲雷響之後，雨勢就會更狂些。嘩啦嘩啦的飛瀑聲彷彿使地面都起了震動，把她叫喚的聲音都吞沒了。

「甭叫喚了，你叫啞了嗓子，他也聽不見的。」狄虎抹著臉額上的雨水說：「雨實在太大了。」

「看不見腳印兒，也看不見燈，」閨女說：「這樣摸黑，怎麼能找得著他？」

「先爬上崗子再說。」狄虎說：「站到高處，總要好些兒，要是能看見他手上的燈亮就好了。」

他瞧著閨女盈盈那種艱難跋涉的樣子，不得不奮身走到前面去，伸手扶托著她，讓她在牽拽的助力下舉步。他知道這條坡路的一邊就是削壁似的土塹，他不能容她滑倒，跌進深邃的老黿塘心去。

這樣依傍著爬上崗稜子，他和她都喘息著。

大閃在他們眼前揮舞著光鞭，格崩崩的響雷像從人頭頂上直劈下來，追擊什麼邪異的妖物一樣，雨聲，瀑聲，融成一片，在近處，在遠處嘈響著，閃光亮時，他看見她驚懼的眼和失色的臉容，她向他偎得更緊了。……她的衣衫本就很單薄，經雨淋打得透溼，緊緊裹貼在身上，即使在昏黯的馬燈光影下，也能清楚的看見幾乎是裸裎著的身體，那胴體還是傻小子狄虎夢裡描摹過的，如今她緊緊依偎在他結實的胸膛上，再不是夢了。

狄虎也奇怪著，在夢裡想著她的身體，她燦然的笑容和那種野性的嬌蠻，便會升起一股能焚熔銅和鐵的慾火，恨不能把自己變成一匹野獸，一口啃進她的骨頭，但今夜，她這樣溫順的實體偎著自己，他卻把那股慾念化成了憐惜，他覺出她的身體在簑衣外面哆嗦著。

「你冷罷？」他說：「瞧你的衣裳全濕透了。」

「有一點。」她說：「我在屋裡找不著我爹，又慌又急，常用的馬燈被他拎走了，我匆匆忙忙的摸到灶屋，找著這盞破馬燈，就奔出來了。」

「你該披件簑衣的。」

「家裡沒簑衣，我又找不著油紙傘。」

狄虎解下他的簑衣來，替她圍上說：

「你圍著這一件罷。」

「你呢？」

「我不要緊的。」狄虎笑笑。

「將就點，倆人披一披，」閨女盈盈說：「我怎好讓你一個人凍著。」她彷彿想起什麼，緩緩的說：「你們的船，黿神節後就快揚帆了，萬一生了病，可不比在家裡，又有誰能看顧你？……」

她把簑衣平展開，讓他也裹住肩膀，倆人便在一個簑衣裡面緊緊依偎著，隔著單薄的衣裳，彼此都覺得出對方身體的熱力，他和她都感覺到這樣暖和些，更能抗得住傾瀉的暴雨。

倆人的肌膚初觸時，那種柔滑，那種溫熱，確曾使狄虎覺得有些異樣的搖曳，一剎間，雨聲就使他搖曳的心平復下去了。

他們頂著破盆似的天，在黑裡摸索著朝前走。兩個人都極力的朝四周張望著，雖然兩眼漆黑的，一直都沒望見什麼。

走在坡頂的草地上，要比爬坡踩泥路好得多，他和她避開一篷一簇的灌木和疏落的小樹，一面搖晃著馬燈，東照照，西照照，希望能發現一點蹤跡。

「你爹每回發毛病，都會繞著老黿塘打轉的嗎？」

盈盈略微偏過臉去，搖搖頭：

「不一定，我想多半是這樣的。」

「這就很難找了。」狄虎咂著嘴唇說：「一個會走動的人，可不比一塊石頭。這種暴雨落不久的，等歇雨停了，也許容易看見什麼。我們如今該朝哪兒走呢？——這地方我不熟悉。」

「崗坡背後有條小沙溪，」閨女說：「溪那邊有座墳場，上一回，我在墳塚堆邊找著他，他睡在一塊橫倒的石碑上。」

「我們就朝那邊走罷。」狄虎說：「一臉水淋淋的，眼都睜不開了呢。」

倆人互攬著朝前摸索，一時沒再說什麼，雷聲和雨聲，像黑黝黝的鐵舖裡揮動的兩隻鐵錘，錘打出這一圈微弱光輪中的靜默。

從崗坡到墳場這段起，若換白天走起來，用不著一頓飯的功夫，可在今夜走來，足抵十里路長，上坡容易下坡難呀。

在狄虎的眼裡，這走的哪兒是路？簡直是通向無底深淵去的黑穴，模模糊糊的林影，在馬燈暈染中勃張著千萬片發光的滴水的葉子，照不透的那股深幽，崗背後的斜坡，即使平時也很少有人走過，連分開草叢的路影子也看不著了，一片沒脛的蒿草，走起來磕磕絆絆的不知深淺。即使倆人互攬著，閨女也拔脫了兩次鞋，他也叫枯枝劃傷了腳背，渾身都釘著濕葉兒和草刺。

馬燈裡賸下的油不多了，燈光越來越黯淡。

他只有靠閃光竄動那一剎辨認該朝哪兒走！人眼看那強光看得久了，就覺得暈眩起來，彷彿腳下的土地都在旋轉，比船在大浪上顛簸更要厲害，但他不能停住腳步，留在大雨裡，更不能勸說閨女回去，等明天天放亮時再出來找尋她爹，只有朝前走下去。

他又覺得閨女平時再野性，終還是柔弱，雷要在頭頂炸裂，她就會興起一陣不由自主的顫慄，那顫慄貼著衣裳傳過來，明顯的告訴自己，她有些駭怕。狄虎雖說不怕雷和閃電，但雷閃交加，也使他想起童年時常聽人講起的雷電擊人的故事。

「遇上這種大雷雨，不宜穿著溼衣留在外頭的。」他說：「你爹怕真是瘋人，要不然，怎會在這種時辰奔出來，害得你冒雨來找。」

「有什麼辦法？」閨女盈盈說：「老黿塘這一帶，雷曾轟死過人，劈過廟後一棵老榆樹，……雷也在亂塚堆那邊打死過成精作怪的狐狸。誰不怕？怕也要來找他。」

「要不是我聽著你叫喚趕的來，怕你要一個人摸黑去亂塚堆了。」

「還不是去過？」閨女翹著嘴唇：「一聽雷響，就嚇軟手腳，蹲在地上唸經，唸說：天雷只打妖魔鬼怪，天雷不打孝心人。」

「這是什麼經？」

「我自己編的經。」閨女盈盈睨了他一眼，那笑容像一朵條開條落的幽花。

狄虎並不是存心要說什麼，說話也只是打打岔兒，破除摸黑下坡時的惶亂和悶寂，他和她一面說著話，一面還得全神貫注，攀著枝扯著葉的朝下走，一面還得留神附近有沒有他們要找的人，他覺得，隨口說什麼，至少可以沖淡她對於雷聲的驚懼，使她顯得活氣些，倆人一說一答的，他也顯出略爲寬心。

好不容易下了坡，那條沙溪又把他們阻住了。

據閨女盈盈說，那條沙溪原是一條旱裂的溝泓，只在雨天才有流水，匯湧成溪朝西南淌，淌進那邊的河汊兒裡去，也許今夜的雨勢太大太猛了，溪身曲折，洩不及這股洶湧奔騰的水流，飽飽的泛濫開來，變成一條竄動的黃色巨蟒，一看就知道很難涉得過去。

「奇怪了。」閨女說：「這兒原有一排毛竹搭成的便橋，怎麼不見影兒了？」

「毛竹是浮物。」狄虎說：「想是沒繫得牢，叫大水給沖走了。」

閨女盈盈急得直是跺腳，不住的怨這怨那，把天和雨，夜和閃電怨遍了，直差沒開口罵出來，她這樣急法兒，使狄虎認真起來，事情雖沒出在他身上，他可是想得到她心裡那份焦慮、憂急和惶懼，那不光是一個古怪的瘋老頭兒，那是她的爹，她活在世上唯一的親人，他如果在今夜暴雨裡出了岔兒，她就會成為舉目無親的孤女了……換是自己來說，要是也有這麼個常發癲病的爹，在這種潑盆大雨裡發瘋奔出來，哪怕頭頂上落的是錐子，也得要不顧險阻的找著他。自己既陪她來了，就得捨命陪到底，不能說一句退縮的話。

他抓抓頭皮，在打著主意。主意還沒拿定呢，閨女就在催促著了：

「這……這怎辦呢？」

「不要緊的。」狄虎眨眨眼說：「我去折根樹枝或是蘆桿來，試試水有多深？看能不能涉過去？要是不能過，我就不能不勸你先回頭了。」

「好罷。」她無可奈何的說。

他折來一支高過人頭的粗蘆桿兒，試了試硬度，高舉起馬燈，把水面照了一照，一面開始用蘆桿點觸著泛濫的溪水，轉臉跟閨女說：

「兩手把我抓緊了，一隻手頂好抓著我的腰帶。這種水，水溜大得很，甭說齊胸，一過了腰眼，就會沖得人站不住，你得當心。」

「我曉得，」閨女的聲音有些輕輕的顫索，她的兩腳浸在翻滾的水流裡，有些不安。狄虎艱難的試著水深，緩緩朝前移著腳步，閨女盈盈緊貼著他。

「當心啊，這兒淺，那邊深……」

「燈讓我來拿罷，我有些巴不穩。」

狄虎轉手把馬燈交在她手上，就用那隻拎燈的手，反攪住她柔軟滑膩的腰肢，她身子的重量，幾乎全壓在他一邊的肩膀上，他試著蹚到溪心，感覺出水流雖是很急，但水深僅到腰眼，還不難蹚過去，但盈盈已經叫起來了。

「甭慌張，──水不太深。」

「還說不深呢？我都覺得快把人飄起來了呢！」

「好了！」他喘息地跨過一大步，終於到了對岸較淺的地方，跟她說：「總算蹚過來了。墳場在哪邊？」

「就在前面，」閨女說：「過了小土稜子，有個小土地廟兒，還能見著一些供奉狐仙牌位的小屋，背後的荒地上，就是墳場。」

「燈拿給我。」他說。

雨還是嘩嘩的傾瀉著，閃電從這邊亮到那邊。一些陌生兀突的景物一現一沉，跟著仍是聽膩了的雷聲。狄虎牽閨女盈盈走著，自覺這雨夜也是兀突顛倒的，彷彿是一場亂夢一樣。船上賭豆兒的幾個傢伙也許該入睡了？也許正拎著馬燈找自己呢？這是一個魔性的漩渦，硬把自己漩了進來，而且越漩越深了，那發瘋的老琴師在哪兒呢？手上的這盞馬燈，竟也打起瞌睡來了！

閨女盈盈也瞧出那盞馬燈不行了，燄舌變成橙紅色，吐出一股一股濃煙，老是樸突樸突的跳動著。

「糟了！」她說：「燈裡快沒油了！」

狄虎把燈晃了一晃，扯著閨女說：

「可不是？如今還在燒著燈捻兒，眨眼功夫就要熄了！燈一熄，咱們就成了一對昏鳥——抬不起翅膀朝哪兒飛呀？」

「坑死人！」閨女抱怨她自己：「剛剛出門時，我怎會頭暈腦脹，忘了添油的？」

「快奔小土地廟！」狄虎說：「我們不能在雨地裡淋一夜呀？好歹找個地方蹲一蹲，把身上淋濕了的衣裳擰一擰，要不，準會凍出病來的。」

那是一座小得可憐的土地廟兒，虧好還是磚瓦砌的，不是一般窮鄉僻壞的破瓦缸，倆人擠在廟裡還擠不下，閨女窩縮在神臺下面，狄虎的半邊肩膀擠在廟門外邊，正承當著簷溜兒，沒辦法，只好仍把那件簑衣披上，閨女在神臺上摸著兩支點殘的蠟棍兒，正待掀起馬燈罩兒，把它接點上，偏偏那馬燈不肯幫忙，在這種節骨眼兒上，撲突一跳就熄滅了。

「命中注定要在這土地廟裡過夜了！」閨女嘆說：「沒有燈光，走又走不得，回又回不去，可不活生生的把人給急死？」

「空急也不是辦法，」狄虎又在黑裡舐唇：「總得等到雨略停時再想法兒。」

倆人說了這些，就暫時閉住嘴，在嘩嘩的雨中靜默下來，各自在想著什麼。狄虎把念頭從夢魘般的境域裡轉出來，越想越覺得不對勁兒！剛剛是有什麼鬼來迷了心，還是陰錯陽差的碰上了魔神？這算是怎麼一回事？這哪是幫著她來找那發瘋夜奔的老頭兒？這卻是……

再想想罷，傻傢伙，人家是個黃花大閨女，自己是個年富力強的光棍，再怎麼說，也不該同披一件簑衣頂雨走夜路，身子貼身子同窩在一個土地廟裡，虧好還有神臺上的土地公公、土地婆婆能作證，知道兩個人沒生什麼曖昧，換是世上任何人，他們聽著見著了，心裡會怎樣想？只怕是跳下黃河也說不清了罷？

人說：人若心不歪，不會引邪來，今夜這番遭遇，都怪自己受不得趙大漢兒的慫恿，心生邪想才招來惹來的，可不是？如今，心裡那點兒邪慾，早叫大雨淋滅了，就像那盞沒了油的馬燈，穿著溼衣在雨裡走，一時還不覺得怎麼樣，一旦躲進廟裡歇下來，簡直就不是滋味，溼衣裹在身上，越變越冷，像裹著鐵甲似的浸進人骨縫的淒寒逼得人發抖，更加上那黏濡潮溼，周身像有群螞蟻在蠕動，一抓一手水珠兒。

閨女心裡怎樣想？狄虎不會知道，只聽她說：「天喲！我真是昏了頭了！我不該讓你陪我一道兒來的。這……這算是什麼呀？」

「人不心虛不怕鬼。」狄虎說：「土地公公、土地婆婆，全在那兒瞪著咱們，有什麼不妥當？」

「你倒說得輕鬆，」閨女憂愁的說：「要是有人知道了，你知他們會怎樣亂嚼舌頭根子……一男一女，半夜三更頂著大雷雨，擠在這間土地廟裡……就算是找我爹，也不會找到這兒來呀？」

「只怪這盞沒油的馬燈不好！」狄虎握住她的手，勸慰說：「再怪天太黑，雨太大了，碰上這種天氣沒了燈，怎麼走得了？……今夜晚先不去想它罷！一等雨落得小些，還是想法子找著你爹最要緊。」

一陣夾雨的冷風掃進廟來，閨女在打著哆嗦。

「你得把濕衫子脫下擰一擰，」狄虎背著臉說：「再沒有旁的法子了。」

「我不要。」閨女說：「擰也擰不乾，橫豎是受凍，凍不死的。」

「用不著再害羞了。」狄虎老老實實的說：「天這麼黑，沒誰看得見你。你該信得過我，我是那十個之外的，我…我……」

「你什麼？」閨女說：「你只是膽小臉皮兒薄，是不是？」

「我想娶你倒是真的。」狄虎說：「正因爲有這種說邪不邪的傻念頭，才會正經。臨水照鏡子，我不配，我只是個扛貨的，壓歪肩膀，勉強混一張嘴，你不激我，我連這話也不願講，講了也是嘴上抹石灰——白說，不定是兩天，三天，揚帆走了，只落一場夢。……我沒法子養活人，就有法子，你爹也不會允的。」

也許是這兀突顚倒的夜晚撥弄著人心，把狄虎撥弄得反了常，平素不知怎麼開口的話，都不知爲什麼會從心窩的黑角裡鑽出來，沒有羞澀，沒有不安，要說有，只有一心的淒苦。

閨女沒答他，偎著他的身子哆嗦得很兇，隱約興起一些抽噎聲，她竟無緣無故的哭了，她哆哆嗦嗦的扭動一陣兒，遞給他一堆滴水的衣裳。

「煩你擰一擰，」她帶著咽哽未盡的餘音說：「我相信你說的話是真的。」

他擰著濕衣上的水，儘量費力的把它擰得乾些，連那隻紅綾的抹胸也擰了，緊接著，閨女又遞過一堆什麼來，他照樣擰乾，反手從肩上遞回去。閃光早不亮，晚不亮，偏在這時刻亮，雖僅是極短的一剎那，也描出了閨女那瑟縮裸裎的半蹺曲的身子，豐滿圓滑的線條，晶白如玉的膚色，但狄虎沒有回頭，只朝那強烈的閃光眨了眨眼。

閃光過去了，她才胡亂的摸黑穿她的衣裳。

「你也該擰乾衣裳了。」閨女說。

「還好。」他說：「我上身沒有濕什麼，摸著濕濕的，全是反潮的鹽漬，擰也擰不乾的。」

「啊，好……冷……」閨女的話叫掃來的冷風咽住了。

「我在溫著你，再一會兒就好了。」

不是他存心要跟她這樣緊緊膠貼著，四面牆壁擠住他們，那層單單薄薄的潮濕，抗不過倆人身體裡發出來的熱力，幾乎立刻就變得溫熱了。

他這樣擁著她，恍惚擁著的不光是一個人體，而是這幾年來淒寒落索中所作的溫熱的夢，他半環在她腰間的手臂一直固定在那裡，沒有因任何邪想撥動的任何輕浮的動作，他只是要溫暖著她。

習慣了粗獷的狄虎，這才體會到一剎真正的溫柔。

她的散髮像千萬纏人的野蛛絲，梭著他的臉頰和頸項，髮間仍浮著一股子刨花兒水和生髮油混合的幽香，夾著一股由他衣衫上蒸騰出的稀淡的鹽味，這無數細柔的髮絲繞纏著他，彷彿連時辰也被纏住，不再朝前流淌了。但他淒苦潮濕的心是擰不乾的，仍舊朝下滴著水，他爲了擁有今夜，就不能不想到明天，明天，雨雷一住，汊港就會重新變得陌生而動盪，這兒不是他棲落的地方，只是更多碼頭當中的一個碼頭，他得走。……龍神節的那份熱鬧呢，多他也不多，少他也不少，不湊也就罷了，他開頭就沒把那把熱鬧放在心上。

他唯一覺得不甘而繫念著的，就是閨女盈盈了。三根柔髮，繫得住一條金剛大漢，他這才體味出粗野的伙伴們說這話的意思，還有比這再恰當的比方嗎？這些髮絲，不但拴住了他的身體，連一顆粗獷的心，也叫它緊緊的拴住了。

雷聲響到遠處去，雨聲也漸漸的緩和了。

狄虎停住那一縷牽盪著他的思緒，把手掌伸到廟簷外面去試試雨滴，轉臉朝閨女說：「還得到墳場去找你爹，雨勢小了些兒了！」

他和她走離那座小廟時，殘雨已經停歇了，但狄虎還是把簑衣包裹在她身上，怕她受不得風寒，他和閨女都弄不清天到什麼時辰了？單覺雨雖停了，風反而變得尖細，天頂的雲層仍沒有退開，舉眼一片墨黑，看不見星月和燈火，只有被雨水沖出來的荒墳間的燐火，飛螢般的閃爍在草尖上。

那種黯綠的燐光雖照不亮什麼，至少可以使他們辨認出荒塚堆的方向。

「爹，您在哪嘿？」閨女細聲的叫喚著。

遠處傳來她空幻的迴聲……

「你沒見著馬燈亮，空叫喚也是沒有用的。」

「我急死了！他會發瘋跑到哪兒去呢？」

狄虎數算過，倆人繞著那座荒涼的墳場，足足摸了三個圈兒，半點兒動靜全沒有，那古怪的瘋老頭兒不在這座墳場上。

「你爹沒在這兒。」他說：「我們該摸黑回去再找他，著急沒有用，天就該快亮了。」

天真的快亮了，風尖尖的，帶著破曉前的那股浸寒，一點也不像是夏天。雲叫尖風吹裂了一些碎紋，透出幾粒似有還無的星星。

他跟她靠著那點兒模糊的星光，踩著遍地水泊朝回走，涉過那條沙溪，爬上那座土崗子，到了一路石燈能映照得著的林子裡。

「你看，」閨女說：「碼頭口兒上有人打著燈籠。」

狄虎搭起手棚瞭望著。

「糟，」他說：「那是船上的人，他們準以爲我叫響雷劈落到河裡去了！我們不能這樣下去，讓他們瞧著，又得大驚小怪的費唇舌，……那邊有路沒有？」

「崗背有條小路，」閨女說：「通到黿神廟背後，我們打那邊繞過去，在香棚門口分開罷。你回船，我回家，雨既停了，我會換套乾衣裳，自去找我爹的。」

狄虎還在那兒愣著沒動彈，閨女的手卻找著了他的手，牽著他說：

「走啊，你還在愣什麼？」

人生有好些事，是說不出緣由來的，正因這一場雷雨把他和她之間的那份陌生完全沖走了，她抓著他的手，熱絡自然，並沒有半分扭捏；但狄虎剛邁步，忽然又停了下來，彷彿看見了什麼。

閨女也看見了，那是透過一些林木枝葉射過來的馬燈的碎光，那燈光來自黿神廟背後最高的坡頂上，游移著，曳盪著，燈光落在林葉上還不甚明顯，但落在老黿塘幽深的塘面上，就看得夠清楚了。

「那不會是你爹罷？」狄虎瞇眼朝遠處凝望說：「只看見燈光，卻看不見人。」

「不定就是他。」閨女說。

「來罷，」狄虎挺一挺胸，顯得精神起來，跟閨女說：「要是把你爹找著了，這一夜總算沒有白辛苦，我也好回船去睡一場安穩覺。」

穿過一片稀落的林子，燈光越來越近了；燈光照出一個人的影子，可不正是那發瘋的老琴師！

他身上穿著的那件藍布長衫並沒有被雨打濕，叫風掃得飄飄的，這使狄虎想得到，剛才落那陣暴雨時，他一定避在黿神廟的附近，等雨後才出來的，——照理說可又說不通，一個發了瘋的人是不會懂得避雨的，如今他站在崗頂最高處的草叢裡，崗下隔不上三兩步地，就是壁立的崖塹，他手舉著一盞馬燈，兩眼睜得大大的，直愣愣朝塘面凝望著，彷彿看見了什麼樣神奇怪異的東西。

「那可不是你爹嗎？」狄虎捏捏閨女的手說。

閨女盈盈沒說話，只點了點頭，顯然她也被她爹那種怪異的神情弄恍惚了。

「他在朝塘裡頭看些什麼？」狄虎悄聲的說。

「我也不曉得。」

閨女盈盈並沒有照狄虎所想的那樣，一見到她爹，就叫喚著奔過去，反而退後幾步，把狄虎扯到一叢矮樹背後的黑裡，噤著聲在想什麼。

「這樣罷，」她牙咬著下唇想了想說：「你循著原路回船去好了，由我一個人出面領他回家。雷雨過去了，他多少該有幾分清醒了。」

「為什麼呢？」狄虎固執著說：「萬一他還是瘋瘋癲癲的，那地方是塊險地，有我在一邊幫著你，多少總可以放點兒心！」

「不用了。」閨女說，顯出為難的樣子。

「你總得有個道理……」

闈女幾乎附著他的耳門，用低低的聲音說：「他……他最怕看見『船上人』，在他心裡，十個就是十個，沒有什麼十個之外的。……就算你真的有些傻，也該替我想想呀！」

「好罷。」狄虎鬆開手說：「既這樣，我只好等明天再去看望你了。」

九、慾夢

棋差一著，滿盤皆輸，回到碼頭口，狄虎才想起有一宗事情疏忽了，使他在趙大漢兒一夥人面前禿了嘴，連申辯都無從申辯了。

趙大漢兒和那群扛伕是在碼頭口圍住——不如說是捉住狄虎的。

「嘿，那不是傻小子嗎？」不知是誰認出狄虎來，搶先嚷叫說：「他沒有叫響雷劈下河去餵魚蝦，他……他……他它娘還是個活的呢。」

他這麼一嚷嚷，幾盞馬燈和燈籠都轉了個方向，朝狄虎來處的崗坡照著。

「是活的，咱們把他抬上船去，狠揍一頓屁股出出怨氣。」趙大漢兒叫說：「要不是你們說他失了蹤，硬把我從賭場扯回來，我它媽手風正順，又不知該贏了多少了！這本賬，全該記在他頭上。」

「你們瞧瞧他這副扮相罷！」一個晃晃馬燈說。

「喝，這傢伙，真做了龍王爺的女婿了，渾身像從水晶宮裡冒出來似的濕……」

「不不不，」另一個說：「他準是打老黿塘裡爬上來的，他的老丈人該是『萬年永壽』（烏龜的別稱）。」

這些腦瓜裡紋路不多的粗漢子，就是這麼愛起鬨，幾句促狹話一說，大多捧著肚子鬨笑起來。

「先把這個偷香的淫賊抬上船去。」趙大漢兒用說書的腔調說：「由它媽我這個假大老爺主審，審的他有一句不實，也弄點兒風流刑罰他嚐嚐！」

沒有給狄虎說話的機會，一湧湧上來三四個漢子，像扛木頭似的抄住狄虎，嘿嘿哈哈的把他扛到船上去了，其餘幾個搖晃馬燈和燈籠，鬨鬨叫的跟上船，圍成半個圓圈，把狄虎放在船頭甲板上。

自充假大老爺的趙大漢兒，大模大樣的坐在盤起的繩索上，抖動叉開的兩腿，手撫著膝頭，假咯了幾聲，就要問「審」了，一開口就嘿嘿的狂笑起來。

「你們瞧，他這是什麼扮相？他披的是女人用的短披風呀！黃麻布，漆桐油，這算是證物了！」

「他手裡還拎著一盞破馬燈呢。」

「也不是船上的東西。」

大夥七嘴八舌的湊起趣來。

「香棚裡的閨女沒說錯，——他是個賊！」趙大漢兒一拍膝蓋，手指著發愣的狄虎說：「你這傻小子，原來是條專偷麩粉吃的『老實』驢！連我都看走了眼啦！」

「甭……甭開心逗趣，我睏的慌。」狄虎說。

「還沒打呢，一開口就招了供了！」趙大漢兒說：「他這一夜不知風流了幾火？當然睏的慌，你們瞧他那呵欠連天的德性，就是不招，也瞞不過去的。我問你狄虎，你這件桐油雨兜兒和這盞馬燈，是打哪兒弄來的？從實替我招供罷。」

狄虎黑裡乍見光，只覺那半圈兒馬燈和燈籠的光都集射在他臉上，四周飛來的闊笑聲，把他攪得昏昏的，他無法峻拒伙伴們這種習慣的粗野的調侃，他們無論對誰都這樣，要使用各種惡作劇的方法捧出人心眼裡的一點秘密，至少要榨出一點兒捏造的艷聞，讓他們當成輾轉流傳的笑話去破悶。船上有些漢子是這樣，明明沒有什麼事，偏要自命風流，造作出一些艷聞來加在自己頭上，更喜歡在口舌上佔著人家的便宜，說什麼張家二姐、李家大妹子跟我怎麼長？怎麼短？逗引大夥兒審問他，他就好自編一套風流的故事來誇耀。

狄虎倒不是那種舊腦筋，不肯同流合污的損人家的名節，只是壓根兒缺少這種狂歡嘲謔的心情，在他心眼兒裡，閨女是一道光，不能叫人拿來在嘴上胡亂糟蹋，他真要有那種略帶歪斜的存心，剛才在小土地廟裡，也就不會那樣的安分了。

可是，怎樣面對著這幫狂歡嘲謔的野漢子呢？說翻臉是不成的，自己還不至這樣的不通人情！他一急就去抓腦袋，卻抓下那件被指爲證物的桐油披風來了。

疏忽，這真是一宗天大的疏忽，正如趙大漢兒所指的：這是叉港上一般閨女使用的雨披風，剛剛怎會忘了和閨女換過來？由此，他聯想到更糟的事情上頭去——閨女盈盈她，不正是頭戴著男人用的那頂寬邊竹斗篷，身披著自己的那件蘆葉簑衣去見她爹的嗎？……自己在這兒受些嘲謔無所謂，要是她爹認真盤問起她來，那可就糟透了！無論兩個人再怎樣清白，土地公公、土地婆婆總是泥塑木雕的，不能真的挺身出來作證呀！假若因爲這件事，激惱那古怪的老頭兒，受罪的是閨女、負疚的卻該是自己，這事假如喧騰開去，不但自己那場夢景成了空，只怕連叉港也難待下去了。

「說呀，小子，你抓著那物件發愣，打的是什麼窮主意？」趙大漢兒催促說。

「我……是借來的，嗯，借來的。」狄虎搪塞著。

「在哪兒借來的？」

「在……在那邊小街上。」

趙大漢兒從狄虎手上搶過那領雨披風，就著燈光，得意的把玩著，笑說：

「小街上哪門哪戶？講啊！講了我讓老徐替你送還給人家。」

「這個……這個麼……？」狄虎這回真的叫窘住了，手指撥著後腦勺，嗯嗯啊啊的說不出來，勉強辯說：「天黑乎乎的，頭上頂著雨，誰一時看得清是哪門哪戶來著？只知是在小街上借來的就是了。」

「好個能言巧辯的風流賊！」趙大漢兒肩膀朝上聳著，笑得一抖一抖的，像在喝著涼粉：「我假大老爺就認定你是在小街上借來的罷，現在我得問你，天正落著雷暴雨，你不老老實實待在艙裡，有什麼緊要的事，火燒屁眼門兒似的，把你逼上岸去，弄成一隻落湯雞？更害得咱們大夥兒挑著燈到處找你。」

狄虎一想：趙大漢兒，你它娘真是促狹鬼托生的，專會挑眼兒，弄到後來，成事的也是你，敗事的也是你！我算是遇上鬼了！

若說硬扯旁的事呢，一時也扯不上，只好把那瘋老頭兒抬出來權充擋箭牌，就說：「還說是什麼風流事呢？這宗怪事可把我給累苦了！半夜三更落雷雨，我聽見雨裡有人一路叫喊，疑心出了什麼岔事，站起身，招著手一看，有個人打著燈籠在雨裡奔，閃光照亮他的肩膀，我只看見他穿的是件藍布的衣裳……腰有些駝，至於臉像什麼樣兒？那我可看不清楚啦！他邊奔邊喊的，就爬上了坡！」

狄虎這一岔，可真把話頭兒岔開了，咧著嘴嘻笑的傢伙，也伸長脖頸，收斂了那種嘲謔的笑，聚精會神的傾聽著。

狄虎編了這一段，故弄玄虛的歇住口，用兩眼掃一掃四周那些被照亮的人臉，習慣的舐了舐嘴唇。

「敢情是個瘋子！」一個下了斷語說：「要不然，頂著這大的雷雨奔嚷個什麼玩意兒？」

「也許是奔來找什麼人的？」

「說不定是個鬼！」

大夥兒又七嘴八舌的議論開了。

只有趙大漢兒瞇著兩眼，一直看著狄虎，沒再開口說話。狄虎明知趙大漢兒信不過，但謊已經扯出了口，不能沒有下文，只好硬著頭皮朝下編說：

「我心裡一動，當時也就糊糊塗塗的跟上了岸，想追著他問，問出了什麼事？……頂著風頭走，那雨打得我睜不開眼，透不過氣來。沒辦法，我只好拐到小街上，搥打一家的門，向位矮胖的大娘借了這件雨兜兒和這盞破馬燈，一滑一踏的，一路追上坡去。」

趙大漢兒用手肘抵了他身邊的老徐一下，歪吊著嘴角朝狄虎瞅了一眼，倆人相互怪氣的瞅著眼，也不知是諷嘲他說謊呢？還是佩服他說話編得高明呢？狄虎橫豎是硬了頭皮，明明見著，也只當沒見著了。

「你追著他沒有？」有人插嘴問說。

「嗨，這不是多問？」老徐說：「要是追上了，傻小子會弄得這身狠狽，一個人回來？你們姑且聽他有板有眼的說下去罷！」

「就是沒追得上，才累苦了人的。」狄虎嘴皮兒說得麻溜了，接著編下去說：「那盞馬燈在我前面閃跳，一忽兒有，一忽兒無，崗上的樹簇兒老遮眼，我是人生路不熟，跌了兩跤，爬起身再看，他穿過崗稜子，朝崗背的凹處走，到了凹地上，就左搖右晃的，在那兒逡巡……」

「他逡巡些什麼？」人多嘴雜，禁不住又有誰這樣的問了。

「我哪兒知道他逡巡些什麼？」狄虎說：「他拎著馬燈，跋水過溪，我也跟著踄了過去，我快，他也快，我慢，他也慢，不前不後的總拉那麼一段路，……走到小土地廟那裡，他繞著那座小廟轉了三圈兒，再拐彎朝東走，我還是跟著他，那時刻，大雨還是潑盆似的澆灌著，他的那盞燈籠卻倏地隱沒了！我舉著馬燈再看，四邊不是供狐仙的小屋，就是疊疊的荒墳……原來那兒是座偌大的亂墳場，哪兒有人來?!」

「你準是遇上了鬼了！」一個說。

「不會是鬼，」另一個說：「是鬼，怎會打著燈籠在雷雨地裡走？」

「也許是狐仙存心作弄你這小子！」綽號「包鴨子」的扛伕跟狄虎說：「牠拎著燈在前頭逗引你，讓你淋了這場大雨。」

「更不會是什麼狐仙，」原先那個說：「狐狸這玩意，最是怕雷，天上雷轟轟的，牠自顧不暇，哪還有心腸出來逗弄人？怕不知躲到哪個地穴裡去了呢！」

「既弄不清是什麼，還是聽他說下去罷。」趙大漢兒說：「你說，後來又怎樣了？」

「後來，我只好在那座墳場上亂摸索，我這盞破馬燈也促狹，偏在節骨眼兒上沒了油，熄掉了！我摸著摸著的，也不知過了多麼久，雨才停了。」

「我要聽聽雨停之後的。」趙大漢兒說。

「等到風雨停歇了，我渾身都累得發軟。天知道我在那座墳場裡栽了多少次筋斗？骨拐碰在碑角上，如今還隱隱的發疼呢！」狄虎說：「我爬上坡稜子，心裡也好生奇怪著。連我自己也弄不清楚，我在雨裡見著的那個影子，究竟是人？是鬼？是妖？是狐？為什麼他要在雷雨夜裡拎著馬燈出來，狂喊狂奔？為什麼他要繞著小土地廟轉三個圈子？又為什麼走進墳場隱沒了？只等我再爬上坡稜子，這才弄明得白……」

「講呀，你弄明白什麼，甭賣關子。」

「我講了，你們總該放我去睡覺了罷？」狄虎說：「你們這幫傢伙，不該在這時刻作弄我，我簡直倦得頭下腳上的，人都像在顛倒著呢！」

「當然，當然，」好幾個漢子都說：「你總得把今晚上的經歷講完罷。」

「好。」狄虎說：「等我一爬上崗稜子，可又看見了那盞隱沒了的馬燈了，這一回沒有雨霧遮著人眼，我清清楚楚的看見，拎著馬燈的是一個人……呃，是個亂髮篷篷，身穿藍布長衫的老頭兒，微微駝著腰，他站在黿神廟後邊最高的那座土崗頂上，臨近老黿塘上的崖塹，還是那樣的晃著燈，像在塘面上逡巡著什麼……我本打算撲過去喚住他，問他爲什麼要頂著大雷雨夜奔？是不是出了什麼岔事？但我還沒轉過頭，他又已轉過頭，沿著黿神廟邊的小路，從香棚那邊走了。……這就是我剛剛經歷的啦！」

「你還見著旁的沒有？」老徐說。

「哪還有什麼旁的？全在這兒啦！」

「準是他！」老徐說。

「誰呀？」包鴨子拐著蘿圈兒腿。

「還有誰？——就是我那天說過的，陶家香棚裡的那個瘋老頭兒！我早就聽人說過，他老婆是在落雷雨的夜晚跟人私奔了的，所以他也常在落雷雨的時刻發瘋，據說已經鬧過不止一回了。有時候，是旁人發現他，懶龍似的滾在泥塘裡，弄得滿身污穢，有時是他女兒頂雨出去，東找西找的把他找著，事後，他會茫然不知，好像做夢似的，你們說，怪事不怪事？」

老徐侃侃的說出來，人們放開了狄虎，都朝老徐圍了過來，聽了他這番話，可又引起一番新的議論來。

「你不說，我還想不起來呢！」包鴨子說：「陶家香棚裡的那個老頭兒，我在小街頭的酒館裡碰見過他的。說他人有些古怪倒是真的，可不能一口咬定，就說他是個瘋子。」

「他不是瘋子，他只能算是個酒鬼。」立即就有人附和上了：「他只在喝醉了的時候，說話才有些瘋言瘋語，平時他會聽書，有時刻，還跟人走走象棋呢！」

「他是瘋子，」老徐說：「他不是失心瘋（指常年心智喪失。）他是暴來瘋（指突發性的瘋癲。）不發瘋病時，他是個古怪的人罷了，一發瘋病，就跟瘋子一樣了！這種人，比常年瘋癲更怕人——你不知他何時會發瘋呀！」

「嗨，香棚裡那個閨女也夠可憐的，」誰說了：「她很小，她媽就扔下她跟人跑了，如今又得伴著這個瘋瘋癲癲的爹，一肚子委屈鬱著沒處發洩，無怪誰招惹她她就發火性，那樣潑潑咧咧的罵街了！」

他們蹲在船頭上談論著，越談興致越高了。

冷在一邊的狄虎沒有心腸再聽下去，聽著就替閨女盈盈難過，他掩住嘴，打了個呵欠，悄悄的掀開艙蓋板，鑽下船去，摸著個空舖就倒下了頭。

明天就是黿神節了，就算有千般的熱鬧，自己也沒再朝那上面去想，人倦極了反而睡不著，好像自己的雙腳離地騰空，在不著邊際的虛空裡御風飄行著，風比箭鏃還尖，比冰凍還寒，穿過自己單的薄衣裳，直貫肌膚，一忽兒，又覺得身在揚帆的船上，撥開一層層卷雲疊成的波濤，航向無極的地方去，連思緒也黏著一層恍恍惚惚的雲和霧，一忽兒飄升，一忽兒沉降……

他像是一隻在風裡綴網的蜘蛛，極力要把那根若斷苦續的思緒的游絲牽住，儘管他一時無法決定怎樣，但他總要想出一些頭緒來，試圖去解開眼前的結。

船泊叉港的日子越來越短促了，他是一隻久久飢渴的蜘蛛，空懸在一張展於陰黯的破網上，蹺伏得夠久了，這種原始雄性飢渴的本能，使他要猛力的撲噬閨女盈盈，在夢裡，他曾幻想著那種猛力撲噬的滋味，那滋味曾使他貪婪的垂涎從夢中流出來，滴濕了他那隻用一些破爛衣裳捲疊成的枕頭。

狄虎活了這多年，從沒有跟那些野漢子合流，在女人身上荒唐過，唯其如此，像閨女盈盈這樣風姿撩人的妞兒，在他心眼兒裡才沉甸甸的，更顯出分量，他的欲求是強烈的，想著她時，他心裡便刮起一陣砂飛石走的風，他自認這是自然的，正經的，——想著一個女人，要娶得那個女人，沒有什麼淫穢的字眼兒能加在他的頭上，可也正因這樣的理直氣壯，他心裡那匹意馬，便更沒法子控住韁繩，一味的狂奔狂馳起來了！

他得對自己承認，他不是如旁人所說的傻小子，只是自己比他們要認真一點兒，專一一點兒，但…也許…更激狂一點兒。……那種激狂的、貪婪的意想，使自己變成不是自己的另一個自己，就像閨女盈盈借了她爹那句咒罵天下男人的言語：野狼野狗。津津的啃嚼著由意想捏造出來的、赤裸裸的對方，夢醒後，連自己都覺得心跳和臉紅，但也只是跟著一口吐沫嚥回心裡去，因爲從來…從來這些事兒都是說不出口、見不得古老的太陽的。

野狼……野狗……這可是不錯的，游絲牽著人，朝下飄墜著，下了一層就更黑了一層，好像已經搖曳在夢鄉的邊緣上，狄虎翻了一個身，耳邊響起蘆葦被翻壓時發出的細微悉索聲，他還在極力的朝上攀爬，爬進半醒的朦朧裡，繼續想著。

說自己比他們認真一點兒，專一一點兒，這也是不錯的，不過也只是那麼一點兒罷了，人在船上活著，即使沒親近過真真實實的女人，單是聽，也聽會了太多的事情。

奇怪的是：那些當時聽來淫靡粗俗到使人噁心程度的描述，在意想裡，或是夢裡，一樁樁一件件，都變成了真實的情境，有顏色、有影像、有動作、有聲音，而且……而且夢裡的主人，又都變成了自己。……

說來也真夠愧疚的，除了閨女盈盈之外，他也曾多次在夢裡啃過另一些白俊的小妞兒，都是實有其人，決不是夢中空造出來的。……一個北地碼頭邊小飯館裡的女兒，一身綠襖褲像個剛出水的肥蛙，那彷彿不是衣裳，而是一層光滑的緊裹在白肉上的青色蛙皮，人眼能透得過那層極薄的皮層，看出她一身凸出的肥美。

……那碼頭不遠處的小街上，有家很堂皇的中藥舖兒，舖裡有個扁平蒼白的閨女，也曾被自己夢啃過，平常逛著街時，會經過那家舖子，外面的陽光越顯亮，舖裡就更顯得陰黯，她總愛半倚在櫃端的長招旁邊，臉朝著街心，有意無意的逗弄著那隻黑白相間的大貓咪，貓咪很懶，她那樣子更慵懶。他甚至並沒清楚的看過她的臉，只覺拿她和那個綠水蛙比起來，她別有一番孱弱嬌柔的女人的味道，好像是一支黃黃白的瘦筍，剝出來有些清淡可口的香和鮮嫩，……船到南方來，至少有半年之久了，他在夢裡還是反覆輪啃著那兩個，因爲她們的形貌，用意想捏塑出來比較凸出，也比較具體。

閨女盈盈，至少至少已算是第三個了。

而這一回，在感覺上，卻有著明顯的不同，他發覺自己雖一樣的啃得猛力，啃得貪婪，可是，心上總壓著一種溫柔的重量，不再僅是意慾奔放的遊戲。

這使他驚異著：一樣是野狼野狗般的身子，爲何腔裡卻跳突著一顆透活的人心？更慢慢的把那份溫柔的重量挑在肩上，化成一種從裡到外的正經。

像不久之前，他跟閨女擠在小土地廟裡的那一幕罷，不正是自己夢寐以求的夢境嗎？不同的只是她身上的衫褲，不是由自己抓著撕裂的，卻是由她親手遞交給他的，若換在當時的夢裡，將會怎樣呢？野狼猛力撲食，是不會計較時辰的，牠會轉過身子，扼她，擰她，把她那身鮮白的肥美，一片一片的撕裂，啃得血跡斑斑罷？閃光亮時，心裡那隻野狼確曾一露牠的銳牙，但雷聲跟著滾響時，牠就那樣磔磔著牙齒，被擊傷在那裡，不再掙扎！

黑暗也有黑暗的莊嚴，它舉得起一個人的生命，在那一剎。他實在是無慾無求的單一的人。——但也僅僅在那一剎。

他算是被白得炫目的閃光洗亮過。

他知道，心裡的那隻老野狼並沒死，只是傷著了，這卻使他在那一剎活得很安然，她的心憂愁潮濕，他分到的，也是那種潮濕的憂愁，連自己也沒想到過的，他背著臉，用力擰乾她的溼衣，他的心竟是那樣清明，那樣的冷，眼裡和心裡都沒有那種貪婪的慾夢。

今夜，他卻為她說了謊，把他和她在一道兒的事情隱瞞了，其實，他大可不必扯這一半的謊，但他清楚，恁是再清白的事，一到了這幫傢伙的嘴裡，「素」的也就變成「葷」的了！——他相信各自心裡的那隻老野狼！

也許經過這一夜，一個結就在他和她的心裡打牢了，這個結，正打在那個患有瘋癲的老頭兒身上，他是他們之間的衝突和阻障。

他弄不明白，一點也弄不明白，那古怪的老頭兒心裡想著些什麼？假如他像老徐所說的那樣，無端的憎惡船上的漢子，自己又該怎辦？既不能跟他講通什麼道理，可又不能慫恿閨女盈盈離開這裡，就因為他有著殘疾，又老又患上這樣的瘋癲，才更需得著女兒的照顧，她是個有孝心的人，她走不了！

嗨，只有等天亮再說罷！

他總算沉進夢裡去了……香棚那邊的院落裡，早醒的大公雞已經在尖尖的立石上喔喔的啼叫著啦。

雞叫頭遍的時刻，闉女盈盈還在窗臺前對燈癡坐著，西沉的月亮也逗不醒她那種癡癡的沉迷。對她來說，這落雷雨的夜晚才真像是一場顛倒的亂夢，一開始就渾渾噩噩的，把人弄暈了頭；她怎會跟他一道兒拎著燈籠去找爹的？也除非在這種電閃金蛇，雷聲隆隆的雨裡，人與人之間，才撕得開各種平常的顧忌；如果沒有他幫著自己，自己真不知要添多少難處？上坡下坡，又涉過湍急的沙溪，特別是那座荒涼的墳場，一個人真沒那種膽子摸黑去找人；幾年前，就聽人說過那兒常鬧鬼，即使在有月亮的夜晚，小土地廟背後，也有放牛晚歸的孩子遇著鬼打牆的事情；有人在墳塚間踩著蒲包，軟乎乎的包裹著扔棄的死嬰孩，甭說這些，單是遍地滾動的鬼火就夠怕人的了！

暈了頭，真是的，自己怎會單憑他那一句話，就相信他真是十個之外的？如今想起來，心還突突的跳，臉紅得不敢抬頭對鏡子，不管怎樣，究竟是剛剛相識沒幾天，也沒見過幾次面的男人呀！……如果他剛才在小土地廟裡有什麼存心，沒有誰能來解圍的，仔細想一想，黑夜的風雨裡，最怕人的不是什麼狐仙、惡鬼、死嬰和燐火，卻該是在身邊的年輕漢子，他真要行蠻，那土地公公，土地婆婆，只有乾瞪眼在一邊看著了。

值得幸慰的是自己看人總算沒看走眼，狄虎他確是那十個之外的，他的性格、言語、行爲，都不像是船上那群粗野的漢子，倒像是個樸實的莊稼人，雖說也略沾些兒粗野氣，那種恰到好處的野氣，只有使他更像一個男人。

一身的濕衣早換下了，但自己的身上，似乎仍沾著他衣裳上的鹽屑和汗氣混合的味道，自己的一邊肩膀，似乎仍能覺出他寬闊帶韌性的胸膛貼靠時發出的熱力，自己的腰間、肌膚上還留著緊攬的那隻手掌，——恍惚那手掌依然攬在那兒，並沒移開過。

一陣可能發生的驚濤駭浪，就那麼安然的過去了！你幾乎找不出他有任何不妥當的地方來，這種樣熱心正直的男人，走遍叉港，能找出幾個來？……真的，盈盈，這就是要揀選的人……一個「笨」賊，她從心裡漾起笑的感覺來。短短的幸慰過去了，立刻又陷進慄慄的寒冷，雞聲喔喔的啼著另一個日子，他這莖沒根的浮萍草，還能在叉港上有幾個日子的停留？

她跟叉港上一些年歲相若的姑娘們一樣，都是在古老傳言的餵養裡長大的，這場驟來的雷雨使她跟狄虎有了肌膚之親，她整個的心，便著了魔似的纏繞著他打起轉來。那些常聚在河邊洗衣的姑娘們，也說過很多秘密的話，說是一個正經的女孩兒，要是跟哪個男的有了肌膚之親，她就命定要跟他過一生的日子，——好像鐵釘釘在門板上，牢固得拔不動的那麼一種認定。

但這根釘子，一半是機緣，一半也是自己選的。

古怪的爹要是知道自己的這份心意，他會怎樣呢？一陣寒慄通過她的身體，她想：也許他已經知道了！她想起她跟他分開時，狄虎糊塗，自己卻更糊塗，怎會忘的？怎會把他的寬邊大竹斗篷和那件蘆葉簑衣帶了來的？一路上扶著爹走回來，直到走過黿神廟才發覺不妥，爹要是當面問起來，自己該怎樣拿話回答他？總不成憑空打謊，謅說是在半路上撿來的？

這明明是男人用的東西……

可是，看來很疲累的爹並沒問什麼，一直扶他進屋來，他還是一副神智未復的樣子，嘴裡唸唸有詞，喃喃咀咒著什麼！她推說要下灶房去熬薑湯，卻把那頂大竹斗篷和簑衣塞在灶屋的麥草下面，薑湯熬好了，端一碗給爹，自己也嘓嘟嘓嘟的喝了一碗，沖一沖雨地裡感受的風寒，……儘管這樣暫時處斷了，心裡仍然不定當，爹在平時，對某些事情很精細，媽沒走之前，他更挖空心思，想盡法子，防著他心眼兒裡認為是野狼野狗的男人……

那些方法真是又可笑又可憐；他會繞著宅子，成天的逡巡，記住任何一張斜眼朝宅裡望一望的、陌生的男人的臉，哪張臉上有顆黑痣？哪張臉上有塊疤痕？哪個人身材高？哪個人個子矮？夜晚逐一背出來，向媽反覆的拷問；他會在後屋窗口下面，遍灑上鍋塘裡的麥草灰，為的要使翻窗跳牆的野漢子留下腳印兒，甚至於，他在老鼉塘對面崗頂的濕地上發現了任何腳印兒，便會蹲下身，歪頭呆看老半天，若有所得的點著頭說：

「是了！是了！就是這個傢伙！我要找出他來！一定要找出他來！把他大分八塊，扔進鼉塘餵老鱉去！我沒那種大度量，讓他活著風流！」

甭看他年紀大了，又是個板腰，他身上還是有著一把力氣，他床頭懸著那把生鐵銹的二人奪（二人奪乃古老防身武器之一種，外觀看如一柄拐杖，實乃鋼鐵製成，中藏一把利刃，可砍可刺。）他還能舞弄得霍霍生風，他常在夜晚起來，把坡上的立石當成他心眼兒裡的野漢子，咒罵它，教訓它，然後刺它，砍它，叮叮的迸出火星來。

也甭以為刺完砍完，事情就完了，一二天他還沒忘記，拖了他那支二人奪，懷揣幾個買酒的錢，出門到碼頭邊的小街上去明查暗訪去了，他也許永遠查不出那些腳印兒是誰的，也從未真的刺過誰，砍過誰，回來的時候卻帶著一股醺醺的酒味。

雖說他並沒有真的鬧出什麼事情來，她卻也不能讓他疑心到狄虎的頭上。

她始終覺得，早年媽所受的那些，都是些空穴來風的委屈，她自從嫁給爹，離開戲班子之後，就和她那段唱戲的生涯連根斬斷了，她把幾大箱子私人添置的行頭都盤了出去，搬到叉港上來開這座香棚，平日裡，她連半句戲詞全沒有哼唱過，爹雖成天發著狠，可沒真的抓住她什麼把柄，但狄虎不同了，爹要弄清楚狄虎真有娶走自己的意思，他那柄二人奪刺砍的，也許就不會再是兀立在院子裡的石頭啦！

一串一串鎖結在一起的死疙瘩，叫她怎樣去解呢？明天就是熱鬧的竈神節了，找著他，再聽聽他的口氣，看他能想出什麼法子來？

雞啼兩遍，夜就要過去了。

天亮之前還會黑一黑的，她想。她吹熄了燈，和衣倒在床上，思緒像一架倒了的絲絡子，遍地亂滾，那些五色的絲紕兒（生絲，經染色，尚未成線。）互纏互繞，理起來空惹人煩惱，已經非常倦怠了，不願再去理順它，只是無可奈何的聽任它亂滾著。

轟隆隆的雷，眩人眼目的閃，破馬燈挑起的那一圈兒黃光，分不清點兒的暴雨，黏乎乎滑膩膩的坡路，影影綽綽的林樹，滴著水的葉子，黑裡飛瀑的聲音，湍急的沙溪，溪邊的小土地廟，供奉狐仙的小屋，重重疊疊的墳塚，閃灼滾動的鬼火……這一切一切輪番的出現在黑裡，在垂著的眼睫上，跳騰著，糾纏著，滾結著，托出那個年輕漢子沉碩的身軀和濃黑的眼眉來。

俄爾，他的身影在閃光中變得高大起來，化成一座使人仰望的大山，轟然一聲傾塌了，那沉沉的重量全部壓在自己的身上，使人難以仰承，難以呼吸，他的聲音咻咻的吹著自己的耳門，那是一種低低的絮語，比流水更低咽，比春風更柔和，一種充滿了蜜意愛憐的渴切的哀懇……她依稀能聽得出他的語音：

……跟我走罷，我實在不願過這樣飄流打轉的日子了。

……可是，可是我爹他不會肯的。

她很想這樣告訴他，告訴他自己心裡的疑難和困惑，爹雖有著突發的瘋癲，但他有權決定自己的婚姻，他決不會肯讓女兒跟一個沒有根的船上人，他經常都是這樣講說的。但他哀懇得太急迫，也把她壓得太重了，她光想說話，卻發不出聲音。

這時候，他哀懇的聲音又流響了

……你爹禁不住我。我只問你肯不肯？婚姻是你一輩子的事，你怎能把它推給那個瘋人？

……他不肯，我怎能丟下他，打起包袱跟你走呢？正因他是個可憐的瘋子，又老又有殘疾，才更離不開我，他如今很孤苦，只有我這麼一個女兒……

她心裡清清楚楚的有著這樣的意思，很想一股腦兒吐給他聽，他再魯拙，也應該懂得自己是多麼的爲難；這不是推托，更不是逃遁。但那重量一點兒也沒有移開，反把她壓得更緊，使她心裡的意思被痙攣了的咽喉緊緊的鎖住，根本流不出點滴。

儘管這樣，他卻像完全懂得她的心，緊鎖著濃黑的眉，半晌沒有再開口說什麼，很顯然的，他在爲這難題苦惱著，這使他抑鬱的臉，化爲庭園中的一塊生苔的立石，投落下沉黯的陰影。

這沉鬱逗起內心無限潮濕的哀憐，她自覺自己不再是一個愛說笑、愛罵人、愛抗拒粗野浪漢的嬌蠻野悍的女孩兒了，在他身邊，她成爲一個沉默溫柔的婦人，她輕輕的舉起手，用輕輕戰慄的指尖摸著他多稜的臉，彷彿觸及的又不是人臉，而是生著蒼苔的石面，有一股堅硬和觸手的冰寒……

一陣怪異的煙霧過去，他碩大的身軀逐漸的化解了，就好像開河季節被化解了的冰凍，在春霧濃濃的深夜裡，迸發出巨大的崩裂的響聲。逐漸的，那個霧擴散成一片彌天蓋地的濃霧，他消失，重量消失，卻留下一片洶湧上漲的淚的潮水，她被浮托在一莖破碎的荷葉上，隨著波濤，打旋，飄流……胸上的重壓一旦消失了，她的心彷彿也跟著跳出腔子，留下空空的疼痛。她不得不掙扎著，從破碎的荷葉上站起來，披散著一頭長長的亂髮，拖掛著不整的衣衫，茫然的叫喚著，叫喚著……傻小子，我在這兒，在這兒等你，你快些回來……霧把這聲音波傳開去，回答自己的，仍然是這樣迷失的叫喚的回音，她這才懂得，失去他之後，這一生長長的空盪的悲哀，真夠銘心刻骨的了。

雞啼聲穿透那片怪霧，啼進她的心裡來，她發力咬著自己的舌頭坐起來，才知道剛才的情境，原都是一場夢。

她喘息的抹著胸口，覺得渾身都是冷汗。

油紙窗外的天色，似乎已漸漸的亮了，在一團幽幽的沉黑之中，泛著幾分柔藍的晨光，朦朧描出窗框和窗櫺的黑影子，越發襯白了紙窗的孔格，那彷彿也是一張在黑夜渾噩夢境中受驚的臉，由最先的青白，逐漸恢復了一些淡淡的暈紅。

閨女離開了床榻，去把油紙窗推開，讓夜雨後沁涼的晨風走進屋裡來，讓水似的晨光洗著她仍顯睏倦的白臉，這清晨的柔光是寧靜而泰然的，它是由高天上日光光腳的反射、霞雲光彩的投落、微含濕潤的凌晨大氣中組合的霧粒，以及崗稜間鬱綠的叢樹的葉光混合而成的，它原本飽蓄著一股明亮的躍動的朝氣，但看在閨女盈盈失眠的眼裡，就顯出一份空虛的白和灰塗塗的黯了。

今天是竈神節，頭一個沒落雨的竈神節，該是香棚裡最忙碌的日子，她得趕緊的梳洗了下灶去弄吃食，把網形的香架兒向陽支起來，晾晒那些還沒乾透的排香，香棚一開門，只怕四鄉來上香的、看會的人群就會滔滔不絕的湧來了。

愁也正愁的這些，若果這一天，全被陷在香棚的買賣上，怎好跟那小夥子單對單的計議什麼？他的船早晚就得揚帆遠去，她實在不能浪擲掉了一分一寸的光陰。這一天的香燭買賣，就算能賺回一座金山，又值得什麼？

她黑眼珠轉動著，想出一個主意來：何不拿話說住爹，央他看守著店舖呢？爹雖說很久沒管過香棚裡買賣事情了，她相信現成的香燭買賣——三個銅子兒一小把，五個銅子兒一大把，他還能應付得來，自己平常成天守著店舖，今兒逢著熱鬧的日子，爹總該放自己去看看呆罷？只要拿店舖拴住他，自己就能跟狄虎好生談談了。

十、風聲

艙裡踡臥著的狄虎，是叫喧天的鑼鼓聲鬧醒的。

等他爬上艙的時候，那船上的野漢子們早已走光了。紅紅的暖日頭，從叉港上端的蘆梢上升起來，雨後的朝霞艷麗得使人睜不開眼。

鑼鼓聲分別從兩岸喧鬧過來，狄虎再揉眼朝西望過去，不由被眼前的景象驚愣住了，——這哪兒是什麼行賽會，這倒像兩窩螞蟻大搬家。

做夢也想不到，老黿塘上這座供奉著王八的寒傖小廟，竟有著這麼多的善男信女？這天色還早著呢，兩岸湧來的人群，雖沒有上萬，少說也有幾大千，那奇異的行列，沿著河岸迤邐著，一直伸展到極遠的地方去，打黃旛的，舉黑旛的，旋著千層羅傘的，在行列的前頭引領著，黃旛上繪著些觸目水怪、蟹將、蝦兵、吐火的魔蛇、分波的鯉魚，黑旛上繪滿各式盤繞的符咒，有些蠟黃臉的病人，整整齊齊的穿戴了，坐在墊有軟蒲團的手推車上，手裡端端正正的捧著感恩的牌子，朝貢似的去獻給那個黿神，他們的臉上，可真有那麼一種肅穆的神情……

「這些黃臉的病殼子們，怕都是喝過老黿塘裡那一汪死水的！」

狄虎真想找誰說說話，但他身邊沒有人，連鄰近靠泊船上，人也都跑空了。

「瞎廟祝又該發大財了！」既沒人說話，他就歪起嘴角笑笑，自言自語起來：「一口塘水也能換得燈油香火錢，黿神不是黿神，倒是個招財進寶的財神呢！……這不是個正經的廟宇，連廟會也帶幾分邪氣。」

越來越近的鑼鼓聲把他的話聲蓋住了。那些鑼鼓班子裡敲鑼打鼓的漢子，穿著寬大的黑裩褲，上身套著沒領沒袖又沒扣兒的紅馬甲，紅得刺眼，黑得傖俗，紅黑相比相襯，更顯出一股子鄉野出戲的意味，那彷彿不是人戲，而是耍猴兒。

這些來自農村裡的莊稼人，整年耕耕種種的賣死力，把一身強健的肌肉都弄似駭板了，一切的動作，都顯得僵硬愚騃，沒有一點靈活的樣子，他們平常穿著破舊的粗布衫褲時還比較自然些，一旦穿上這種顏彩濃烈的會裝，便從頭到腳的梆梆硬了，會裝還不知是哪年裁製成的，也許穿過一兩代之後，也只在起會的這一天穿它，會耍完了，就得細心的摺妥，再放回木箱裡去，抬回祠裡廟裡存放著，狄虎看得出來，這些黑裩褲和紅馬甲上，還留著橫一條豎一條很明顯的摺痕，呈現出一種陳舊裡的新鮮——那褶痕進了多少歲月啊？

儘管有些可笑的瘋狂意味，在那些單純魯拙的姿影上顯現出來，但他們對於鑼鼓卻都打得熟練，配搭得很夠湊緊。

他們敲打出一種重複的單調的點子：「咚咚，咚噹咚，咚咚，咚噹咚……咚噹咚噹咚噹咚……」

這種急促瘋狂的樂聲，是便於耍會的班子用那種原始的動作蹈舞的。狄虎雖沒耍過會，但他的那顆心，卻也叫這樣的樂聲鼓動了。

兩岸的行列迤邐著，扶著拐杖的老婆婆，兩隻小腳揣揣搗搗的跟著走，更多的善男信女揹著黃布的香火袋子，真有朝山進香那麼一種味道。在黿神廟對面的渡口，沙面上橫拔起兩條大的鐵鍊來，那隻方頭的擺渡船，滿擠著耍獅舞龍的會班子，來來往往的忙碌著，經它輪覆的吐，黿神廟已變成一座喧囂的人山，就好像一隻插滿糖葫蘆的草把，——層層疊疊的，都是頭。

狄虎伸了個腰，他周身的骨節，都發出喀喀嚓嚓的響聲。昨夜，船上的一夥人拿自己存心逗趣，追查那件雨兜和那盞馬燈的來處，逼得自己撒了一半的謊，但一顆心總是懸吊著，若是閨女戴著寬邊竹斗篷和那件簑衣回去，老頭兒盤問起她來，她那謊又該怎樣撒法兒？

「甭愣啦，」他跟他自己說：「披上小褂兒，到茶樓去吃份早點，等歇再擠過去瞧瞧罷……」

他跳上岸，像隻橫行的螃蟹似的，從順淌的人群裡硬擠過去，擠進小街中段那一家兼賣熱食點心的茶樓。

這家賣早點的茶樓並不大，小小的客堂裡已經擠滿了人，非但桌桌滿座，連一隻板凳頭都沒有空下的，兩三個茶房忙得團團轉，簡直像演「徐策跑城」。狄虎沒辦法，只好手抱著膀子，靠在牆邊乾等著。肚子裡也咕咕的，像有一面鼓在敲著。

「來兩根油條，一碗豆汁兒！」他說。

「對不住，」茶房說：「您請稍等一回兒功夫，……等有個空兒，我就替您端的來。」

「免麻煩了！」狄虎說：「你就端的來，我靠牆站著吃罷，屋裡快成蒸籠啦！」

鼓聲響過去，跟著響過來的是另一陣鼓聲，茶樓成了滿座的戲園子，更多人擠了進來；那些圍著桌子的人，都在紛紛的談論著什麼。

「昨夜晚突如其來的來了這麼一陣暴雨，四鄉的旱溪漲滿了，我以爲今兒上不了會了呢！」一個抱著金邊細磁茶壺，衣裳穿著很考究的人說。

「好幾個地方的會班子都是蹚水過來的，」另一個穿灰布衫的老頭兒說：「您沒見他們捲起的褲管，都還溼淋淋的沒乾透嗎？」

「昨夜那場雨落得真怪氣，」另一張桌面上，圍著一圈兒腦袋，神秘的談說著另一件事情；說話的那個人，用一種誇張的聲音說：「聽說是老黿塘裡的黿神老爺現了真身……敢情是算來受香火的。」

「這話你聽誰說的？」

「剛剛船上有個扛貨的大個兒，在這兒親口講的——說是他們船上有個扛工，叫什麼什麼虎的，昨晚上聽見有一人喊叫，他就拎著馬燈追過去，爬上崗子，就看見老黿塘的塘心裡白浪滔天的，浮出一個比圓桌還大的巨黿來，昂著楊柳斗似的頭，在那兒朝天噓氣，一噓一團雲，一噓一陣雨……牠就藉著雨騰空去了。」

狄虎一聽這話，可真翻眼愣住了，——這算是哪門子的傳說？這簡直是憑空造出來的謊話，趙大漢兒現買現賣，讓這些人以訛傳訛，結果是越傳越離了譜兒了。世上要沒人愛聽這些謊話，哪兒來這許多說謊的？那個傢伙繪聲繪色的這麼一形容，沒容自己開口，那邊可就有人附和上了：

「可不是嗎？昨晚上一起雷暴雨，我就先知道黿神要顯真身，——連風都帶著一股鱗甲的腥味。」

「那閃電不也是奇怪嗎？」另一個說：「我親眼看見一道道的火閃，一直繞著老黿塘打轉。」

一見他們那麼認真，那麼虔誠的樣子，狄虎把湧到嘴邊的話又都噓回去了，他弄不懂，趙大漢兒爲什麼要謊上加謊，捏造出黿神現身的故事？讓這些人眾口紛紜的傳揚著，越發把那老黿烘托得神異了。

他靠著牆，吃完早點之後，愈覺不能再困在這座擠滿了人群的店舖裡啦，那黿神如何現身的故事，經人這麼一潤飾，那麼一潤飾，竟然是有頭有尾，每個人傳講起來，都好像親眼看見的一樣。

「一個人說到鬼，十個人都說看見了鬼影兒。」狄虎心裡說：「人嘴上這兩塊皮，真也太可怕了！」

他付了錢，擠出這座店舖，立時就被捲在一股更熱的人流裡，順著那個浪潮，朝香棚那邊擠了過去，一路在想著，要是這個老黿現身的故事給閨女盈盈聽著了，她不知會怎樣想？——昨夜她一樣繞著老黿塘打過轉的，一樣算是當事人……

「看啊！黿神在吐水呢！」

前面的人群停住不動了，後面的人群仍然趕著朝上壓，老黿塘的口兒上，更擠得前胸貼後背，變成一道火炕炕的人牆；狄虎好不容易擠到前面去，伸頭一看，哪兒是什麼黿神吐水來？原來昨夜那場暴雨落得太大了，被三面崗稜圍繞住的老鼉塘水滿溢了，順著塘口的那條凹道，浥注進叉港裡去，水流滑過高高的石堤瀉進河心，嘩嘩的迸濺著，成一道細長的飛瀑，使那些由鄉野間來的鼉神的信奉者，認為那就是鼉神吐水，硬把它當成神蹟來看待，紛紛駐足圍觀了。

「你們聽說過沒有？昨夜起雷雨，鼉神在塘裡現了真身，那殼，足有兩張桌面那麼大，船上好幾個人都親眼看見的；忽然起一串響雷，雨勢大得像瓢潑似的，鼉神就在閃光裡上了天……」

「鼉神知道祂的節氣到了，一定是來討貢的！」

「誰說鼉神親來托夢給他，說是祂要迎娶鼉神娘娘呢！……不是我亂說，也是船上的漢子講的。」

狄虎聽了，聳聳肩膀。人說：傳言快過抖開翅膀的鳥，真是一點也不錯，人走到哪兒，傳言就跟到哪兒來了！不但有頭有尾，而且還花樣翻新呢！……鼉神娘娘？多新鮮的花樣！也虧得趙大漢兒能編得出來，這不是把老鼉比成娶婦的河伯，比成黑水灘的魔頭，八蠟廟的妖精了麼？甭說那些千百年前的故事只是由唱書的人唱著，眼前這些人，一樣把傳說裡的妖魔當著真神。

那邊擠來了一些吃神鬼飯的巫人，旋動著刺眼的黃羅傘，就在凹路邊跪下來，朝那道流水膜拜著，有的在焚燒紙箔，有的把香爐頂在頭上。

狄虎卻趁機會跳過去了。又不知擠了多麼大的功夫，太陽昇高了，晒得人頭皮刺刺戳戳的發癢，這才擠近陶家香棚，香棚門口的平臺上，也圍著一大圈兒人，兩隻七彩的獅頭，配合著鑼鼓點子，高高的突露在人頭上對舞著，鞭炮的青煙彌成一片淡霧，那樣的繞著香棚的脊頂。

他沒有心思去看那些熱鬧了，打從人縫裡擠進香棚去，想見著閨女盈盈，誰知剛一跨進香棚的門，聽聲音就覺有些不對勁兒，那叫賣香燭的聲音換成了一個蒼老的男人的嗓子，刻刻板板的：

「三個銅子兒一小把，五個銅子兒一大把！」

狄虎扳開兩個人的肩膀，朝櫃上一瞧，才看出閨女盈盈不在那裡，只有她爹那個怪異的老頭兒，一本正經的坐在高腳凳兒上，手捏著小煙袋，眨動兩眼，好像一具透活的殭屍。

說他是具活殭屍沒錯兒的，除了他那雙直視著會眨動的眼，他周身都是很僵直的，死板得近乎痲木；狄虎這還是頭一回跟他臉對臉，離得這麼切近，仔細的看著他。他的身材很矮，再加上微微的駝著腰，更顯得有些老侏儒的味道，但他的骨骼粗壯，可以從他的手腕和沉厚的雙肩上看得出來，更可以想到他當年是個矮而壯實的人。

他更有著一張僵直的刻板的蟹殼臉，那彷彿是誰用砍木柴的長柄斧頭不甚經心的砍劈出來的，稜角堅硬粗糙，連眉眼都是這樣。在這一剎的功夫，狄虎生出一種極大的疑惑，——像這樣醜怪的老頭兒，怎會有那麼樣俊俏的閨女的？她沒有哪一分哪一寸像是她爹……

那老琴師抬起頭，木然的望著狄虎。

「三個銅子兒一小把，五個銅子兒一大把！」

他的聲音也是那樣木然，彷彿是塾館裡的呆塾童背書一樣。在狄虎前面的那些買香燭的人，沒誰理會這個怪異的老頭兒，都匆匆丟下銅元，撿著一把香燭就走了，狄虎卻閃到旁邊，呆呆的瞪著他。

說真的，他看不出他是個有瘋病的人。

他頭頂正中，是一塊不毛的大斑頂，鬢邊和腦後，有一箍灰白相間的頭髮，稀稀落落，篷篷鬆鬆的張垂著，就像是一簇已經零落的蒲公英的毛球；他平板的額頭上，有一些深而粗直的橫紋，含蘊著一股子剛悍、固執的氣味，他的眉和眼濃得有些陰鬱，當他抬眼望人的時候，那份陰鬱彷彿要在一股重大的壓力中迸脫出來，化成一股戾氣的憎惡，——不知憎惡些什麼？

他正在呆著，忽然覺得有人在身後捏了他一把；狄虎轉過時去，看見是趙大漢兒，咧著嘴，朝他使了個眼色，掉頭擠出去了。

狄虎跟了出來，扯著他說：「你搞的什麼鬼？大漢子。」

「我問你搞的什麼鬼？」趙大漢兒說：「閨女盈盈在到處找你，你卻窩在這兒，癡貓守瞎窟。」

「聽你的瞎話，」狄虎說：「她找我幹什麼？」

「別它娘的窮裝蒜了，」趙大漢兒說：「不論她找你，還是你找她，幹些什麼，也只你們肚裡明白，何必繞彎兒反來問我？……實跟你說了罷，昨夜晚你當眾扯的那些謊，能騙得旁人，卻哄不了我。」

狄虎紅了臉，但仍掙扎說：「就算我說了幾句謊，也是你們硬捉弄出來的，……她爹昨夜發了瘋魔，拎著馬燈，頂著大雨奔出來，她急著找他，我聽見她叫喚，下船去幫她，白白的淋了一身的雨水……最後，總算在黿神廟後的崗頂上找著了他，我真的只是幫她找她爹，這是真話。」

「你這算是不打自招，」趙大漢兒兩眼斜看著：「你以爲我是三歲的娃兒？半夜三更的，一個是孤男，一個是少女……嘿嘿……白白的淋了一身雨水？說給鬼聽鬼也不會相信！沒吃著大甜頭麼，總也沾了點兒小葷腥……瞧你那紅至脖頸的臉，就夠明白了！」

「我敢賭咒！」狄虎吃吃的說。

「甭拿賭咒來唬我，」趙大漢兒拍拍狄虎的肩膀說：「你沒聽有些小孩兒唱的謠歌：『賭咒賭咒，黃盆丟在屋後，轉來轉去，還駕著那鬼賭咒……』你要是心不虛，就犯不著漲粗脖頸去賭咒挨罵了！」

「你能不能正經點兒，大漢子！」狄虎說：「你找我出來，就爲這幾句油腔滑調的話？」

「你瞧這是什麼地方？」趙大漢兒呶呶嘴說：「咱們陷在人窩裡，擠得喘不過氣來，說話也不能這麼頂著大太陽站著說呀？咱們擠到廟後的樹蔭底下去，消停的講罷！」

倆人一前一後的擠過去；一條彩色的長龍，正在耍著精彩的龍滾蛋。那隻張牙凸睛的龍在龍珠的誘引下，起伏翻騰著；整個龍身，逐節逐節的翻過去。鑼鼓聲響得分不清點兒，采聲像是平地爆起的轟雷。狄虎跟定趙大漢兒的背影朝開擠，一點也沒覺得這些熱鬧有什麼意味，在人堆裡擠久了，渾身汗氣蒸騰，好像掉進了漿糊盆，沒一處不是黏黏膩膩的，衣裳都黏貼在身上，那汗珠兒順著脊溝朝下滾，癢蠕蠕的像蟲爬；太陽光的光刺，灑下一片金色的光芒，在耍龍人的彩衣上、鑼面上、鼓皮上，在黿神廟的廟脊上，遠處的河面上，閃跳著、移迸著、彷彿和鑼鼓聲、鞭炮聲、人群的喧嚷聲融和在一起，使人覺得有些暈眩。……人群裡的皮革味、煙草味、太陽蒸烤的布味——各種土製顏料染製的氣味、髮油、腦臭、汗酸、混合的氣味，鞭炮青煙裡的硝石味……一陣一陣的撲向人的鼻孔，讓人不斷的噁心，也許全是天氣太燥熱的緣故罷？這樣的廟會，只是一場盲目的喧鬧，只有四鄉這些閒不得的人，才肯湊這份熱鬧罷？但那些樹上的知了（蟬），卻在助紂爲虐的嘈聒著，彷彿把這份躁熱點燃了才覺甘心。

連風也被嘈雜的聲音趕跑了……

「又是要落雷暴雨的天氣！」誰說：「這樣的鬱悶法兒，沙地上能孵出小雞來。」

「寧願熱點兒，也不願再落雷雨了。」一個搭上渣兒說：「四鄉來趕會的，怕沒有上萬人？遇上昨夜那樣的雷雨，不全變成落湯雞了？」

「你瞧瞧廟門口堆了多少供物，」那個伸手指著說：「天要不落大雨，那黿神老爺怎能騰雲駕霧的來受貢？昨夜落大雨，聽說黿神就現了真身……」

狄虎朝黿神廟門那邊望過去，兩扇山門大開著，各處抬來的供物：整豬整羊，香花供果，盆大貢瓜（相傳唐太宗時，劉全進瓜，就是這種貢瓜，瓜身扁圓，如柿子燈籠，橘紅色，表皮光潔，按一年四季，分為十二瓣，民間採擷，專為供神。）用海碗裝列的肴饌，一檯接著一檯，從大殿上一直列到山門外面，有些赤裸的豬羊三牲，高翹著屁股，伏在門板上，前爪下面還壓著大疊的黃裱紙，活像唱小書的人唱出的那些拜伏丹墀，稱臣納貢的傢伙一樣。

那個瞎老廟祝今天也破例打扮得光鮮起來，頭上戴著金冠，身上披著火紅的袍子，腳下踏著雲鞋，手裡頓著一支錫杖，繞著廟門前的平場，兜著圈兒唸誦著沒有誰聽得懂的經文，唸一段，頓一頓那錫杖，使杖環迸發出一串淒鈴噹啷的響聲。

狄虎噓了一口氣，他跟趙大漢兒倆個，總算擠到人圈外面來了。

「你找我有什麼事，你就快講罷？」狄虎說：「這一座人山，才真比刀山還難過呢，我的小褂兒汗濕得像打水裡撈出來似的。」

「你先找處樹蔭坐下來，扯開扣子歇會兒，」趙大漢兒說：「甭猴急猴急的，我還沒喘得氣來呢。」

狄虎找著個樹根坐下來，解開小褂兒的扣子，抹著身上的汗水，兩眼仍困惑的望著對方。趙大漢兒喘著氣坦開胸脯抖著衣裳，依舊是那副懶洋洋慢吞吞的樣子，狄虎心想，我算是急驚風遇上了慢郎中，與其開口催他，不如一味悶等罷。

他發狠不開口，趙大漢兒真的先開口了。

「你這傻小子真有一手，」他笑指著狄虎說：「悶而不吭的，就把那個妮兒給吊上了！剛剛你沒見著，她惶急的到碼頭邊東張西望的找你時，那副等不得的模樣兒……嘿嘿，我一瞧，心說這事兒至少有八成了！」

「你還在一味的胡扯蛋，」狄虎說：「你怎知她是到碼頭邊找我？」

「那還用著我說嗎？她一臉紅光，兩眼帶水，就差沒指名道姓的問得出口。」趙大漢兒說：「不是找你找誰？」

狄虎低下頭，習慣的舐起嘴唇來。

「你甭舐嘴唇了！」趙大漢兒說：「你若想聽我的正經話，你也得把心裡意思全都告訴我，剛剛船主著人找我去見貨主，說是豆餅業已到齊了，明兒一早就得裝貨，後天下午就得解纜，我不能不頂著太陽到處找你，讓你好划算划算時辰。」

「這麼快就要走？」

「嗯，」趙大漢兒說：「也只是在這兒有牽有掛的人才覺得快，像我，還覺得太慢呢！」

「不……不是說還有三幾天好耽擱的嗎？」狄虎心底下一著急，也顧不著趙大漢兒那種嬉笑的輕嘲了。

趙大漢兒瞥了狄虎一眼，聳聳肩膀，換上一種無可奈何的苦笑的神情，攤開兩手說：「那有什麼辦法？咱們端的人家的碗！貨主包下了船，要在半夜開船呢，咱們也只有三更天解纜！……我如今要問你，你跟那小妮兒怎樣了？」

「我弄不懂，」狄虎說：「你問的是怎樣的怎樣？我該怎樣說呢？」

「嗨，直截了當點兒！」趙大漢兒拍著大腿說：「你甭嫌老哥我說得太粗，——她如今還是生米？還是熟飯？你煮了她沒有，我說。」

「不成話！」狄虎說：「你當真把我看成野狼野狗？……人家清清白白，我幹不出那種事情……實跟你說，我是看上了她，她是不是看上我，還不知道呢！」

趙大漢兒一口氣把身子噓矮了兩三寸，搖頭說：

「這麼說：你硬是想找大腳媒婆，去跟那個患瘋癲的老怪物打交道？這算是跟老虎謀皮，白費心思，我先把話說在這兒。」

狄虎乾握著兩隻手，好像越搓越癢似的。

「我……我實在想不出旁的主意……」

「我跟老徐不是和你說過嗎？傻小子！」趙大漢兒有些慍惱的神色：「她家比不得旁人家，有個瘋老頭兒在當中作梗，你想什麼明媒正娶是萬萬不成的，她要是跟你八九不離十了，你得帶她走！……逃到旁處一兩年，再替那老頭兒抱個外孫兒回來，到那時，就算他有話說，也變成沒話說了。」

「八字還沒見一撇，哪能談得上這許多？」狄虎鎖一鎖眉毛說：「就算她肯這麼做，她爹那樣瘋瘋癲癲的，她一走，把他丟給誰照管？……這條路，是萬萬走不通的，甭再提了。」

鼓聲、鑼聲、人喧聲的仍在鼓噪著，樹葉的黑影搖曳在狄虎解不開的眉結上，他陷進某一種凝固如膠的煩惱裡面，像一隻掙扎在網裡的飛蛾。他也盡力的思索著，想打開眼前的一道結，而那些聲音，彷彿一逕擂打在他的腦門上，把一切的思緒都給砸碎了。

趙大漢兒看著他，那種嘻笑的神態收斂了。

「早知你這樣認真，狄虎，我就不該跟你開這個玩笑的。」他說。

「這也怪不得你。」狄虎垂著眼皮。

「船期是沒法子改了。」趙大漢兒說：「這樣罷，狄虎，我看你呢，不用跟這趟船了，好歹在汊港留段日子，老徐和我都跟岸上的扛工很熟悉，憑力氣憑肩膀，到處一樣有飯吃，……你不跟船，也許那老頭兒會和緩些，你覺得怎樣？」

「讓我再想一想。」

「爽快點。」大漢兒說：「沒有時間讓你再猶疑了，你要是不願留下來，那只好收攤子，把這回事兒當成一場夢，朝後也甭再去想它，……我若不是為你想，我就不會說這話，——事情總是我惹出來的。」

「我總得先見著她，跟她見過面再說。」狄虎說。

「好罷，」趙大漢兒說：「我等你到夜晚回船，你就是真能帶她走，船上也不願意窩藏她，沾惹是非，這條船，日後還是要來汊港的，人多嘴雜，對你沒好處，俗說：好事不出門，壞事傳千里，可是沒錯兒的，等你決定留下來，我跟老徐會替你打點的。」

「你剛剛真的看見過她？」狄虎問說。

「在碼頭口見著的。」

「我這就得去找她，不知她如今又在哪兒了？」

「嗨，這種辰光想找人，真的夠你找的，」趙大漢兒說：「你只好擠進人堆去碰運氣罷，……這幾塊大洋，算是我借給你的，也許你手邊會缺著。你也不妨把我說的話多考量考量，我得先走了。」

趙大漢兒站起身來，把銀洋遞給狄虎，就打算動身先走，狄虎卻扯住他說：

「大漢兒，我還有句話要問問你，——你早上為什麼要在茶樓亂侃空？說是昨夜落雷雨，我親眼看見鼉神現真身，如今外面傳說得像真有這回事似的。」

「你還是去問老徐去罷，」趙大漢兒笑笑說：「這主意是他出的。他說是趁著鼉神節，替老鼉造點兒靈異事，也許會給你帶點兒方便——渾水裡好摸魚。他們一鬨傳鼉神現身的事，你就好找機會，背著人跟她……那就沒人再注意你們的長長短短啦！」

趙大漢兒走了。狄虎手捏著那幾塊銀洋，兀自呆了半晌。遠處的太陽白沙沙的，閃出一片耀眼的光燦，即使費力思索什麼，也都渾渾噩噩的弄不清楚，說來恍惚並沒什麼，真箇兒的，有什麼呢？勉強說起來，也只由於趙大漢兒慫恿撥弄，自己一時好奇興動起的因兒，藉著逛廟爲名，逛進那座香棚，見著閨女盈盈的。兩個人既沒說愛，又沒談情，只是見過幾次面，說些不相干的神鼉的故事，各自吐出一點兒心裡的悽酸，這些，也都是極平常的事，各處碼頭，凡是有船靠泊的地方，船上的野漢們都有這個本領——跟一些店家閨女三言兩語就聊得挺熟悉了。一旦啓碇揚帆，他們就再懶得追憶身後的笑話和朦朧的白臉，只有在寂寞無聊的時辰，拖過來粗粗的咀嚼咀嚼。

但自己跟她，決不是這樣。是叉港上繁燈閃燦的夜色太撩人？還是那種從她口裡吐述出的老鼉的故事太神秘？是她如花的笑臉嬌柔的體態太突出？還是她性格言語太爽直太嬌蠻？……使自己一見著她之後，就像一莖細碎的草沫陷進牛吼著的巨漩裡，根本無力抗拒，只有隨著打轉浮沉了。

也許都因著昨夜的那場驟雨罷？

冰寒的雨點，把心裡那些不純淨的情慾的殘渣都沖刷盡了，只留下一份傷懷的感嘆和深色的哀憐，——彼此的哀憐；一個飄萍浪跡的苦小子，另一個是瘋漢的女兒，半生漆黑的，都像那種黑漆漆的雨夜，自己是她的雷，她卻成了自己的閃，在那短短的一剎間，搖醒張開的眼，窺得見對方抖動的玄異的影子。

就那麼，點燃起一盞破舊昏黃的小馬燈，跋涉著泥濘，一步一步，艱難的去找尋罷，總盼能脫掉圍噬著人的黑暗和冷冷的雨箭，去找尋一個久久描摹著的夢境……一家小小的野舖兒，傍著路，迎著河，每晚掛起扁扁紅紅的迎客燈籠，接替那西沉的落日，河上放養著鵝和鴨，屋後點種些蔬果桑麻……自己多盼望著攙了她走進這夢境，讓微笑在她紅紅白白的臉上開花。

狄虎抬起頭，真像剛做完一場夢。

瞧著太陽，將近傍午的時分了，人群好像越來越多，鑼鼓聲也像不知疲倦似的，打著鬧著，只是在那些滾動的人頭上，浮起無數遮陽的黑傘。

「我必得要找到她！」他自言自語的說。

十一、老琴師

「悶熱死人的天氣，又要落雷雨了！」

狄虎重新擠進人群裡，聽見誰在這樣的說著。而天上的空藍也叫太陽光沖刷得白白的，看不見幾片雲翅，沒有雲，哪兒來的雨？落過這裡那裡的陽光像望不著的大湖，滾動的人潮就是湖心的波浪，挾帶著嘩嘩的嘯聲。

每一個會班子四面，都圍著好些層的人頭，傘花開在人頭上，像雨後茁出來的黑色鬼菌子，一朵接著一朵的，有些沒有帶傘的人，都也戴上寬邊的竹斗篷，或是頂著一塊溼毛巾，藉以擋住那種直晒在頭臉上的灼熱的太陽；可是，狄虎卻光著腦袋，歪著肩膀擠來擠去，在旁人眼裡，真的變成個傻小子了。

剛剛聽趙大漢兒說，他是在碼頭口見著盈盈的，她想必還留在那邊？權且先擠過去試試看，也許在那兒能找著她；橫豎在這種辰光找人，七分靠腿動，三分靠「碰」勁，走著找，總強似站著找。

狄虎的主意沒打錯，一旦朝崗坡下面擠，才知道要費多大的力量？人潮蜂湧著，都是撲著鼉神廟來的，狄虎一個人逆著人流擠，恰像是逆著水拉縴行船一樣，擠了半天，還只在香棚門口打轉。

天真該在這時候落它一場暴雨的！把這場熱鬧淋散了，倒也罷了：狄虎心裡抱怨起來。陽光那麼毒，腦門上好像頂了一隻熱燙的熨斗，汗粒兒從眉心朝下滾，滾進眼裡，眼睛望人時，淚糊糊的醃得痛。

一朵一朵的黑傘花，在眼前浮盪著。

狄虎看出來，打傘的多半是些婦女，自己要去找閨女盈盈，得朝傘多的地方找，鄉野上的婦女們，改不了她們的老習慣，尤獨是些年輕的大姑娘，遇上這種人多熱鬧的場合，大都是你牽著我，我拽著你，三五成群的聚在一起，有的插著野黃花，有的戴著紫絨球，又是脂胭又是粉的，湊成一片耀眼的鄉氣的鮮艷。

若不是頂上有遮陽傘罩著，那種紅紅綠綠更不知有多刺眼了。……

打定主意的狄虎，一味朝傘多的地方擠，不一會兒功夫，就陷進那片脂粉陣裡來了。狄虎心裡著急，擠得也就要莽撞些兒，只知打從人縫裡扁著身子擠過來擠過去，不知道那些姑娘們都是暗底下牽著手的，他越擠得急促，那些手越是摳得死緊，有的瞅著狄虎，罵說：

「冒失鬼！奔喪也不興這麼急法兒，把人膀子都撞折了。」

「對不住，大姑娘，我是在急著找人！」狄虎慌說：「一心只管著上頭，不想下頭卻撞著你！……」

「啐，」狄虎說的是無心話，對方聽著，均意會到旁處去了，又罵罵咧咧的說：「砍頭的鬼，流膿滴血的嘴，討了便宜回去，送給你姑奶奶！」

狄虎叫罵得張口結舌，一愣一愣的，那姑娘甩著辮子，一路罵著走了。

人多的地方，總帶有三分邪，一個說歪嘴，個個說嘴歪，沒有什麼好分辯的：經那姑娘這一罵，隻隻眼睛都朝狄虎望著，誤把他當成存心輕薄村姑的惡漢了。附近的婦女們這一閃避，倒使狄虎很快的擠下土級去，並沒聽著留在他身後的唾啐聲。

叉港這一帶，沒有太寬大的平陽廣地，只有兩條狹長的河堆，這許多人湧進來，就像塞進香腸的碎肉，到處湧塞成團兒，狄虎擠到碼頭口，還是離不了熱鬨的人群，渾身早又汗濕了。

滾滾的人頭在人眼前晃動，看得久了，反覺鼻子眼睛都是一個樣，壓根兒分不出誰是誰？只有靠近自己身邊的幾張人臉，還勉強能分出點兒眉目來。這樣找下去，怕是一整天也找不著盈盈的了！狄虎自覺心跳得比擂鼓聲還急，不知該怎樣才好？

那些討厭的遮陽傘，飄著旋著的擋住人的眼，叫人看不清許多人臉，也許盈盈就立著哪一面撐開的黑傘後面？自己在找著她，她也許在找著自己罷？誰知道呢……至遲後天就要開船了，自己當真要照趙大漢兒慫恿的那樣，不跟這趟船，或是壓根兒辭掉船上的這份差事，暫時做一個打零活的岸工，泊在汊港？

這繁華的汊港，對於自己來說，要算是千里他鄉……

嗨，懸崖勒馬收了心，跟船走了罷，要是萬一事情變成泡影，留在汊港，無論對她或是對自己，都不會有什麼好處……一面這樣盤算著，立時就不肯甘心。

不不，總得等到見著她再說。另一個聲音在心裡響起來，推倒了前一個想法：我雖是拿不出主意來，怎樣安排那個瘋了的老頭兒，她也許能有更好的法子安排她爹，……當然，誰也不知道她心裡怎麼想？我怕這想法大有些一廂情願了！但不管怎樣，總得先見到她再說。

他接著又想了許多事，零零星星的幻想，像一些碎了的夢片，閃跳在那些太陽的光刺上，連自己也沒有認真去檢視那是些什麼？太陽幾乎把人烤乾了。

這一回，他像夢遊似的，踩脫了另一個女人的鞋子，那女人在尖叫之後，罵他是缺德鬼；狄虎連歉都沒道一聲就踏下了碼頭的石級，到河邊掬水去拍打胸脯和腦門去了；最後，他索性把汗濕的小褂子豁下來，在河裡搓一搓，水也沒擰，就頂在頭上。

這真是少見的燠熱天。而四鄉來的膜拜黿神的信徒們，硬是有這份頂著太陽的耐性，耍會的漢子們儘管汗流浹背，額上起油，一臉疲累的神色，但他們仍然陷在那種半瘋狂的激動中，順隨著鑼鼓的聲音，時歇時續的蹈舞著。有一些頭上戴著西瓜皮的半樁小子，抬著一隻水桶，用些綠樹枝醮著冷水，朝半空裡揮舞，讓那些細微的水粒，略略潤濕他們快被烈日炙焦的皮膚。

狄虎頂上了濕小褂子，重新擠到人群裡去，還是認定了傘多的地方擠，希望能找著閨女盈盈。

她不該離開香棚出來的，他想。

隔著一條由打扮得很鮮艷的村姑們牽結成的長龍，他忽然看見一個穿白紗衫子的側影，極像是盈盈，但她的臉被一把遮陽小黑傘的傘緣擋住了，傘緣下面，也拖垂著一條油鬆軟活的大辮子，縮著個黃絹的蝴蝶結，這使他想起在雨前的鬱雲下面拖垂下的黑色的龍尾（俗稱掛龍。）他本想大聲的叫喚她，但當著成千上萬的人，他的喉嚨像被什麼鎖住似的發不出聲來。

他扳開那些挨擠的肩胛，打從人流裡泅泳過去，誰知剛擠不遠，就被那條結起的長龍擋住了。狄虎剛剛觸過一次霉頭，看出這些鄉間來的女孩，都是緊牽著手的，他擠近她們時，竟踟躕住了。那些女孩常看熱鬧，也可說是擠慣了的，照例都由年紀大經驗足的做龍頭和龍尾，而且首尾相顧，靈活得很，要是有哪個橫裡奔撞，或是存心輕薄的犯了她們，那些龍鱗龍甲就一條聲的吆喝開來了：

「大姐姐，你看啦，你看這個人啦！」

「他把人頭上的珠花擠丟啦！」

經過這一吆喝，龍頭龍尾都會舞轉來，圍住那人，你一言我一語的起鬨，甭說是好男不與女鬥，——就是鬥起嘴來，誰也鬥她們不過。如今她們肩膀接著肩膀，若說硬擠，難免會惹口舌是非，狄虎停住腳，只能乾急著，掂起腳尖，張望出現在遠處人叢裡，半為陽傘遮斷的影子，人浪湧動不停，小黑傘在人群裡打著旋，旋著旋著，一忽兒出現了，一忽兒又隱沒了，望在狄虎的眼裡，彷彿有幾分存心逗弄的意味。

一條滿結著五色彩球的旱船，正在場子中間划動著，兩個撐船的童男扮成的女子，渾身都是沾著黃土的汗漬，筋骨也像鬆散了似的，手抓著彩紙包裹著的竹竿，在旱船兩邊的沙地上，懶洋洋的拖動著，彷彿是應景兒似的。只有那個翻穿著羊皮背心的假大老爺，還應著鑼鼓點兒扭跳著，沒命的揚著他的芭蕉扇兒。——也許他只要搧風。

兩把有氣無力的破胡琴，響得比蟬聲還啞。

那把小黑傘繞著那邊的場子旋了半個圈兒，越旋越遠，朝小街那邊叫喊過去了。

「對……對不住，這位姑娘，」狄虎跟長龍中間一個圓臉的女孩陪笑說：「請略讓一讓，容我擠到那邊去……去找個人。」

「你不要踩著人的鞋好唄？」那圓臉的姑娘瞪著他，滿臉通紅的發火說：「你是沒長眼怎麼地？瞧，鞋頭叫你踩成什麼樣？還有臉跟人搭訕呢！哼！」她說著，一跺腳，轉過臉去，不再理會他了。

「你弄岔了，我沒踩著你的鞋。」狄虎說。

「不是你踩鬼踩的？」另一個鵝蛋臉說：「我一瞧，就知你是賴皮鬼！」

狄虎搖搖頭，忍住話頭退開了，他頂著濕衣晒這種火暴暴的太陽，原是爲找人來的，不是爲跟這些鄉下姑娘鬥嘴來的，偏偏一連遇著好幾起，都是平白的吃了霉頭，不知是怪自己心裡急燥呢？還是怪天頂的太陽太烈呢？把這些看來樸素的鄉姑也晒得暴燥了。

等他再擠到小街上去找打著小黑傘的人影時，竟然遍處找也找不到了，在他身邊不遠的地方，卻熱倒了一個老頭兒。

那老頭兒揹著黃布的香火袋兒，手裡拎著一隻大號的凸心綠玻璃瓶子，準是家裡有病人，趕著燒香拜廟，到老黿塘取神水來的，走到這兒，被擁擠不堪的人群圍困住了，上了年紀的人，被困在太陽底下擠不開，不看會也得看會，從大早看到晌午時，喉嚨咯咯響一陣，大睜兩眼就倒了下去。

不知是誰拉了狄虎一把說：

「趕快來，夥計！咱們得把他扶起來，抬到蔭涼的地方去，要不然，熱不死也會被人踩死了！」

「我⋯我⋯⋯」狄虎想說什麼，又不便說什麼，不論自己心裡有多急，總比不得身邊昏倒了人更急，他把沒出口的話嚥了回去，搶上前去扶那個老頭兒。人多手雜卻不好辦事，有人一摸那老頭兒的手，吃驚的叫出聲來說：

「不⋯⋯不妙，不妙！他的手都殭涼了！」

「許是發了血奔心的毛病（腦溢血的俗稱）昏死過去了⋯⋯」一個發慌說。

「沒有沒有，」另一個摸說：「他的心還在跳呢！」

狄虎到底是幹苦力的人，對於這些事比較熟悉些，遇著人倒下來，還能沉得住氣，他蹲下身，托起那老頭兒的後腦，把他的臉色瞅了一瞅，就伸手扯開他的衣襟。

「用不著驚慌。」他說：「他不是發什麼血奔心的毛病，他這是中了太陽毒，閉了汗，脫虛暈厥，你們摸他渾身涼涼的不見汗水，臉色青白沒有血色就知道了！諸位幫幫手，我揹他到蔭涼地方去……誰再去弄些水來，帶條溼手巾。」

幾個人幫忙把那老頭兒架起身，狄虎揹起他，像平素扛包似的，一路扛到碼頭斜對面的貨倉背後去，那兒靠著突出的土稜子，砌有一道半月形的磚壇，壇上有棵葉蔭濃密的老綠樹，扛工們常在那樹蔭下歇涼。他把那中暑的老人平放在磚壇前沁涼的濕沙地上，解開他胸前的衣紐，用自己的濕小褂兒，抹拭著他的胸脯和腿背，那老頭兒仍然緊閉兩眼，沒有知覺，只是兩邊的鼻翅微微翕動，有那麼一絲微弱的氣息。

有人撩過一條溼手巾來，狄虎摺了摺，替他鎮著額頭，一面用手在老頭兒胸脯上推刮著。

「要給他灌碗涼水罷？」誰蹲在一邊說。

「不成，」狄虎說：「中暑暈厥的人，切忌灌涼水，只能弄幾口熱茶來，替他灌了潤潤喉，我在這兒替他捏痧呢！捏完痧，不時用溼手巾擦擦他的胸脯和腿背，任涼風吹著他，隔半個時辰，他自會醒過來的。」

裡七外八的忙了一陣兒，才把那個暈厥的老頭兒服伺妥貼了，狄虎站起身噓了一口氣，心裡的那把小黑傘經過這一鬧，不知又飄到哪兒去了？盈盈要是找不著自己，也許會像自己一樣的著急罷？

一想到這個，他就像熱鍋上螞蟻似的，一時一刻也呆不住了。他跟一個蹲在磚壇上的痲臉漢子說：

「對不住，老哥，這位老爹醒轉後，您多照顧點兒，我還有旁的事要辦……」

「你對救人中暑真算有一手了，」痲臉漢子說：「天這麼熱法兒，只怕還有暈倒的，你幫忙幫到底罷！」

「我不能等在這兒呀，老哥。」狄虎說：「誰知什麼時刻再有人暈倒？我這就得走了。」

「你走不得，」痲臉漢子突然伸手一指說：「剛說著曹操，曹操就到，你瞧，那邊可不是又有幾個人架著一個中暑的來了？」

狄虎想走也來不及，一個人就來拉住他說：「這位小哥，你益發幫幫忙罷，這個耍會的假大老爺，竟也翻眼暈過去了！」

「我的天，」狄虎嘴說：「我還沒吃晌午飯呢。」

「救人要緊，」那人說：「等歇我去買兩角夾捆蹄的硬餅來，你胡亂啃啃罷。」

「這樣的燠熱天，還是七八年前有過，」麻臉漢子說：「那年發大水之前，一連熱了好幾天，北邊集上中暑死了三四個人。」

「這種天，原不該起廟會的，不湊這種熱鬧，就不會中暑倒下來了。」狄虎扒開那假大老爺身上的那件羊皮背心說：「大伏天，穿著這玩意兒在太陽底下蹦跳，不倒下來才有鬼呢！」

那個假大老爺平平靜靜的躺著，彷彿對狄虎這番話很是心悅誠服似的。狄虎騎在他身上，費力的替他捏起痧來，把他的額頂、眉心、肩胛捏出點點硃紅。

晌午一過，太陽更毒辣得遍地生煙，好像什麼東西都在燃燒似的，空氣裡也全嗅得著一股子焦胡的味道。那太陽公公恍惚是跟雹神老爺嘔上了氣，存心要把這些善男信女們狠狠的折磨一番，一上午晒下來，它終於佔了上風，那些湊熱鬧的人紛紛潰散開了，有的躲匿到小街的簷脊下去，有的攀上崗坡，爭著覓尋樹蔭，鑼鼓班子，耍會班主，也都各找歇息的地方，使原本麇滿人群的堆頂，只留下一片白白的熱沙，和無數印落在沙上的雜沓的腳印……。

磚壇這塊樹蔭涼底下，至少也擠有一兩百人。

明知道這種惡毒的太陽晒不得，狄虎還是頂上他的溼小褂子，離開這塊使人貪戀的樹蔭，沿著那一列貨食背後的簷影下的小路，一路走著去找盈盈。

「哎，狄虎，你也在耍會呀？」

狄虎轉過頭，看見包鴨子蹲在一棵小樹底下，就停住腳說：

「我耍什麼會？」

「你這樣的裹著頭，活像在耍蒙頭獅子呢！」包鴨子笑著說：「剛剛我看見香棚裡的那個妮兒，在這兒東張西瞧的，敢情是在找誰？」說著，故意的朝狄虎擠擠眼，帶半分逗弄的意味。

「你的眼有什麼毛病了？」狄虎故作不知說。

「我的眼有什麼毛病？」包鴨子轉動兩隻眼珠說。

「好像，嗯……好像是生了痔瘡。」狄虎說：「你要不是大白天見鬼，也準是看錯了人！我剛剛還見著她呆在香棚裡賣香燭，怎會跑到這兒來？」

他想過了，當著包鴨子，不便明的追問他閨女盈盈的事，只有轉個彎兒，拿激將法激他一激，包鴨子這個人，是直脖子叫驢性子，一激他，他就會吐出一堆話來。

果然，包鴨子不知是計，嚷說：

「我又不是七老八十，兩眼看不清東西？剛剛明明是她，打著一把小黑傘，穿著白紗衫子，長辮子上還繫著一朵黃蝴蝶結，……她在這兒張望著，轉了一個圈兒，又走回香棚去了！」

「我不信！」狄虎故意抬槓說：「剛剛我明明看見她在香棚裡賣香燭的，我非得親眼去瞧瞧……」一面這樣的說著，一面就借著話音兒遁走了。

包鴨子還在背後嚷著：

「不信嗎？不信我敢跟你打賭！」

可是狄虎跑得很快，包鴨子再說第二遍時，他已經聽不到了。他再跑到香棚門口，那座香棚已被耍會的、看熱鬧避太陽的人擠滿了，櫃上仍然沒有閨女盈盈的影子，那個怪老頭兒還端端正正的坐在那張高腳几上，閉起兩眼養神。

狄虎雖是餓著肚子，他卻靠在櫃外的角落上等候著，他想：盈盈早上出門看會，如今天過晌午了，耍會的人都擠進屋來避日頭，照理她也該回來用午飯的。

等到他發現老琴師不斷的打著飽嗝，夢夢盹盹的用牙籤剔牙，這才知道他想錯了，當他在磚壇前救治中暑暈厥的兩個人時，閨女盈盈一定是回來吃了飯，她也許是留在後屋裡？也許是重新出了門？他思來想去的拿不定主意，不知是出去找她好呢？還是該留在這兒等她？

這時刻，棚外的天色起了變化。

一朵小小的曇雲在天頂上慢慢的生長著，開出一朵帶著熔金色光邊的黑花來，那又彷彿是一滴墨汁滴落在盛著清水的碗裡，飛快的朝開擴散著，花瓣擋住了太陽，使原本白沙沙的日光罩上一層極淡的透明的黑色，彷彿是太陽也皺了眉毛。

「這回真的要落雨了！」擠在香棚簷口的一個漢子，抬頭望著天色說：「快些落場雨，沖沖這逼死人的暑氣，咱們也落得清涼些兒。」

「晚上還有燈會呢，」

「可不是？天再像昨夜那樣，潑盆似的落大雨，燈會就看不成了！」

「如今天色還早呢！」原先說話的那個人說：「這種驟雨，來勢越猛，收煞的越快，不會誤了燈會的。」

狄虎沒有插口說話，他肚子裡在滾響著一串飢餓的雷聲……總得趕著雨前回到小街去，找家小飯館兒，胡亂填塞些什麼罷，他在想著。肚皮有點孩子氣，你不想著它，它還安分些，你越想著它，它得著一份憐惜，就胡天胡地的撒起嬌來了。

正當他想走的時刻，一抬頭，兩眼就遇上了磁石，——閨女盈盈不知何時從宅裡走出來的？她換了一件荷葉色的短袖府綢的衫子，把辮子斜甩過肩膀，拖垂在高高的奶膀上，她站在她爹的身後邊，擰著一方小手絹兒。

一剎間，四隻眼睛就怔怔的膠著了，閨女閃光的黑瞳子，是兩口玄冥的深井，亮著熱天裡冰涼井水的波光，一觸著那對眸子，狄虎就把棚外的灼熱、燠悶和更多焦急、憂煩全都忘記了，他沒敢怎樣笑，只朝她露了露牙齒，展現出一個無聲的，倏放倏斂的笑容。

閨女盈盈的半邊臉頰上，漾出一個淺淺的笑渦，立即就平復了，恍惚想起什麼似的，用力一扯手絹，輕輕一跺腳，瞪了狄虎一眼。

你甭先怪我，算起來，我該怪你，狄虎心裡說：你若穩穩坐在香棚裡等著我，怎會倆人岔到兩下裡去，害得人頂著大陽擠上大半天？……

滿心的話要跟她說，可惜這回碰面不是個地方，甭說擠在香棚裡的許多人都在瞧著，單看看她爹，就真使人有口難言啦！

他半張著嘴，微微露出要說話的樣子，接著，嘴角下彎，聳聳肩膀，做出個有話難說的神情。

閨女盈盈低下頭，不甘不顧的望著她自己的鞋尖兒，把手絹兒纏著手指，一股勁兒的打轉。

她也許是在太陽底下擠過晒過很久，白臉晒得透紅的，兩隻嫩胳膊晒得更紅，汗珠從她髮裡滲出來，順著兩鬢朝下滴，把那兩綹動人的鬢邊散髮都弄溼了，貼在臉頰上。

由於她一逕低著頭，使狄虎弄不清她是真的生了氣呢？還是發著嬌蠻野性的微嗔？兩人還沒碰面還不覺著，見了面不能隨心順意的吐話，真比強做啞巴還悶人。做啞巴的碰上啞巴，兩人還能呀呀作聲，指天劃地的比劃，而他跟她兩人，連比劃都比劃不得呀！……心裡急得冒煙也沒有用，他只好把臉轉到棚外去，故意閒閒的望著天，一面發出兩聲輕輕的，短促的，含著半分挑逗性的咳嗽。

咳完了，側過臉一斜睨，天喲！閨女雖朝他瞄了一眼，那老頭兒卻也叫他的咳聲弄醒了，眨動兩隻怪氣的老眼，疑疑惑惑的望著他。他這一望不怎樣，嚇得狄虎連眼都不敢再斜一斜。

天頂的曇雲在膨脹著，那曇雲彷彿是地上的鬱熱濕悶化成的，它張罟般罩住天頂，遮住了日頭，日光雖不再直射地面，但地下的鬱熱更加急驟的上騰，使人以為地層下面也埋著一個太陽。

雨還沒來，風還沒起，雷聲也沒滾響，膨脹的雲隙裡，卻不斷的打著乾閃。在老頭兒那雙瞪視的眼光之下，狄虎跟閨女盈盈的眼光也只能有意無意的打打乾閃。

這麼閃來閃去的彎了好一陣兒，老頭兒越加疑惑起來，把狄虎瞧了又瞧，瞧了又瞧，閨女朝他吱吱牙，他才勉強把臉又掉向棚外去，怕那老頭兒回頭看見閨女，他就是個傻子，也該明白幾分了？心裡一急，倒叫他急出一個辦法來，打腰裡掏出一些錢，轉臉接近櫃檯說：

「老爹，我來買幾把香燭。」

怪老頭兒認字似的望著狄虎，伸出小煙袋點撥說：

「三個銅子兒一小把，五個銅子兒一大把：你剛剛在這兒站了老半天，我說過多少遍了！你除非存心搭訕，要不然，這一問更是多餘的。」

「啊，不！老爹。」狄虎窩團著舌頭：「我買三大把，五小把，外帶一捲兒盤香，兩疊銀箔，一封盤龍大蠟燭……您算算，一共該多少錢？」

老琴師瞇了幾次眼，有些納罕的說：

「你進廟燒香，有一把香燭儘夠了，需不著買這多呀？」

「我是替人一併買，」狄虎說：「煩您算一算罷。」

老琴師的腦子不夠靈光，狄虎剛剛說的是哪幾樣東西，他轉臉就忘記了，要狄虎再說一遍，也還是記不清楚，扳著指頭數數兒，反覆的數不出數來，搖搖頭，張嘴打了個呵欠。

「爹您累了，」閨女輕柔的摸著老頭兒的背：「您還是吸袋煙歇著，我來賣給他。」

一面說著，就移步過來，橫身擋住她爹，倆人臉對臉站著，中間只隔了一座窄窄的櫃檯，彼此都能覺出對方的呼吸。

「你要買些什麼？」她問說，朝他霎著眼，又朝他瞪瞪眼，眼神裡有一半的欣喜，一半的嬌嗔。

他把話再說了一遍。

最後，他又搭訕了一句：

「好悶熱的天！」

「可不是！」閨女一面慢吞吞的抓著香燭，一面搭腔說：「把人都熱壞了。」「陰涼的地方還好些，頂著太陽在人堆裡擠，真是吃不消，我找人找了一上午，皮全叫晒塌了。」

閨女懂得他找的是誰，她又眨眨眼，再抬眼望他時，眼裡多出幾分溫柔。她胡亂的把香燭抓來放在他面前，他在整理那些香燭時，觸著了她的手。

棚外的天色，越變越沉黯下來，叉港上的擺渡船，已在忙著載運看會的人群過河，他們也都是看著天有雨意，怕被暴雨阻留在叉港過夜，便一船一船的提前趕回鄉下去，連夜晚可能舉行的燈會也不要看了。

「天看像有落雨的樣子。」閨女盈盈把狄虎要的香燭包妥，算說：「一共是兩毛一分錢，合六十三個銅子兒，抹掉零頭算盤數罷。……天要落場雨，就清涼。」

「晚上聽說還有燈會，」狄虎說：「天一落雷雨，人全散走了，燈會起不成，不是耽擱香燭買賣？」

他把錢遞給她，覺得這樣繞著彎兒說話也不成，說來說去，都是些不沾邊的閒言語，壓根兒吐不出心底的話來！——老頭兒已經嫌女兒話多，在一邊皺眉頭了。

大包香燭拎在手上，總該退開身了罷？嗨，一聲暴雷響過，涼風陡起，疏疏大大的雨點就跟著落下來了！這算是人不留人天留人，狄虎重新把拎起的香燭放回櫃上。

雨點剛灑落，原躲在香棚裡避太陽的人群，在一番雜亂的計議後，分批朝外走，他們怕被大雨留住，紛紛去渡口，等著過渡，或是先下崗子去；不一會兒功夫，一屋子的人就走了一大半。

只有狄虎捨不得——也不甘心一步跨出香棚。

找人找了大半天，如今找著了，卻無法開口說話，那怪老頭兒嘴叼著旱煙袋，一本正經的坐在那兒，誰的嘴動一動，他就轉眼望著誰。

閨女在櫃檯後另一道門邊徘徊著，她一樣找不到說話的機會。棚外的雲朝低處壓，張網般的，把泛白的天腳也障住了，屋裡天色變成一片灰鉛色。

一群鴿子從低空急速的斜掠過去，跟著刮起了大風，嗚嗚的，像是一條游竄的巨蟒。

另一些留在香棚裡的人，也紛紛下崗子去了。

狄虎裝模作樣的重又把那包香燭抓在手上。

「哎喲！醬缸沒蓋蓋兒，坡上還曬著衣裳呢！」閨女這樣的驚叫，轉臉朝著狄虎說：「對不住，香棚擋不得大風吹，咱們要上門了，這不是攆你，你躲雨，最好是去黿神廟裡躲……。」

「我走，我走。」

閨女看著老頭兒跑去蓋醬缸，就換了口氣說：

「我到處找你不著，急死了！」

「我的斗篷跟簑衣，你爹瞧著了說話沒有？」

「他沒瞧著，我把它們塞在草底下呢！」

「我們的船，就要離埠了！」他悵惘的說。

她半張著嘴，顯出驚愕的神情，一時沒接上話來。

「晚上我們怎樣見面呢？」狄虎說：「我心裡有好些話要跟你說。」

「在崗下的倉房轉角等著我。」閨女回頭望一眼，她爹正在園子裡收拾晒晾的香架兒，便急急匆匆的說：「天黑後，初更前，你等著，要是起更我沒到，那就是他發毛病，或是我走不開。」

沒容狄虎再說話，她就把他推到香棚外面去，隨手關上門。他一出門，就頂上了一場比昨夜更大的雷雨……

十二、陰霾

夜幕張起時，雷雨正狂瀉著。

叉港上，有許多打算玩燈的人，提著各式的花燈，被困在小街上，擠滿了書場，茶樓和賣吃食的店子，他們等過了黃昏，暴雨還是沒有停歇的意思，黿神節的這場熱鬧，只能算這樣有頭無尾的過去了。

但他們還心有不甘的等待著……

他們把各式花燈靠牆放成一排兒，圍著茶桌子吸煙聊天，鬥紙牌，或是啜著茶。書場那邊，有個北地來的說書先生，照樣說著他的小五義，用誇張的聲音形容小俠艾虎和山西雁徐良。茶樓靠山牆的長方形的爐子上，坐著七八隻頭號的水吊子，咕嚕咕嚕的噴著白騰騰的熱霧，閃閃的爐火，不時塗紅人的臉和人的眼眉。

狄虎坐在一個沒人注意的暗角上，他泡了一盞茶，用它來潤潤他剛吞了五香茶葉蛋的喉嚨，房屋中間的橫樑上，高吊著一盞大樸燈，燈色蒼黃柔黯，不時被風吹得打著旋，燈笠的黑影在樑頂波盪著，爐火舐著水吊子的底部，彷彿爐心睡著一條蛇，吐著牠們赤練般的長舌，把許多張人臉映得奇奇幻幻的，使人覺得不光是火光在跳動，而是些善變的人臉一忽兒縮短，一忽兒拉長。

今晚的雷，響得也有幾分怪氣，要不是烏雲接著了地面，雷擊決不會響得這麼暴烈，每一次雷聲，都像是從地心迸發出來一般，使几案搖晃，地面顫抖，門窗和樑木格格有聲，也就像黑漆漆的半空伸來一隻巨大的怪手，抓住屋頂搖撼著一樣。

書場在茶館隔壁，雷聲和雨聲蓋過了說書聲和擊木聲（一般說書人，手裡都有著一方擊木——狀如驚堂木。）差不多的人，注意力都被這樣的響雷吸引著了，他們又在談論起老黿塘裡黿神現身的傳說來。

「我相信黿神還在塘裡沒升天，這雷，這雨，這閃光，都繞著老黿塘打轉！」

遠處桌上談些什麼，狄虎聽不真切，靠他身邊的一張桌子上，幾個漢子的議論，他可是聽得很清楚。

接著開頭那個漢子的話，一個黃瘦臉，留八字鬍子的人說了：

「適才我聽船上有人說，說黿神這回現身不去，八成是要娶走陶家香棚裡的盈盈。」

「你說這話，要是叫香棚裡那個丫頭聽著了，怕不會跳上門罵你八天八夜！」一個年輕些的說：「也許惹火了她，會把你這小撮八字鬍子都給拔光呢！」

「她也只有嫁給黿神了！……她爹硬把她霸在家裡，這也不嫁，嫌人家窮了，那也不嫁，嫌人家遠了，只有老黿塘裡的黿神看在眼面前，既不窮，又不遠，她日後做了黿神娘娘，陶老頭總該安心了！」

說話的人背朝著狄虎，狄虎看不見他的臉，卻聽得出他的話音兒裡頭有些醋酸味兒，想來他也是對閨女有意，遭過怪老頭兒白眼的。

他清清楚楚的知道，傳說像是一股飛迸的急泉，無孔不入的流瀉著，這泉的源頭，卻發自某些人的嘴，哪怕是一句不經意的玩笑，或是存心編織成的謊，一經衍傳開去，人人在轉述時，多半會任意的修飾修飾，添補添補，明明是沒頭沒尾，也變得有頭有尾了。

而關於黿神現身的傳說，全是趙大漢兒捏造出來的，這事的來龍去脈，沒有誰比自己弄得更清楚了，這傳言從早上興起，前後也不過一個白天，幾經輾轉，就變得這樣紛繁，竟連老黿要娶盈盈去做黿神娘娘的話，也都搬了出來，在今夜，它只是少數幾個人的狂想，可是一到明天會怎樣呢？也許就會使好些人信以為真了罷？

「噓……你們瞧，誰來了？」

「喝，那不是黿神的老丈人嗎？」

狄虎一抬頭，就看見那個怪異的老頭兒。

他穿過雨地走進茶館來，細細的竹簾子在他身後拍噠拍噠的飄打著，他還是穿著那件老藍布的衫子，雙肩和下擺都叫暴雨打得溼碌碌的，在昏黯的燈光和跳動的爐火交映下，他的身形更顯得矮，帶著一種矮人慣有的搖擺，伸頸張望著什麼。

他手裡拎著一把錫酒壺，一面張望著，一面舉到嘴邊去咪酒，即使相隔幾張桌面，狄虎也能看得出他舉壺的手臂有些不經意的抖索，他的眼眸中，亮著一種不自覺的瘋魔的光。

雷聲滾在屋脊上，屋樑彷彿被擊折了似的響著，閃光從木窗櫺子的孔格間伸進來，在人眉眼上蛇游著，雷和閃替暴雨助威，閃光和響聲之後的寂黑裡，雨聲更惡意的敲響地面，構成了無休無止的嘩嘩和嘩嘩……

「坐罷，陶爺。」肩搭著手巾的茶房跑過去，躬著身子說。

陶老頭兒翻著眼，像跟誰嘔氣似的，他唇邊的肌肉抽搐著，好像要說什麼，結果卻什麼也沒有說。

狄虎仔細的察看著他的神情，發現他並沒真的跟誰嘔氣，他的神情原本是那樣的愚騃，那樣的木然，彷彿在他的心裡，裝有一種無法化解的、固執頑硬的東西，用它來牽動他的肌體，使他的眼光、神態、語言一切動作，都顯得那樣的僵硬，那樣的冷漠，不像是個活人，卻像一具線牽的木偶。

「你……你看見……那丫頭沒有？」他跟那茶房說：「她不在屋裡，不知……為什麼偷跑出來，頂著雨，又不知她……她跑到哪兒去了？」

時辰還早著，誰知她竟先跑出來了？狄虎一想著，就待不下去，一心只想離開茶樓，到那邊的倉房轉角處去看看，看閨女盈盈是否已先到了那裡？

「沒人看見她，」茶房彎腰說：「這兒全是些男客人，沒見一個女孩兒來過。」

老琴師露出不信的神氣，嘴裡唸唸有詞的嘀咕著，仍然到處張望，好像誰用什麼魔法把他女兒拐走一樣，他眼光掠到哪裡，懷疑就落到哪裡。

狄虎剛站起身來，打算結付茶錢，那老琴師的兩眼就繫在他的臉上了；老琴師拎著酒壺，皺起眉毛，半歪著一邊肩膀，那樣疑惑的望著他，從頭到腳，再由腳到頭，抹骨牌似的，狠抹著狄虎。

也不知怎麼的？一見著那老頭兒怪氣的眼神，狄虎就自覺心虛，處處都不自然，渾身也僵硬起來，老頭兒的眼光就是兩條麻繩兒，望到哪裡，捆到哪裡，把狄虎全身緊緊的捆住了！他愈是進退維谷的呆站著不動，那老琴師愈是兜著圈兒看他，三圈兒一繞，狄虎成了落在蛛網上的蒼蠅，連掙扎的力氣全沒有了。

我不能再在這兒呆下去，盈盈她已經冒著雷雨跑出來了，她爹這樣急著找她，估量著她在外面也留不了多久，怎能反讓她先等著？

狄虎心裡這樣盤算著。

那怪異的老頭兒卻伸出手來，拍拍他的肩膀：

「你是買香燭的客人，我一瞧就認識。我人雖上年紀了，兩眼卻沒昏花，記性也正好，今兒這一天，就數你待在香棚裡的時辰最久……了！」

「我沒帶傘，沒戴斗篷，」狄虎轉動眼珠說：「臉上叫太陽晒得起油，只好進您的香棚去避避太陽。」

「坐下罷。」老頭兒說：「用不著站著跟我說話，您這樣講究禮數，就太顯拘束了！」

儘管心裡暗暗叫苦，狄虎還是重新坐了下來，老頭兒一歪屁股，也竟跟著坐下來啦。

雨地裡飛進來一些青色的小蛾蟲，繞著那盞樸燈打轉，成群舞逐著，把白磁的燈罩兒撞得叮叮的響。老頭兒叫來一盞茶，輕輕的用茶碗蓋子盪開飄浮在盞面上的葉莖；狄虎卻在思量著，如何覓個藉口好脫身。

正爲想不出法子著急著，鄰座那個瘦黃臉八字鬍子的人，朝這邊打個招呼，衝著老琴師說話了：

「老陶爺，您不在屋裡拉段胡琴？要跑到這熱鬨鬨的地方來湊熱鬧？」

「哪是湊熱鬧？」老頭兒說：「我出來找盈盈來了，這丫頭，轉眼溜出來，就不知跑到哪兒去了！」

「閨女十七八了，您能用繩索拴住她的兩腿？」八字鬍子笑笑說：「我說，老陶爺，您甭爲她費心神啦，她跑不到哪兒去的。」

「女大不中留，留著惹人愁，」另一個幫腔說：「您若是捨不開盈盈，該找個合適的小夥子贅進門，一來香棚裡多個幫手，二來也省得您再爲她煩神了。」

「可不是嗎？」老頭兒旋轉著桌角的酒壺說：「今兒西鄉的劉四爺來香棚，跟盈盈提媒，我說，我說，我膝下只是這麼一個女兒，離不得她，要就是入贅，也得看看對方是什麼樣的門戶？什麼樣的人家？」

「既是招贅婿，怕也就講究不得這許多了！」八字鬍子抹抹他那得意的兩撇鬍子說：「有產有業的人家，誰肯當贅婿來著？」

「說來也只是半贅罷了！」老琴師說：「我眼前還能有多少日子好活？女婿

不用冠上姓陶的姓，只要替我養老送終，把頭生男孩改姓陶，其餘子女還歸他的本姓，我死後，他愛帶她去哪兒，就去哪兒，這條件跟真正贅婿不一樣，不能算苛刻。」

「對方是誰呢？」八字鬍子說。

「說來您是知道的，劉四爺的遠親，西鄉程老光頂的兒子。」老琴師說：「那孩子挺實在的。」

「您說的是程小禿兒，」八字鬍子又說：「實在倒是挺實在，可惜傳了他爹的代——腦袋上沒毛，光溜溜的光板禿兒，我看就配不上盈盈！」

「那倒不一定。」老琴師抬起槓子來說：「您沒聽人說：禿子禿，幹勁兒足，吃魚肉，住瓦屋，盈盈若跟他配成對兒，日後不愁好日子過呢！」

「您跟盈盈說了，她肯是不肯？」

「說了！」老琴師說：「說了只是說了，肯不肯在我，由不得她，我還能鬧笑話給汊港上的人看？……我告訴她，父母之命，媒妁之言沒有錯的，要嫁，就是正正當當嫁出去，要贅就是規規矩矩贅進來，若說由她自己挑呀揀的，跟那些小夥子眉來眼去勾搭在先，回頭再論婚娶，我是說什麼也不答應的！……她竟敢跟我鬧彆扭，當面不說話，轉眼就溜出來了！」

「不是我在當面批斷您，老陶爺。」八字鬍子說：「像盈盈那樣的女孩兒，在汊港上，可算是頂尖兒的，贅給一個光板禿子，又是粗手笨腳的人，也實在……實在太委屈她了！」

「與其選個禿頭做贅婿，您真還不如選個船上人呢，不定要挑著那些掌梢的，攔頭的水手，就是扛伕、鹽工也可以，好歹總比那光板禿子強。」

對方也不知是有心還是無意，一提及船上的人來，老琴師的臉色立時就變得陰黯下來了，兩眼直直的像受了雷擊，半晌沒再開腔。

狄虎在一旁看得很清楚，老琴師初進屋時，神智清醒著的，聽他說出來有板有眼，一點兒也看不出類乎瘋癲的異態，可就當旁人提起水手和扛伕之後，他真的變得顛倒了。

「就算世上男人死絕了，我的閨女也不嫁給弄船的，」老琴師圓瞪著兩眼，氣勃勃的叫說：「我喜歡禿子，我偏要贅個禿子……由不得她的！」

他愈是這樣氣勃勃的反覆說著，精神卻愈顯得頹唐，他那佝僂萎縮的身體，彷彿撐不住他沉重的頭顱，說著說著便低下腦袋來，反回雙手，痙攣的插進他稀疏篷亂的頭髮，死命的抓撓著。

他那奇怪的腦袋裡，究竟裝的是怎樣奇怪的想法呢？雷鳴著電閃著，狄虎的思緒也飄進冷黑裡去了；……老徐說得不錯，這老頭兒是極爲執拗的人，他不知道，這樣嘔氣似的決定女兒的婚事，分明是逼著盈盈去跳火坑！如今自己該怎樣呢？任他這樣瘋瘋癲癲的爲叉港寫出一段悲哀的故事？——相信他真會逼死她的。還是跟盈盈合力，讓她能從深坑似的日子裡拔脫出來？

還記得遙遠的童年時日，自己最愛看那些五色的年畫了；那些年畫，有的是新貼的，有的是很久之前不知哪個新年張貼的，繞著低矮的土壁貼一圈兒，也就成了北地貧寒荒落的農村裡普遍的、唯一的裝飾，如今已難逐一記誦出它們的名字了，總都是些趙五娘、玉簪記、牙痕記……那一類悲哀的故事罷。那些張貼在黝黯光線裡的連環彩畫，更容易在童稚的眼瞳中活化起來，變成些真切的立體世界……比人們講述的，更多一份鮮活的形象。自己在仰看那些圖幅時，每幅每幅都看得那樣仔細，那樣認真，有時陳年的年畫貼得太高了，就搬過凳子站上去，拂去畫面上的浮塵蛛網，去辨認那些由傳說中熟悉了的人物，看她們快樂，自己也跟著她們快樂，看她們珠淚如雨，自己竟也懂得悲哀……。

爲什麼不會想起這些呢？

還記得自己的心，曾在那些年畫世界裡浮沉過，有時遇上了影響畫中人物的不平事，自己曾緊握著雙拳，夢想奮身跳進畫裡去，去助她們一臂之力。

如今，總覺得這兒的一切，也都像是一幅不甚新的年畫，十里繁燈連綿不息的叉港，太陽照著光芒耀眼的鎮水銅牛，綠貓眼似的老黿塘和小小的黿神廟，那一方生著苔、長著野花草的圈子，在這些如夢的背景的彩顏裡，浮托盈盈她的影子，……他想像得出，她是怎樣在清晨早起，透過滿河上騰的藍霧去看望將要燒起的朝霞？怎樣在黃昏薄暮的光景，從晚霧的大網裡，撈取大批貨船入泊時催櫓的歌聲？

在這沿岸牽結著的河街上，她是飲著朝霞吞著櫓歌長大的，她臉頰上才會有朝霞的顏色，心懷裡才藏有青春的歌韻……他不能任她被畫成某一類不合乎自己意欲的悲悽的結局！

越是屋外的雷聲滾響著，大閃游竄著，他越急切的想衝出這座茶樓去，去緊緊的攫住她，不願她孤伶伶的被即將來臨的命運的大浪沖走。

他望望對面的老琴師，發現他兩眼斜睨在鄰近的桌面上，——八字鬍子不知何時擺上了棋盤。

「嗳，老陶爺，橫直天落雨，閒著也是閒著。」八字鬍子兩撇朝開一理，又朝上一翹，迸出一串笑聲來說：「我看，我陪您下兩盤算了！」

「下……下兩盤，下兩盤。」老琴師迷迷糊糊的捱到那邊的桌上去，好像一見了棋盤，就把找尋閨女的事壓根兒給忘了。

也許他立時就會發瘋癲，把棋子兒當成葶薺啃，閨女盈盈不是詳細述說過，說他不定在什麼時刻，什麼地方，說發瘋癲就發瘋癲的嗎？尤其在天落雷雨的時辰，他的神智最爲顛倒錯亂的……。這時候，狄虎雖然想到，卻也顧不得這許多了，他在老頭兒背後悄悄的結了茶賬，掀簾子出來，毫不猶疑的奔進雨地裡去。

雨勢雖然夠猛，天色確也夠黑，但河岸上的石燈和河街上的燈火，把堆頂映得晶晶亮亮，那座倉房靠河街背後不甚遠，從街頭略彎一個彎兒就到了。

狄虎摸到倉房背後轉角的地方，正待開口低聲的叫喚，黑地裡卻先傳出聲音說：「狄虎，狄虎哥，我在這兒。」

聲音從鹽倉的後廊簷下發出來，聽著就知是閨女盈盈的聲音，但這兒背著蔓草、灌木叢生的土崗子，又背著燈，黑糊糊的，一時看不見她的影子。

他只好順著聲音摸過去，摸著一支磚砌的廊柱，冷冷硬硬的。

「你來了多久了？」他試問說。

「好一會兒了。」閨女說：「我來到這兒，雷雨像瓢澆似的，黑裡見不著人，又不好放聲叫喚，還以爲你不來了呢！……你幹嘛來得這麼晚？害人等。」

聽話音兒，閨女明明是有些嗔怪著，但嗔怪的聲音卻是那麼軟軟的，暖暖的，使人心裡反多了半分甜味。

「你問你爹就知道，」狄虎說：「他進茶館去找你，我差一點兒就被他給絆住了！……幸好有個棋盤引住了他，算是替我解了圍。……」

「糟了！」闈女說。

「幸好他迷著下棋，看樣子，他把找你的事全給忘了！」狄虎寬慰著說：「你甭急。」

一道閃光亮起來，狄虎看見她背靠在那面久經鹽霜剝蝕了的牆上，她白白的臉孔在閃光下顯得很慘淡，她兩眼茫然的大睜著，朝自己這邊凝望，不知是曾經受了驚駭，還是懷著滿心的哀怨？只覺她眼神裡，這兩種不尋常的神色都有。

一陣短促的閃光抖過去，他和她又落進那片嘩嘩的黑暗，但狄虎的眼瞳中，還留著她被一層碧色光輪裹住的影子，白白的影子在雷雨夜顯得怯弱單寒，像一朵開放在牆角黝黯中的寂寞的白花，他只是憑藉閃光亮起那一剎殘餘的印象，朝黑裡摸索過去，他摸著了盈盈一隻撫貼在牆上的手，又冷又濕，又有些兒顫抖。

沒等他溫渥著它，她不自然的把手縮回去了。

「你們的船，當真後天一早就走？」。

「泊碼頭的船總要走的，這回停泊在這兒，業已……夠久的了！」

她不說話，突然的抽噎起來，簷外的雨都化成了淚。

他知道她爲什麼會哭泣，適才在茶館裡，她爹業已說起過那樁不合她心意的婚事，讓一朵春花似的姑娘去配一個蠢笨的光板禿子，……除了這份委屈，當然還有她更多的心事，他很想安慰她，卻不知怎樣開口？只覺得自己的心也濕濕的，比啜泣好不到哪裡去。

就這樣的，倆人凝陷在成塊兒的苦寂裡。

終於，狄虎笨拙的說：「船是後天解纜，我打算辭工，留在叉港，……在岸上打零活，也是一樣。」

事情是一樣的事情，意思裡還含著一層意思，只是沒能說得出來，閨女盈盈是個機伶的人，料想她一聽就會懂的。——若不爲了她，怎會辭了工，離開那夥廝混熟了的老弟兄，單身留在人地生疏的叉港呢？這似乎是用不著再表白的了。

這幾句話說出口，原以爲會像一塊石子投在她心湖裡，能激起一點兒水花浪沫的，誰知道她沒作聲，抽噎也沒有停，倒使狄虎惶惑了。

「我不能讓你跟那光板禿子那樣窩窩囊囊過一輩子。」他發狠說：「身子是你的身子，不能由你爹那患瘋癲病的人亂作主張。——你心裡不情願，可不是？」

閨女的聲音幽幽的，仍帶著些抽噎：

「不情願，又有什麼法子？」

「你罵起趙大漢兒來，不是很野的嘛？」狄虎說：「怎的事情輪到自己頭上反軟弱了！」

「倒不是我軟弱，只是你不知道我的難處……」閨女停住啜泣，漠漠的說：「遇上這樣的事，沒誰能幫助我！真哪，他再怎樣古怪，瘋癲，他只是個病人，也總是我爹，醫又醫不好他，還得長年供養著他，做女兒的再不可憐他，還有誰可憐？」

狄虎抽了口冷氣說：

「那你就打算順著你爹了？」

「假如要這樣，還有什麼難處呢？」閨女盈盈在黑裡反問說：「我要真橫下心順著他的意思，今夜晚，我何必頂著雨來這兒？」

「我何嘗又沒難處？」狄虎抹著額際流滴著的雨珠：「我要不顧著這一層，就會求你打著小包袱，跟我到天涯海角飄流去，在世上，這樣的婚姻多得很，……我頭一回對一個女孩認了真，卻不能說這話，逼得我只好暫時決定留在叉港。」

「留著也只是空留著，不會有更好的法子的。」閨女有些悲切的說：「我爹業已把那頭入贅的親事說定了，他剛剛親口跟我講，我賭氣提早跑出來的。」是誰提著馬燈從碼頭那邊走過，碎碎的晶黃一跳一跳的移動著，雷和閃稀落了，風也彷彿停歇了，而暴雨仍嘩嘩嘩嘩的滬注著。

狄虎也轉過身，跟閨女盈盈的肩靠著牆，等著那盞燈光移遠，他直覺的感覺出來，今夜不比昨夜，不能讓人瞧著閨女和他在一起，這樣，會把事情弄糟了的。

老徐和包鴨子他們懂得叉港風俗的人，都曾不止一次的告誡過他，叉港這塊古老執拗的地方，不同於其它的港埠和碼頭，據說在早年，弄船的漢子們都風傳著，說是叉港上的姑娘們風情好，水色嫩，又多一分善解人意的溫存，很多人聽說要泊叉港，都先另有一份存心，日子久了，很多叉港上長大的閨女，都被船小子牽著辮子帶走了，這才使得叉港上的男人紅了眼，立下嚴苛的規矩，輾轉衍變成風，嚴禁當地的閨女跟船上人勾搭，爲這件事，船上和岸上曾起過大械鬥，船上人手少，敗後不敢回船，……那之後，再野悍的弄船人一上岸，多少總有幾分憚忌，雖也有跟叉港上的人家結親的，十有八九都是明媒正娶，絕少私下幽會和拐逃的情事。趙大漢兒還說過：河南岸，白家有個閨女，夜晚出來，只跟船上的小子在豬欄邊說了句話，他爹就糾人捆住那小子施以一頓毒打，又把閨女剃光了頭，逼她進尼姑庵，事後才弄清楚不是那回事，閨女壓根兒不認得那小子，他只是向她問路的……。

都因盈盈這一家靠著鼉神廟這熱鬧地方，又不是祖居叉港的人家，叉港的人才沒把這風俗用在她頭上，若說在白天買香逛廟時，跟她多說幾句風情話，那倒也不怎樣，這如今在夜晚的雨地裡，無緣無故的聚在一起，叫人碰著一嗐呼，即使彼此清清白白，結果可也真難料的了。

爲她著想，他也不能不認真考量這個……

這樣寂默的傍依著，真像是一對叫暴雨淋溼翅膀的雛雀，暫時棲止在搖晃的弱枝上，夢築著小小的窩巢呢。

燈光緩緩的移遠了，倒是盈盈先開了口：

「你……你還是……跟船去了罷。扯了篷，撥動櫓，這一去，就甭再回頭……命是改不了的，我就算認命了！」

一陣酸楚直撲向狄虎的鼻尖，她的話聲雖是低低啞啞的，但卻像一把銳齒的鋸子，那樣反覆鋸著人心；他知道她並不甘心被命運捆縛，她這樣說，只是處在絕望中時對她自己發出的憤怒的咒咀。

他真能如她所說的那樣：扯了篷，撥動櫓，頭也不回的去了麼？他曾在悶熱的太陽光裡，奮力的泅泳過一道又一道的人流，爲的就是要找到她，找到那旋動的小黑傘下的白影子，那是他玄黑的夢境裡的一星燈光，有了它，才能照得亮他夢中的圖景……

閨女盈盈突然的轉身撲向他，她的雙手緊抓住他的胳膊，搖撼著，她的聲音有些惶恐，卻又近乎哀懇：

「你去罷，真的，我求你：我們算是缺緣分，或是有緣緣沒到，……你年輕結壯的人，到哪個碼頭上找不著年輕俊俏的，把我忘記罷！這只是場夢罷了！」

「你不是在跟我嘔氣罷？」

「怎麼會呢？」她說：「想想罷，我們從見面到今天，一共才幾天的時辰？彼此說了些什麼？許了些什麼？怎麼會好起來的？這不是場夢是什麼？」

狄虎想想閨女盈盈的話，實在有些迷離，來叉港跟她相見相識，一共才不過三幾天的光景，但在自己感覺裡，恍惚比三幾年還要長……

但日子確被什麼樣奇幻的魔法定住了！恍惚天下從沒有過那樣靜止的日子，……夜來的小風拍弄著南窗的半垂的竹簾子，香棚裡的黃色燈火像一灘流溢的油，一杯熱氣騰騰的麥仁兒茶散放淡淡的清香，她開合的紅唇吐出一個神奇邈遠的老黿塘的故事，不管那故事有多少兀突，多少荒唐，但她說得那麼真切，那麼傳神，使人好像眼見一般，一時動了興，真有替它加添些什麼的狂想……那坡上展現的大園子，一蹬一蹬的石級朝上升，——一些粗糙多稜、青灰帶白的石頭，揉成了一隻斜置的梯，能使人聯想到她跑上跑下的活兔似的小紅鞋。

還有草叢中昂頭舉首的立石呢？多孔的立石塗著蒼苔的脂粉，也塗著些瞞不過人的蒼老的年歲在上頭，有些扮著人，有些扮著猴，替那略顯荒落的園子增添了一份特殊的奇趣。光坦的臥石邊，植著一些樹，一棵揀棗兒，兩棵開黃花的洋槐，一棵樹身佝僂的馬纓花，另外還加上兩盆篷勃還略顯零亂的盆景——灰紫色的風寒草和葉簇茂密的萬年青。

這些景象無比清晰的印在自己的心坎上，連光景明黯都分得清清楚楚的，自己彷彿也在那座荒落的園子裡活過，當清晨的霞紅滿天，她在六角井上打水澆花時，他曾跟著她，一路撿拾她留在石板上的溼溼的鞋印兒，更從那一路鞋印，想得到她拎著小水桶走動的嬌姿……

這絕不是一剎印象所能給予的。

「你……怎麼儘呆著不說話呀？」閨女的聲音說。

有一縷凄酸鎖住了喉，狄虎嚥了幾口吐沫，也沒能把它嚥下去，這幾乎使他不能開口說話。

管它是三幾天，或是三幾年，幾次見面綰合了，再加上昨夜那場暴雨，把一場原是輕佻的浪逐，變成了今夜銘心刻骨的深情，撕開了立會覺著疼痛的這麼一種牽連！他覺出她手掌貼在他的胳膊上，就彷彿黏在那兒，不，該說是生在那兒；她的指尖掐著他的肌膚，分不清究竟是絕望的哀懇？還是痛苦的依攀？……管它是哀懇還是依攀？她是藤蔓他是樹，他必得要挺挺的站著，用鐵硬的雙肩承擔起她帶給他的重量，讓她笑著活，笑著長，歡歡快快的過日子。

他突然反臂抓住她的手，緊緊緊緊的抓住她，以他全部野性的獷悍的力量，把她兩手合握在他粗大厚實的掌心。

這一握，增加了他的信心和力量，他要單獨的力抗叉港的人們，力抗這塊地上被人宗奉的黿神，像他們駕駛著古舊的船，力抗大江大河上滔天的風浪和暴雨。

「只要你肯答應跟我過活，盈盈！」他說：「我決不讓誰左右了你。」

她撲向他，這一回，她依攀著的是他整個沉厚結實的胸脯，她的長髮揑擦著他的耳和下頦，她的臉伏貼在他帶著鹽酸和汗味的肩上。

「我答允…我早…就答允了的……」她迷亂的說：「但你知道我的難處……

我爹是個病人。他，他比我更可憐，真的，不安排妥當，我怎能跟你走？」

雨還在沉沉的浥注著，沒有閃光照亮他的眼，也沒有閃光照亮他重新爲困惑攫住的心，只有這份溫存，這份情愛，這份擁在他懷中的熱力是真實的，他就有托天的力氣，也托不起軟軟虛虛的，不著實的烏雲。

那瘋人究竟是她爹啊……

「好在明天我辭工不上船，不跟船走了！」他撫著她渾圓的肩膀說：「有時間讓我們想出法子來的。如今，趁你爹還沒來找你，你還是先回屋去罷……。」

她把他擁得更緊一些，使他想起昨夜在崗後小土地廟裡偎擠著避雨的情境，那種尷尬的情境和感覺，是他終生忘不了的，但今夜不同，今夜他是樹，她是藤蔓，他擁著她時，卻想著旁的，想著明天和明天以後的事。

在這之前，他也曾自以爲懂得了自己，他不能承認自己真是個傻小子，人在長河上生活著，寂寞的時刻居多，沒有人有那好的味口去看那些惹人煩膩的風景，沒有人比縴伕更懂得河岸上長長遠遠的荒涼……遇上冰霜風雪的日子，遇上險溜，大浪和淺灘，咬緊牙關，把忙碌當作消閒看待，要是遇上順風順水的日子呢？篙手縴手，跟船的工伕全都沒了事，把漲滿風帆的船全交掌舵的手裡，大夥兒圍坐在船頭的帆影下面，不是賭小錢，就是咪老酒，用鬨鬨的闊笑聲撩撥河面上的涼風，這樣，心裡還覺空下一塊什麼，不塡滿它，整個的心就會亂晃盪，嘴上閒不住的老船工，開口就是×呀鳥的大談女人，全本三字經都出了籠，誰說的越粗越直越顯得精采。

不管自己多麼裝癡作傻的約束著，上岸時，不跟他們裹在一道兒亂胡來，但在船上可不成，窄窄的船甲板，矮矮黑黑的艙房，全沒有你避匿逃遁的地方，自己的一些經驗，不能不說是從趙大漢兒、老徐和包鴨子他們嘴裡得來的，尤其是關於女人……。

在他們眼裡，女人是世上最美好的東西，沒有她們，世上也就不會有這些終年航駛在長長河道上的野漢了！言談之下，好像是爲了女人和牌和酒，他們才愛選擇上這種飄流打轉的日月的。話題雖有些偏窄，扯起來卻扯得很遠，從北地矮屋裡那些寬臉平額高顎骨的土娼，到南方那些細眉白臉圓臀兒的風月姑娘，麵袋似的奶，活馬般的功夫……粗野慣了的嘴裡，哪能吐出什麼斯文話？趙大漢兒他們幾個，仗著幾分酒意，還那樣歪腔邪調的唱著他們自編的淫靡的小曲兒：

「掀開你老棉被呀，
妹子喲，
一股貓騷味呀……」

他們的世界，就在那種陰黯曲折的柳巷花街，在那種污穢不堪的矮屋裡，他們的夢裡，只有那種鋪著粗蘆蓆的土匟，只有零亂的木板床，而他們的愛，幾幾乎乎全都集中的歸向了那麼一點……。

這些人的生活思想和經歷，不能說沒影響過自己，常常在夢裡，心意脫出了拘禁，也夢著更多淫猥的事情，一幕幕比多彩顏的畫還要清晰。

幾天之前，他還夢見過她，癡想過她，用貪婪的兩眼咬嚙從幻覺裡浮凸出來的她的形象，今夜，她在他的懷抱裡，也明明可以爲所欲爲，但他驚奇的是自己沒有一點兒貪婪污穢的意欲了，也許是由於她的抽噎，她的眼淚，洗去了他心裡早就盤根結蒂的肉慾，只落下一份逑說不清的純情，她已不是船伕們談論著的有孔生物，而是一種沉沉的重量，這重量，足以遏止住他的飄浮。

「回屋去罷，回屋去罷！」他這樣喃喃的說著。

而閨女盈盈的亂髮像蛛絲，糾住他，繞住他，一種割捨不開的濃情就有那麼黏法兒，他的指尖輕輕觸著她的辮子，令人心顫的那麼鬆，那麼軟，那麼滑，真像是一條活蛇，從那辮髮上面，散發出脂粉、髮油混融了的香味，再加上少女身上散出的那種特有的乳香，更加使狄虎覺得沉醉，因此，連「回屋去罷」那四個字，吐出來也一次比一次低沉，一次比一次軟弱了。

閨女盈盈突然的放開他，悄聲問說：「你決定辭工離船，打算在叉港待多久？」

他在黑裡搖搖頭：「我還沒打算過，真箇兒的，你說的不錯，你爹總是你爹，不說動他答允我們的婚事，打算也是空的，不過，我這回算是咬牙發了狠──決不一個人離開叉港，也只好說是盡力而爲罷了！」

「嗨，無怪船上那些漢子都管你叫傻小子的啦，」閨女說：「單從這回事上看，就看出你真傻。」

「你真也叫人難捉摸，」狄虎說：「一忽兒說我是賊，一忽兒又說我傻？」

「傻也有傻賊呀！可就是你這份傻氣磨難死了人！」閨女說：「哪個碼頭，哪條河街上沒有水花白淨的姑娘？你爲什麼單找著了我呢？究竟是冤？是孽？害得我們都爲這事受苦……」

「我也不知道，爲什麼我一見你就著了迷了！」狄虎說：「這不是前世的冤孽，這該是三生的緣分，也只好這樣說了罷。」

「是緣，就不該讓人受這麼多的磨難啊！」

「正是說反話了！」狄虎說：「俗語不是說了嗎？好事總是多磨的。」

倆人在黑裡，又沒頭沒腦的說了一些話，約定等狄虎安排妥當了，就到香棚去找她，她也提起昨夜她帶回去的雨簑衣和竹斗篷，他帶走的雨披和馬燈，頂好在夜晚互換回去，小小的河街上，當地的住戶並不太多，街坊鄰舍不但彼此熟識，連誰家的衣裳鞋襪？誰家的用具？都熟悉得很，萬一被誰認出來，閒言背後，誰知會生出多少是非來？……說完這些，她就像一條鰍魚樣的，無聲無息的滑走了，狄虎一個人還痴痴的在那黑暗的廊間呆了很久，很久。

留，是決計留下來了，至於怎樣去安排未來？他仍然有些迷茫。好歹得看她了！他想：二人同心，黃土變金，也許他眼前會豁然開朗的罷？

十三、迷津

狄虎回到船上來，趙大漢兒在艙裡等著他。艙頂上吊著一盞馬燈，燈芯捻得小，燈光落在艙壁上，一塊塊斑駁的黑影子，像是沒洗乾淨的臉。

趙大漢兒交叉兩手枕著頭，兩腿直伸著，正在出神的凝思著什麼，雨點打在甲板上，聽來像炒著一鍋豆子，劈裡叭噠的響個不歇；狄虎下艙來時，對方懶洋洋的沒動彈，只是朝他笑了笑說：

「你嚐嚐船艙裡這股子熱勁兒，簡直像它奶奶猛火上的蒸籠。外頭一落雨，把熱氣全攆進艙底來了！」

「你今兒回船太早。」狄虎說：「哪天艙底不是這麼熱法兒。」

「還說呢？」趙大漢兒飛給狄虎一個白眼說：「要不是爲著等你，我會一個人窩在艙角，聽蚊蟲唱戲，我它娘一連拍著幾對，全是釘在一起的……嗨，年到半百了，連個蚊蟲全不如，不說不傷心！」

狄虎沒說話，雙手抱住膝頭，在艙門口的木梯級上蹲下來，愣愣的望著趙大漢兒。忽然他覺得有些兒冷，有些兒酸切切的淒涼的情緒，像雨點似的打在心上。當真有些別緒離情罷？

這幾年來在船上飄著過日子，即使上岸行走，也覺一步一步虛虛軟軟，飄飄盪盪的不踏實，人也變得昏沉顛倒了！過去了的日子，成了些懶得去回想的夢景。就像趙大漢兒這夥子人罷，雖說談吐粗魯，喜歡打嘲謔罵，看上去又瘋又野，實質上，他們都坦直得扒心見腑，從不在兄弟們面前隱藏什麼，平常也許不覺怎樣，一到為難的時刻，那份情意便熱鐵似的燒灼著人，誰說船艙不是浪漢的窩巢呢？多少日子值得人在離別時回想！

在這條那條不同的河面上，在那些風雨如晦的時辰和清朗明麗的天氣，或把所有的胳臂連接在一條韁繩上，或把眾多意想的快樂托寄於揚起的風帆，誰到碼頭上跟俊俏的姑娘擠眉弄眼，誰跟風騷冶蕩的婊子過夜，都是扯不盡的話題，船上的野漢子自有他們獨特的生活方式，誰也甭夢想他們會假裝正經或故作斯文，這種自己不習慣的生活模式，不一定就是醜陋邪惡的，它另有一種野性的稀有純良；——自食其力的浪蕩活法，赤裸裸的顯呈自己，凡事不用心計，把生活裡的悲傷、痛苦、歡愉和希望捆成一捆，一股腦兒藉著櫓歌和縴歌唱出來，所有的，全已包含在那種風一般撒遍河上的歌聲裡了！

想想罷，這一辭工登岸，至少是跟這群愛鬨笑的弟兄夥暫時告別了，誰知在將來的時日，有多少風雨？多少波浪？把他們刷打到哪一角天涯？生了翅的風帆時刻移轉，一生的日子，也正和歌聲一樣的沿河抛撒呀！

「你見過她了？」趙大漢兒突然半坐起身子，頭靠在艙壁上說。

狄虎點了點頭，嗯應說：

「大漢子，我就照你的話做——辭工。」

「好！辭工就辭工，一塊含進嘴的肉，沒道理把它吐出來。」趙大漢兒望著狄虎說：「你該快活才是，怎麼老把眉毛皺著？眉心像掛了一把鎖似的？」

「我這樣做，後天一早，咱們必得分開……」

「你爲這個愁？那還算得男子漢？」趙大漢兒嘿嘿的笑起來：「這算什麼稀奇事？山不轉，水還轉，日後咱們碰面的機會多著呢！……再碰著你時，只怕要找你討紅蛋吃了。」

「去你的，我真懊惱聽你的聳弄，要不然，我決不至這樣爲難。」

「你又弄錯了！娶媳婦，越是爲難，到手越覺得珍貴，稀鬆平常的跟了你，那還有什麼意思？……不信麼？嘿嘿，日後不怕你不信就是了。」

狄虎又習慣的舐著嘴唇不作聲了。

也許對方說的話是對的，可不是？但自己還是沒有半分把握，至少到目前爲止，還想不出怎樣安排她爹，那個扎手的瘋老頭子。

「我跟岸上扛伕頭兒說妥了，」趙大漢兒說：「他們給你個看管倉庫的好差事，每月賺的錢，雖然比扛工少得多，但卻也省下了力氣。」

「就是那邊的屯貨倉庫？」狄虎說。

趙大漢兒習慣的睞動一隻眼，不知道他這麼一睞，把原本正經的話也給睞歪了：「跟香棚一上一下的正對著，眉眼全搭得上呢！」

看著狄虎沒作聲，趙大漢兒想想又說：

「明早裝貨，你就甭來了，他們若是問起你，我跟老徐倆人自會拿話搪過去的，也許這船下回再泊汊港，你已經成事了，有我在船上，你什麼時刻要回船，還不是像走大路似的方便？」

「謝謝你這樣爲我費心，大漢子。」狄虎兩眼變得紅紅的，聲音也變得很低啞：「我把心裡的話都抖出來跟你說了罷，這事起初原來是開玩笑，如今不是了，我這一辭工，不論事情成不成，決計再不回船，……也許我會捲起行李，躲在他鄉的僻角裡求活，也許就留在汊港……我不敢說什麼時刻咱們再能碰頭了！」

「我不相信，」趙大漢兒坐起身，伸了伸腰：「人活著，說碰頭就碰頭，用不著那麼認真。」

狄虎噓口氣，硬在臉上捏出些僵涼的笑來：「說總是這樣說的，如今，我兩頭不著實地，虛飄飄的，倒真有些兩眼漆黑呢！」

雨點疏一陣密一陣的，隔著艙頂敲打著，兩人抱了一陣悶葫蘆，趙大漢兒抓著他發癢的頭，狄虎就望著那盞百無聊賴的馬燈。趙大漢兒原是個嘻嘻哈哈的人，禁不得這種酸淒味很濃的鬱悶，越悶下去，越覺得心裡真的沉重起來了，抬眼看狄虎，瘟裡瘟氣的，彷彿入了魔，也不知腦袋裡究竟裝著些什麼玩意。

真它奶奶的離情初動啦；他想，我姓趙的從沒認真感傷過，心裡沉甸甸的，這還算是頭一回呢！

狄虎呢？回轉去想著那些長長的河道，帶子似的，把自己的一段生命拴繫在上面，那些風帆飛動的影子下面，一些溼漉漉的石級，熱鬧鬧的城關，山一般高聳的土崖塹，平岸外極目無盡的蒿蘆，幻影重疊幻影，在燈燄的暈華裡紛呈著，碧波漾漾的長河，永遠流淌不歇，在這一條條的河道上，夥伴們曾經用慣有的粗豪，教會自己如何站立，……明知離別前的傷感會弄煩了趙大漢兒這樣的人，但再也裝不出平時那種無羈的歡快來，也是沒有法子的事，這又能怪得誰呢？

「甭瘟了！狄虎，」趙大漢兒終於憋不住，緊緊腰帶站起來說：「走，咱們上岸喝酒去，在我，算是破破悶氣，在你，權算借酒澆愁也好。」

「好罷，」狄虎說：「今夜晚，我真的也該醉一醉了，喝它兩壺好睡覺。」

倆人推開艙門爬出來，雷雨已經住了，沉重的雨雲卸脫了黑衣，變輕變白，在風裡緩緩的朝四方飄散著，雲隙間露出些清朗的星粒子，和一些淡淡的月光；偶有一陣水珠灑著人的臉頰和衣裳，都已經不是雨點，而是船桅上搖落的殘瀝。

「你瞧狄虎！」趙大漢兒像發現什麼似的，站在船頭上指著說：「香棚裡，那個會罵人的丫頭還沒有睡，她窗口的燈還亮著，方方的一塊黃。」

狄虎抬頭望望，趙大漢兒說的不錯，那高高的燈光亮處，正是閨女盈盈臥房的後窗。

「天還早，人都還等著上燈會呢。」狄虎岔開話題說：「碼頭上，不是有人在燃燈了嘛？」

趙大漢兒沒動彈，仍然朝著那塊黃黃的燈光眺望著，狄虎說的話，他彷彿連一個字也沒聽進，忽地，他一巴掌拍在狄虎的肩膀上，嘆說：

「我說，小兄弟，這真算是你的艷福，咱們當年，見了女人，像它娘歪屁股的蛾蟲一樣，涎皮賴臉的死釘死纏，十年來也沒纏著一個，光是單相思就把人給害老了！你這才初次出陣，就有這樣的妞兒，守著窗子守著燈，托著腮膀兒念著你，這算是你前世修來的，事情成不成在其次，單是這情景，也足夠你回味的了！」

這一回趙大漢兒的話裡，沒有半點兒輕浮的意思，句句發自他的內心，句句都帶著一份說不出的蒼涼……

在這些河道上，多數的長班船都由船主雇來的水手管領著，跟船的工伕，更不如水手，打光棍的比比皆是，當然，成家很難，但也不至於娶不著老婆，多數的水手和工伕都算有自知之明，自己雙腳都踏不實落了，還要拖著人家下水？即算心裡難受，也強加抑制著，寧願走放蕩形骸的路子，或是拚死命的把精力耗費在扛包和拉縴的工作上，不單是趙大漢兒，一般半生血汗灑落在河上的人，全都是這樣磨蝕了自己的青春……。

這樣比較起來，那一塊亮在老黿塘一側高崖頂上的窗光，更夠黃亮，更夠溫暖的了！無怪乎連趙大漢兒這樣無羈的野漢子，也會興起感嘆的啦！

「早先你說過，有個姓萬的姑娘……」狄虎脫口說。

「甭提她了，」趙大漢兒垂下頭：「當時我沒你這個膽量，心裡偷偷的戀著，卻沒敢跟她說出口，一個人一輩子，逢場作戲的時候多，能真心愛上幾個人？錯過了那一次機會，再回頭就過去大半輩子了，日子猶如河中水，淌得多快多怕人！」

他遲疑了好一會兒，才緩緩的接下去：「所以我說，好兄弟，我心上受過傷，到如今，還摸得著這塊老瘡疤，三更半夜醒來，雙手摸心，心裡還隱隱的發疼，我們暫時要分開了，我才跟你說這話——機緣來時，就得緊緊抓住它，免得日後悔恨終生，你願意像我這樣，在長長的河上飄泊一輩子嗎？人就是飛鳥，也有羽毛零落、飛不起，爬不動的時候……」

「剛剛你還勸我不要瘟呢，這又是怎麼弄的？你瘟得比我更厲害了！」狄虎扯他一把說：「走，你不是說下船喝酒去的嗎？如今雨也散了，岸上還多好看的燈，正是喝夜酒的好時刻。」

「走。」趙大漢兒踏上跳板說：「我今夜原想到叉港南岸去聽夢醒的小曲兒的，這頓牢騷，還不都是你引出來的？」

「你是想躲著避著它，這又何必呢？」狄虎說：「不用自暴自棄，機會還多得很。」

「你自顧不暇，不必為我操心，我趙大漢兒有幾錢重的命，不用上秤稱，全都放在自己的手心裡掂掂就知道了！」趙大漢兒截住話頭，指說：「岸上的燈色多好！」

狄虎也知道，像對方心底下的那種傷懷，也不是用三言兩語就能寬慰得了的，他既有心岔開話頭，不願再提它，自己更不該再講了。

「這不是起燈會！」狄虎望著那些魚貫而行的燈火說：「他們原是打算起燈會，替鼉神節夜晚湊了一份熱鬧的，誰知遇上了這場雷雨，全都困在小街上，如今雨停了，他們是拎著燈回家呢！」

「鼉神節上供，倒還是合情合理，」趙大漢兒說：「鼉神節上燈會，只怕鼉神也未必喜歡罷？不是上元，不是鬼節，不前不後的大熱天，玩燈算是哪一門？」

「只能算是…嗯，算是風俗……」

「嘿嘿，」趙大漢兒笑了：「我問你，狄虎，風俗是怎麼來的？」

「這個……這我怎麼弄得清楚？」狄虎有些爲難，結結巴巴的說：「我沒有這個學問。」

「風俗還不是從人生出來的！」趙大漢兒吐話的聲音有些憤慨。

「你好好的說這些幹嘛？」狄虎困惑的回望他一眼，眼神裡含有催促對方解說明白的意思。

趙大漢兒沒等狄虎再多問，就說：

「我還是告訴你，叉港這塊地方，有許多不合情理的陋規矩，依我想，多少都跟這黿神有關，這個說黿神，那個說黿神，真的有誰見著來？……那些盲目迷信的，唯恐天下不亂，把那些不合道理的陋規矩都推在黿神頭上！叫人講也不敢講它，抗也不敢抗它。」

「你這樣說，我還是不懂。」狄虎說：「你不妨舉個例說給我聽聽。」

「你這還不懂？」趙大漢兒說：「像叉港上的閨女不肯嫁給船上的漢子，據說就是有人向黿神廟裡求籤，經黿神指點的，大家夥能不信人，可不能不信神。」

「切！」狄虎啐了一口說：「照你這麼說，這烏龜王八的嘴臉真可惡極了，虧我還花錢買香燭去拜牠呢！真是活見鬼了！」

「其實，你也用不著恨黿神，」趙大漢兒說：「依我想，世上根本就沒有這玩意兒……這黿神廟，說不定就是一番謊話蓋起來的，就像今早上，我靈機一動，編了個黿神現身的謊，不到一天的功夫，遠近就都播傳開來了，人人都說的像是真的一樣……你留下來，必得面對著那些風俗，你怕那些謊話嗎？」

「我該說不在乎。」狄虎說。

「也不能這樣說。」趙大漢兒意味深長的說：「你儘管不怕那些謊，也得要隨時小心謹慎，你知道，那些謊話，有時候也會壓死人的。」

「那倒不至於。」狄虎說：「也許到時候，我會跟你一樣，造出一番新的謊話來，嘲弄嘲弄這一方萬人供奉的竈神的。——雖說我不善編謊話，但等把我逼急了，我一樣編得出來。」

「好！」趙大漢兒說：「我豎起兩耳等著聽就是。」

也許是雨後的夜色美得醉人罷，他們呼吸著沁涼的微風，肩併肩的朝小街那邊走，天上浮雲散盡了，深藍的碧海裡，眾多晶晶閃閃的星星擁著月芽兒，地上跳動著多彩顏的燈籠，使這倆人暫時忘記了煩惱，說著說著，都呵呵的笑開了。

走過四五盞石燈，剛近茶樓，正想拐過去進入一家酒舖兒，倆人的腳步都叫裡面的喧嘩吸引住了。

「這渾賬話是誰講起來的？」狄虎一聽這聲音，不覺愣了，這分明是盈盈她爹的聲音，好像同誰起了爭執的樣子。

「這渾賬話是哪個渾賬人說出口的？」那老琴師揮舞著那把喝空了的錫酒壺，在人堆裡亂跳，暴跳的吼叫著。

「我的乖乖！」趙大漢兒擠到門口只一瞅，便吐著舌頭說：「有這個掄錫酒壺的爹，還怕不出盈盈那種掄洗衣棒的女兒？」

狄虎沒理會他這句玩笑話，搶前一步跨進茶館的門去，抓著一個人問說：「老哥，這位老陶爺，剛剛不是還在這兒跟人下象棋的嗎？轉眼功夫出了什麼事情？」

「我也不知道。」那人說：「我原在隔壁酒舖裡喝酒，聽著這邊鬨鬨的嘈嚷，丟下酒盅後跑過來的。你不必問，仔細聽一聽就會知道了！」

「就是下象棋引起來的。」另一個說。

「對，」趙大漢兒說：「老頭兒瘋瘋癲癲，棋品不好，你沒見棋盤叫他摔成兩瓣兒，遍地都滾著棋子兒嗎？……連茶盞也叫他砸爛了呢！」

四五條從水吊子底部搖射出來的火舌頭，虛張聲勢的把老頭兒放大的影子描在西牆上，一道火舌描一個影子、或深、或淺、或高、或低的變著形，但又彼此相連，半重疊著，是三頭六臂的神人。

「我的女兒沒臨塘照過影子，沒衝著塘水笑露過牙齒，沒在朝來夜來唱過小曲兒……你們，你們，你們！」他迴轉著身子，用酒壺亂點著人的鼻尖，然後拼命蹦跳著，大吼說：「你們都是在撒謊！撒——謊！」

「他究竟是怎麼了？」狄虎抓著茶房問說。

「剛剛還在走象棋的。」茶房用手招在狄虎的耳朵上，低聲傳話說：「走著走著，也不知耳裡聽著了什麼，他就這樣的發了瘋。——叉港上的人都知道他有這個老毛病，近幾年來，他老婆走後，他常常這樣發病，這回還算輕的呢！」

「您們該攙扶他回家的。」狄虎說；「讓這樣一個發瘋病的人，手裡抓著酒壺在蹦跳，究竟不是宗好事，萬一他傷了人，找誰去？」

「這位老陶爺的蠻力大得很，你甭看他老態龍鍾的這個樣兒，一人卻可抵得過好幾個漢子，三四個人合力，也未必降得住他！」茶房轉臉朝門外望望說：「雷雨過去了，謝天謝地，你們甭惹他，讓他發作過去算了！」

「說什麼老鼉現身？說什麼雷和閃繞著我的宅子打轉？」

老頭兒朝後退著，他的影子也跟著縮小，彷彿畏懼著什麼似的，但他怪異的兩眼掃過四周的人臉時，顯得那樣陰森，彷彿對誰都抱著不可解的懷疑，不可消的仇恨，然後，又狂嚷著說：

「謊話！這都是謊話！你們串通了，存心想嚇死我！……老鼉不會受誰慫恿來奪走我的女兒的！起雷閃亮的時刻，我守著她呢！」

「你聽罷，大漢子。」狄虎抵抵趙大漢兒的胳膊說：「他這場病，全是你編的那番謊話觸發了的，你惹下的禍，該由你去收拾這個爛攤子。」

「是嗎？」趙大漢兒說：「我可不是這麼想法呢！狄虎，我說，只怕這裡頭另有文章，只是其中的曲折，咱們不知道罷了！」

一聽趙大漢兒說這話，狄虎驚得直發愣，過半晌，才搖頭說：

「他的瘋病難道會是裝出來的？」

「倒不是這意思。」趙大漢兒眨著眼，話裡多少帶著些神秘的味道：「我忽然覺得，他這瘋癲，可能是由心病引起來的，他的心病，又跟他老婆的捲逃有關。」

「這不是廢話？」狄虎說：「這是誰都知道的。」

「你急什麼？我下面還有要緊的話沒說完呢！」趙大漢兒四邊望一望，咬著狄虎的耳根說：「我懷疑他老婆的捲逃，跟雷雨夜有關聯。」

「這個，盈盈也曾親口告訴過我。」狄虎說：「她說她媽是在夏天的雷雨夜不見了的！她又說，她媽不會捨得丟下她，她是個好女人……。」

「就是了！」趙大漢兒若有所悟的，繼續打著輕輕的耳語說：「若說她是捲逃，還不如說是失蹤妥當些。我們都是多年在船上的人，凡是常泊叉港的船，有哪些是不認識的？誰聽說過什麼長鬍子的漢子來？」

「誰能弄清這些事呢？」狄虎說：「連做女兒的盈盈都弄不清，除非是老頭兒自己明白罷？」

「最先他該是明白的。」趙大漢兒說：「我是說：在他沒得瘋癲症之前，就算他精神有些反常罷，他自己多少總該明白一點點，現如今，他瘋癲病越來越重，能不能記得清，就不敢說了！至少，我敢斷定，他心裡還有一條線索串連著……捲逃？失蹤？老黿塘？雷雨夜？……這些都是他的病根！」

趙大漢兒這樣一推斷，狄虎也彷彿悟出一點兒道理來了，一面嗯應著，一面點著頭。

事實是如此的，倒不是趙大漢兒憑空的臆測，他為什麼總習慣在雷雨夜發病呢？為什麼愛拎著燈繞著老黿塘打轉呢？為什麼怕老黿奪去他女兒呢？這些疑竇裡，似乎都含蘊著一些不為人知的曲折在裡面，老頭兒如今瘋癲成這樣子，他不會透露出當年的事了，要想弄清楚，非得追問閨女盈盈不可，也許經她細細的推敲，反覆的溯憶，會理出一些頭緒來的。

「黿神不會聽……不會聽……」老琴師一直在唸著他那種含含糊糊吐不清的咒語，一會兒臉朝這邊，一會兒臉朝那邊，彷彿一頭發瘋的困獸。

經茶房的勸告，茶樓下的茶客們，都遠遠的避開他，背貼在牆角上，靜靜的看著這個悲慘味很濃的鬧劇，無論老頭兒怎樣自說自話，也沒有誰出聲答渣兒，恐怕他的錫壺出手，砸破人頭。

「你們誰也甭生那邪心，把主意打到我女兒頭上。」他突然擺了個可笑的、持刀砍劈的架勢，喊說：「不相信，就過來試試？試試我的二人奪的功夫！」

屋角有些人噴出一些帶鼻音的嗤笑來。

「當心，當心水吊子燙著你的脊背！」當瘋癲的老琴師快要退至火爐邊上時，勸旁人不要多事的茶房，不得不冒險跑過去，企圖扯住他。

「來得好！」老頭兒說：「就拿你試刀罷！」

他手裡的錫酒壺劃出一道快速又顫抖的圓弧，篤的一聲，正砍在那好心的茶博士的腦門上，那茶房臉上的笑容突然那麼一冷，額頭就破了個小洞，血線從那上面分流到脖頸間去，像被誰套上了一股鮮艷的紅絨……。

老琴師劈出這一壺，人就直直的跪了下去，那茶房也依樣畫葫蘆，兩人頭頂頭，手膀搭著手膀對跪著，好像要互行大禮的樣子！

「來罷，狄虎，」趙大漢兒呶呶嘴說：「你的老泰山倒了，你去扛他罷，咱們這場夜酒算是喝不成啦！」

「這是你派我的好差事？」狄虎苦笑說。

「怎麼不好？」趙大漢兒低聲說：「我送了你一個『登堂入室』的機會，老頭兒暈了過去，你跟閨女就是當著他情話綿綿，他也聽不見、管不著啦！」

說完話，把狄虎朝前一推，大聲喊說：

「我找來個扛包的小夥子，要他趕急把這瘋老頭兒扛回香棚去，……他要是心病突發，一口氣不來死在這兒，你們白貼一口棺材不說，只怕日後再沒人上門喝茶啦！快些動手罷！」

「快，快！」茶樓的老闆也慌說：「老陶爺是鄰居，總是在這兒惹麻煩，每回在這兒發胡鬧，總要害咱們消災破鈔！——這位小哥，你多幫忙，快把他抬回去，改天我再謝你罷。」

狄虎扛起老頭兒，趙大漢兒一路跟了出來。

「這比你扛鹽包好得多，」趙大漢兒笑說：「日後你留在叉港，這種機會多著呢！」

「嗨，」狄虎嘆口氣說：「有這一回業已夠了，我實在不忍看好好的一個人，會突然這樣的發瘋！」

「要是他能搬離叉港，也許他這病還有些希望。我說這話，也只是發發奇想罷了！」趙大漢兒把老頭兒的那把錫酒壺塞在狄虎的手裡，笑吟吟的說：「兄弟，這趟差事，你一個人擔當罷，我若跟了去，反害得你跟她不好說體己話，日後她又不知該怎樣罵我了！你送他回香棚，我可要先回船睡覺去啦！」

不等狄虎答話，他已經拐回船去了。

狄虎沒辦法，只好扛著暈厥的老頭兒去香棚。

他背上的人彷彿也化成一種沉甸甸的，幾乎使他扛不起的重量，他急於要再見著閨女，把趙大漢兒推斷出的疑點逐一的暗暗詰問她，他已經發現到這事情的背面真相，直接的關係到他跟她的前途……。

他拍打香棚的門時，又有一大塊烏雲飄過來，月芽兒匿進雲後去，天突地轉黯了。

十四、惡魔

閨女掌燈到前院來開門，看見一個人扛著一個人，猛吃一驚朝後退，腳跟絆在門檻兒，差點打翻了手裡舉著的那盞馬燈。

「是……是我，盈盈。」狄虎儘量沉住氣，壓低嗓門兒，怕把她嚇著了。

「我爹怎麼了？」她又摸上來，抓著老頭兒痙攣的手，急切的問說：「他怎麼了？」

「發了病。」狄虎說：「快引我進屋去，把他放置妥當，他暈過去了。」

由於閨女著了急，一切都顯得那麼急急匆匆的，閨女手裡的馬燈搖晃著，斑駁的碎光旋亮了那座荒圮的園子，狄虎彷彿覺得這不是真的，而是走進一場迷離沉黯的夢境，事情是這樣子兀突，這不是送柴送米，半夜三更的，敲門扛進一個暈厥的人，偏偏這並不是一場荒唐的夢。

他在爬登石級的當口，喘著氣告訴她，她爹是怎樣發起瘋癲來，怎樣砸碎棋盤和茶盞，怎樣用錫酒壺砸破茶房的腦袋，最後他說：

「看起來真怕人，你爹怎會得了這種病的？你曾經聽說過他早年是怎麼活過來的嗎？」

「早年他在戲班子裡學戲，」閨女說：「他挨過毒打，受過傷，他的腰才變成如今這樣子。後來他離開戲班子，改學琴，在南方各地跑碼頭，那情形我聽媽說過，就是知道，也只知道零零星星的一點點……」

話雖一句一字的吐說了，總覺有些窘迫，有些爲難，她實在不願意當著任何人的面，詳說起她爹的病。狄虎還算乖覺，立時住了口，不再問下去了。

他揹著老琴師爬上石級，在茅屋門前咻喘著：雲後的月光水淋淋的，一片青黯朦朧的網似的罩著人，雨水還斜斜的在地裂子裡潺潺的流著，微風是涼爽清新的，飄送來一些望月的野花，若不是這樣兀突的揹著個暈厥的人在身上，他真願在這沉黯的夜色裡多留一會兒，多吸取幾口高處的沁涼。

「進屋來罷，狄虎哥。」閨女盈盈的聲音是那麼圓柔，她的兩眼潤進燈色，也圓，也柔，彷彿那聲音是由眼睛說的。

她閃身拉開門，讓狄虎進屋去。

屋裡有盞煤油燈亮在方桌上，照映出當間的簡樸舖陳來。

狄虎沒有心腸瀏覽這屋子，他把背上的老頭兒放下來，抱扶他躺在一張斑竹躺椅上。就著閨女端起的燈，仔細察看他的神色。

老琴師雖是喝了酒，但他那張臉沒有一絲醉紅色，反而變得鐵青，他那雙微陷的眼皮下面，透著一層濕潤的虛汗，眼皮垂闔著，眼裡仍暴出一線凝定的眸光，愣愣直直的，好像在望著什麼。

「他發病的時刻，你在不在旁邊？」閨女盈盈說。

「正好趕上。」狄虎說：「我跟船上的大漢兒剛走到茶樓，就看見他掄著錫酒壺在發瘋……棋盤碎在方桌上，遍地都是被砸爛的茶盞的碎磁片兒，好些吃茶的客人怕惹他，紛紛離座，避匿在牆角上。」

「他可傷著人了？」

「還算好，」他說：「只用酒壺打昏了那個好心的茶房。——他原是趕上去拉著你爹，怕他脊背貼著水吊子的，你爹回手一壺，正打在他的頭上，兩個人就這麼一齊昏過去啦！我看他人事不省變成這樣，怕要去接個醫生來瞧看瞧看了。」

「那倒用不著，」閨女說：「叉港只有一家中藥舖兒，還在河南岸的西堆頭，擺渡船業已收歇了，要等明早上才過得了河。」

「央央定泊的小划船也成。」狄虎說。

「我先去熬盞薑湯來，」閨女說：「煩你到園角的水井邊去打一小桶井水，擰把涼手巾給他鎮鎮額頭，他這老毛病我知道，真的用不著請醫生，涼水抹抹胸和臉，再灌半盞薑湯下去，隔一會兒就會醒過來的。」

「好，我這就去。」

「知道水井的地方罷？」她也跟著叮嚀說：「下了石級，朝左拐，當心絆著了。」

「我曉得。」狄虎側過臉去望望她說：「還記得那天清早不？我跟趙大漢兒逛廟回來，你正在井欄邊打水澆花，——我怎會不記得那口井來？」

黯糊糊的月影兒，在雲後穿梭似的走，一天燦然的星粒兒綴成的網，把這兩個年輕的人網在這麼一種蜜意的輕愁裡，若不是房裡躺著的那個瘋癲的老人，他和她該都是快樂的。

這一天實在太長太長，從那些人群，鑼鼓，黃傘和黑傘湧向黿神廟起始，他就捲在人群裡面，經歷著蒸騰的悶熱，火烘烘的太陽，不知有多少事情？反反覆覆的把他磨難著，直至他能在初夜的雷雨裡見著她……他原已很疲累，很倦怠了，還要揹著個暈厥的老人到香棚裡來，再次跟她見面，共守著這夜晚，這園子和這份燈光；他也自覺有些暈暈眩眩的，一心都是零亂，但只要能和她在一起多待一忽兒，——哪怕是一時一刻呢，他也就懶懶的，不願再多想了。

他拎著水回來時，她正在灶屋裡引火燒著耳鍋，紅紅的灶口火帶著多幻彩的光邊，一直閃迸到他面前的石級上來，閃閃跳跳的變幻著，好像他心裡總有一份忐忑一樣。

儘管他被疲乏拖得懶懶的，不願意多想，但總有什麼逼著他，不能不想。

他把打水的小木桶拎進屋，看見老琴師的臉孔有些半知覺的抽動，這才想到，他也許就快醒轉了。老頭兒是個瘋癲，他那變化莫測的脾氣正像變化莫測的驟雨季的天色，誰能料得到他醒來後，睜眼看見自己會覺得怎樣？依照趙大漢兒、老徐和他自己的閨女的說法，他心裡極為多疑，假如他真的動起疑心來，甭說日後自己跟盈盈會面的機會受影響，只怕那種盤詰審究的罪，就夠盈盈她消受的了！自己必得要在他醒前離開這兒才好。

想著，可又有了另一種遲疑。

盈盈再有那麼一份野性，她終究是個嬌弱的女兒家。

她爹若真如她所說：抹抹井水，灌灌薑湯就醒來當然是好，可是萬一有什麼不妥當，需得去召請醫生或者討個幫手什麼的，自己就這麼悄悄的遁走了，似乎又顯得十分的冒失和過分的怯懦。就算按常理來說罷，自己也似乎不必這麼憚忌著，不敢留在這兒，……他發瘋傷了人，又暈倒在茶樓裡，總得有人扶掖他回來，可不是？剖說得坦直些兒，也許更能解開他心上的疑團呢！

一時沒處去找手巾，狄虎仍然用他那件濕小褂兒，重新潤了涼涼的井水，擰一擰，摺了摺，用它鎮住老琴師沁汗的額頭。

他雖有過那麼一種及早離開的意念，卻沒有走，反而拖張凳子，接著那張躺椅，在老琴師的身邊坐下來了。

他一面略顯心急的、空空的等待著，一面就著柔黯的煤燈的光亮，留神打量著這屋子。

他希望能從這屋子裡，發現一點兒什麼。

這不像是一個患瘋癲的老人居住的屋子，雖說只是一座看似極常見的土牆茅屋，但窗子開得要比一般鄉野的茅屋寬大，從敞開的油紙窗扇兒，能看得見天角的星群，崗稜的黑影，河堆上方燈的影子，和一條亮燈的船桅，從這些，可以想見白天來時，這屋子裡是多麼的高爽，多麼的朗亮。

屋子蓋成的年代並不久遠，打那一條條斜編的蘆桿蓆兒壓成的屋頂棚上，就可以看得出來，頂棚是黃亮的，那些根根相對斜走的蓆面花紋，泛出一種油光麗亮的老黃色，——那種住慣茅屋的人才能覺得出的堂皇。

腳底下，經木榔頭反覆踹擊過的泥地，是很平整的，見不著一點兒坑凹，地面清清爽爽，乾乾淨淨，直能在那上面打滾也沾不上浮灰來。

屋裡沒有太多湧塞的傢俱雜物，靠牆放著長長的條案，供奉一尊白磁觀音，一幅松下三星白鶴圖，錫蠟臺擦拭很光亮，香爐裡遺留有三幾支熄了的殘香。靠明間的兩面山牆，放著些重疊得很整齊的線香架兒，架前排列著四把帶背的金漆木椅，門前正中上方的二道樑上，吊著兩盞白底紅字的一幅福壽紗燈籠，一把流蘇穗兒，隨著夜風輕輕的擺盪！……

這是個潔淨安適，有條有理的窩巢。

狄虎雖然沒見過盈盈她媽，但從多方的傳言裡，知道她是一個懂得溫存的好女人，令人難以想像的是有著那樣一個女人的宅子，竟也會鬧出許多事件來：瘋癲，捲逃或是失蹤……但他實在看不出這屋子和這庭園有什麼激發他瘋癲的地方？這在任何飄泊的浪漢的眼裡，都已算是安謐的天堂了。

也許他這瘋癲病的病根，是埋在更早的年月裡罷？

他動手解開老琴師襟前的鈕扣，用手掌潤著涼水，在他胸前擦抹著。老頭兒的喉間，發出一陣粗濁的痰塊湧動聲，嘴角溢出一些黏涎和白沫來。

這時候，盈盈端了煮好的薑湯來，放在方桌上，她便倚在桌角，用湯匙攪和著，讓它冷卻。

「他就快醒過來了。」她說。

他抬眼望著她，燈笠間和釉花的黯影，顫微微的棲落在她的額上，他想：老頭兒鬧瘋癲真是沒來由的，這兒是多好的一個家？假如換是自己，有這樣一座茅屋，這樣一座庭園，這樣一個妻子，再怎樣也不會變成瘋癲的，真的是因爲他有那種毛病？就……對於他腰傷的傳說，他實在知道得太少，那是使他唯一感到困惑的事情，趙大漢兒跟老徐提起老頭兒的時刻，都特別著重這一點，說這毛病才是他鬧瘋癲的本因，但在私底下，他卻不能贊同他們的說法，若照他們的說法去推想，那麼前朝宮裡的太監，豈不是人人都成了瘋癲？

但這話，無論如何是不便跟她提的。

「我想，你爹若是不妨事，我這就該走了！」他說。

「你真的決意留在汊港，不跟這趟船？」閨女忽然把這話拾起來，重新問過，由此可見他的去留，在她心上所佔的分量。

「我業已辭了工。」狄虎說：「我留在岸上看倉庫，日後怕再也不跟船了。」

閨女仍用湯匙攪著薑湯，沒接口說話，卻把深深款款的情意一眼瞟了過來。

「我留在汊港，也許能幫你一些什麼，」狄虎用嘴呶呶老頭兒說：「你爹這毛病，發起來很怕人，誰知他發病的時刻會做出些什麼來？即算你是他的女兒，有時也難保他能認出你來的。」

「我早已習慣了！」閨女說：「我想，他不會把我怎麼樣的。只是這樣的拖延下去，我常年委屈著，替他擔著心，哪一天能了？」

她這樣的說著說著，兩隻黑眼成了兩座泛濫的黑水池，漲滿了晶壁的淚，鼓鼓湧湧的蘊蓄在眶裡，只不落下來，她眨動的眼睫毛像條條點水的柳枝，根根都溼潤了，別有一種女孩兒家悲酸無告、又惹人憐愛的傷情。

這份傷情，曾被她深深的隱瞞著，平常她在香棚裡，在碼頭的石級邊，在熱鬧的小街上，像一道艷光似的照著人，她的笑像五月花開似的燦爛，一般不熟悉內情的浪漢們，決不會想到這個野性活潑的姑娘的背後，有著這麼一種不幸的身世，──一個像鎖鍊似的瘋癲的父親。

「總要再想辦法的。」狄虎望著她說。

雖說怎樣安排這瘋老頭子是宗極爲難的事，他既決心留在汊港，就打算面對著這事，不想躲避，也不想避，也不願遁逃，辦法沒想出來之前，他仍然這樣挺胸承應著，爲的是要使她得著安心。

他幫著她，用湯匙撥開老琴師的牙關，灌餵他薑湯時，曾經反覆的想過：假如他不是一個瘋癲的人，他醒後，自己就直愣愣的跪在他面前，拿誠誠懇懇的話跟他講說，向他求告，他願意離開船上的飄流的日子，和她共守這座香棚，盡心盡力伺奉他，替他養老送終，自己雖是個窮得像水洗的外方小子，但卻生得有牯牛般的腰桿，兩隻鐵硬的肩膀，總要比那光板禿子強過百倍……但這些幻想總是空的，只因他是個瘋癲。

一碗薑湯灌餵下去，老頭兒的肚子裡起了一串咕咕轆轆的響聲。他站起來，取了那件鎖在老琴師額上的溼小褂子。他朝閨女低聲的說：

「我真的要走了。明早上，他們接貨，我就收拾離船，搬進倉屋去住。我得回船去收拾東西。」

「你慢點。」閨女說：「我把你的斗篷跟簑衣取出來，放在門外石級邊，你走時順便帶了去。」

「我今兒一天累得顛顛倒倒的。」狄虎說：「也沒機會把你的馬燈和雨披帶的來，——幸好我把那件雨披褶疊了，收藏在我的枕套裡，哪天你有空，再順便把它帶回來罷。」

閨女盈盈轉回灶房去取東西，躺在斑竹躺椅上的老頭兒動了動身子，他的兩道濃鬱的眉毛，突然鎖了起來。

「你……你跑不了的……我要…扼死你！扼死你！」他昏昏沉沉的說著，使狄虎嚇了一跳，還以爲他真的已經醒過來了。

狄虎連著朝後閃了兩步，再仔細察看，老琴師並沒有醒轉，他只是在昏沉中發出夢囈。但有一種極度的憤怒和極度的厭惡的神情，經由肌肉的抽動，在他那張臉上浮現出來，彷彿他的內心裡面，曾經潛積過這樣的憤怒和厭惡，那是一把燒著的鬱火，從他的昏沉中釋放出來，燒炙著他的顏面，他的牙盤挫咬著，發出格格的聲響，連他那雙無力的、拖垂的手臂，竟也舉了起來，在半空痙攣的做出一個合扼人頸的動作。

「扼……死你……扼死你！」他仍舊這樣的喃喃。

狄虎一直退至門邊，停留在那一圈門燈的光暈外面，一瞬不瞬的凝望著他，人說，活人在睡夢中變化的嘴臉最難看，也最怕人，還真是一點兒也不錯的，老琴師那張原就夠怪異的臉，一經這種變化，愈加顯得怕人，當他那樣說著的時刻，他的額筋浮凸，兩腮筋條挫動，真彷彿是一個陷在極度癲狂中扼殺了人的凶犯。

而這種神情，落在狄虎的眼裡，不過是極短暫的一刹；一刹過後，一切又都平復了，他仍然在斑竹躺椅上僵躺著，喉嚨裡響出一串咯咯的痰聲。他沒有醒轉，他的兩眼也沒有睜開過。

雖說僅僅是短促的一刹，也像一條鞭揮的閃，把狄虎心裡的疑惑和恐懼照亮了，趙大漢兒所推斷的疑點，拿來和老琴師這種昏迷中的舉措一比映，愈加證實了趙大漢兒的推斷沒有錯，在那些疑點背後，一定埋藏著不爲人知的隱秘，——也許連這怪異的老頭兒本身都已忘卻的隱秘，但仍在他心窩黑角裡存在著。

他口口聲聲說要扼殺人，他究竟要扼殺誰呢？狄虎在想：是那傳說裡他最爲妒恨的長鬍子的大漢？還是那小小的京戲班子裡的三花臉？或是被他認爲是不守婦道的妻子？……他是僅僅夢想扼過誰？還是已經那樣扼過了誰？俗語說「夢是心頭想」，他如今暈厥了還這樣囈語，也該算是入了夢境罷？

他的思緒剛剛引出來，那邊的老頭兒的臉上可又起了變化了。

這一回，他的鼻翅嗡動著，嘴角朝下彎撇，額上沁出一層微小的汗粒，完全是一副驚駭畏怯的神色，嘴裡也在喃喃的說著些什麼？又像是向誰哀懇，又像是對誰求告，聲音時高時低，時強時弱，隱隱約約的，只能聽出一些反覆、斷續的字眼兒。

「你……不會……不會聽信他。……你是尊神。……不會的，我知道……我只這一個女兒……要她跟著我過……不能接她去……」

他一面囈語著，一面搖了搖頭，連連的擺著手，也只過了一會兒，他的囈語聲漸低，又像是睡著了。

他還是在愣著，連背後響著碎碎的腳步聲都沒有聽進耳裡，閨女盈盈開口說了話，他才發現她不知何時已打灶房回來了。

「你的斗篷和簑衣在那兒。」她朝他眨眨眼：「等歇走時，千萬甭再忘掉了。」

「不會再忘了。」狄虎說。

「我爹他喝下薑湯去，這一陣子怎樣了？可見他有什麼動靜沒有？」

「他在說夢話，說些古怪的夢話。」

「他講了些什麼？」閨女急切的問說。

狄虎卻不忙著回答她，他在沉靜的思索著，過了一會兒，倒反問她說：

「盈盈，你早些時，——我是說：早些時他發病之後，你可曾聽他說過什麼夢話沒有？」

閨女略爲怔了一怔，也許覺得狄虎問得太冗突罷？

她掠掠鬢髮，緩緩的答說：「有過。就是在平常睡夢時也有。——你好好兒的，爲什麼想起來問這個？」

狄虎拉了閨女一把，倆人退到外面去，他壓低了聲音對她說：

「我想弄清楚，他爲什麼會患上這種瘋癲的毛病。他的夢話說得太古怪了！……剛剛他喊著要扼死誰？一轉眼，他又像在哀求什麼？我想，有些事情，你該會比外人弄得更清楚的。」

闉女沉吟著，不時抬眼看著狄虎，在黯淡的月光和星影下，她的眸光閃動著一些晶茫……

「你可知道，他爲什麼常在起雷雨的夜晚發病麼？」狄虎說：「他可是在害怕著雷和閃？或是害怕那種聲勢洶洶的暴雨？」

「我好像記得我說過，我媽是在五六年前的夏天，一個落雷雨的夜晚……走……走掉的！打那起，每逢落暴雨，打響雷的夜晚，他就會想起那回事來。」

「他的瘋癲病，就是在那時起時常發作了？」

「好像是。」闉女說：「不過在媽沒走前，他的精神就不怎樣好，那個長鬍子的大漢，就是他憑空造出來，加在碼頭上的。我從沒見過那個人，真的……」

「我跟船上有些人也都聽說過這些事。」狄虎說：「有人在疑心著，是不是某次落雷雨的夜晚，你爹曾經歷過可怕的事情？」

闉女想一想，搖搖頭，寂寂的說：

「還會有什麼可怕的事情呢？我媽那樣一走，家就不成個家的模樣了，儘管我以爲她是不會走的，事實上，她是抛開爹和我，走得沒影沒訊了。」

「你並沒親眼看見她走，是罷？」狄虎說：「你不能單聽你爹說話，就相信你媽是走了的，——既然你說過，並沒有什麼長鬍子的大漢，那她平白的跟誰走呢？這不是我一個人這樣動疑念，知道這事情的人，都抱著這個疑團，他們說……」

「他們……他……們怎麼說？」她急切又惶亂的問著，從她激烈起伏的胸脯上，可以看出她聽到這話之後，心裡該受到多麼大的驚駭。

「並不是我故意咒你媽，」狄虎說：「也許她根本沒有走，也許……」

她的一張臉，突然變得蒼白了。

「總之，」他看見她這樣，不得不勒住話頭，岔開去，把聲音壓得更低說：「總之，這實是令人動疑的事情，沒有弄得清楚之前，誰也不敢斷定什麼。只是你爹這毛病，多少跟這些事情有著割不開的關聯。我必得要提醒你，他發病時，實在很狂暴，你務必要當心，到時刻，他未必認得你是誰。」

「你是說：我爹當真會……？」

「很難說。」狄虎說：「事情總會弄清楚的。夏季正是驟雨季，經常有雷有雨，他也許會常常發病，鬧出同樣的事來，你不能不這麼想。」

「……又來了！……又…又來了！」老頭兒又在躺椅上扭側身子，囈語著：

「扼死……你，扼死……你！」

他這樣囈語時，雙手上舉，同樣的痙攣鉤屈，做出扼人的樣子來，眨眼功夫，他的頭向一邊萎落，雙手又垂了下去。

「你見過他這樣子嗎？」

閨女盈盈咬著下唇，點了點頭。

「早先他跟媽爭執時，他常這樣發怒，但他並沒真的扼過她，那時我很小，但還記得。」

「他是個很暴燥的人。」狄虎說。

「有時候他也很和平。」閨女說：「我們早先住城裡，他最疼愛我，那時候，爹和媽也不常起爭執，後來才突然變壞了的。」

狄虎也沉默了一會兒，也許是過分疲累，過分睏倦了，總覺得今夜彷彿站在雲朵上，輕輕輕輕的，在空裡隨風浮盪，說出的話就像是伸出的手，到處攀援，抓著的總是一把把虛空。

這才三兩天的光景，自己就由一個暫泊叉港的局外人，捲進這撲朔迷離的世界裡來，像平素扛包似的，扛起她加給自己的這份重量。奇怪的倒是她，平常日子裡，她是那樣野性勃勃，伶牙俐齒的，今夜這樣的追問她，她反而說不出什麼來了。

「我真的要走了。」他側過身，靠近她耳邊說：「朝後若有什麼事，需得要我來的，你就推開窗子，朝那邊叫喚我。倉房靠這邊很近，只隔著一座老鼃塘，一聲喊得應的。」

「帶著你的斗篷和簑衣。」閨女說：「你累了一整天，又遇上這種麻煩事，早也該去歇了。」

狄虎踏著石級朝下走，閨女像影子似的跟著他。

「不用送我。」他說。

「不是送。」她說：「我去替你關門。」

他和她錯著肩朝下走，倆人都不會知道他們身後那個老頭兒恰好在這當口醒過來，他正大睜著兩眼，駭怪的瞪視著他們逐漸下降的背影。

「兩個進地獄去的鬼！」他說。

他扭歪的、瘋狂的臉孔上，劃過一絲悽慘的笑容。

但他們不知道，至少在這時候他們沒有回望過。

倆個人沿著石級朝下走，隔著衣裳，能感到夜露的沁涼，也許是嚐著了雨後的鮮甜的雨水罷?老鼃塘上的蛙鼓格外的響，柔柔的星網，也在塘水上晃動著。

穿過昏黯朦朧的月亮地，他摸進黑燈黑火的香棚裡去，她跟著。香棚同時也是個穿堂，人一到了黑漆漆的屋子裡，腳步自然就放慢了，像扶拐杖的瞎子似的，伸手朝空裡摸黑，摸一把，朝前踏一步。

「那邊是香架，你朝東靠一靠，不要絆著了！」她說：「也甭朝這邊挨，方桌和長凳兒擋著，小心碰著你的膝蓋。」

「不會的。」他說：「我在摸著走呢。」

她聽著他悉悉索索的聲音有些不是地方，又說：

「你摸岔了，斜一步就摸進櫃檯裡去啦！」

「怨不得香燭味這麼濃！」他說：「你在哪兒？」

「這邊。」閨女的聲音打黑裡傳過來：「對啦，沿著櫃臺朝回摸，繞彎兒走過來。」

他照她的話去做，最後摸著的，是閨女盈盈撲在他懷裡的、隔著單衫的軟軟熱熱的身子，那辮髮、那紗衫、那凸凹的偎著他的胸脯，以及她細細柔柔的蜂腰，雖然眼前一片黑，他感覺到的，還跟看到的一樣。

他一隻手上掛著簑衣和竹斗篷，只用一隻手輕輕環著她，手掌貼著的，是她那條油鬆軟活的長辮子。

「還叫人當心絆著呢，自己倒先絆著了！」她喘著氣，埋怨著她自己說：「剛剛我該拎盞馬燈來送你的，這過道太黑了！」

他用腳挑開絆住她的那條長木凳說：

「沒絆著哪兒就好了。」

即使是這樣自自然的捱在一起，他也覺得不習慣；不習慣從她身上傳來的那種香和熱，滑膩和柔軟；他藉著騰出手去摸門閂兒的機會，略略挪開身體，但當他的手摸著門閂兒的一頭時，閨女盈盈也搶著摸門閂兒開門，她的手恰巧壓在他的手背上。

她抓著他的手，他的手彷彿再也無力拉動那道門閂兒了，倆人都沒開口說話，就這麼在黑裡癡迷著。說什麼呢？什麼好像都已說過了，什麼說來都像是多餘的了！越是不說什麼，那份纏綿勁兒更爲深濃，越是像糾結在一起的亂絲似的分不開了。

很多年輕的男女，都曾這樣偷偷的用愛絲纏繞過，卻沒有誰真能清楚的說出緣由，狄虎和盈盈更是這樣，除了一份甜黏，還含著更多的淒苦，尤當倆人偎在這樣的黑裡，各自想到明天和明天之後的日子，心裡就會不由得泛出無邊無際的癡迷，黑暗把人壓著，明天和明天以後的日子，也把人壓著，誰也不知道究竟該怎樣？在設想出安置老頭兒的辦法之前，希望只是水面上的浮泡罷了！

狄虎離開香棚時，雞已經發出初次啼叫了。

「兩個鬼，在雞叫的時辰，打我眼前遁走，」老頭兒還在躺椅上一遍又一遍的自說自話：「鬼怕雞啼，不錯的，雞一叫，他們就下地獄去了！」

這一回，閨女站在門旁聽著，白著臉沒敢吭聲，當她從他面前走過時，他的臉孔出奇的扭歪著，大瞪著眼，露出驚駭又憤怒的神情，他的雙手又不自主的痙攣起來，像要噬撲人的樣子。

慢慢的，他才辨認出她是誰來。

「爹，你又怎麼了？」她轉過身問說。

「我……我一直在做夢。」他說：「夢著鬼來纏我，兩個磨盤大的鬼臉雪青的，在我眼眉毛上打轉！要不是雞叫的聲音把他們嚇走，我還醒不過來呢！」忽然他頓住了，眼光轉成冰冷的懷疑，一瞬不瞬的盯視著她。

她從沒看見過他這種像冰凍似的眼神，她打了個寒噤朝後退著，自覺滿身的血都快凝凍住了。

「你……你……你……就像那個鬼！打我眼前遁走的那個鬼，還有那個壯漢……」他吼叫著，但他聲音暗啞，顯得有氣無力。

她嚇得匿進她自己的臥房裡去，急切的關上房門，反身貼在門背上喘息。她想：他的話沒有說錯，看光景，爹這毛病真是越變越重了！早時些，他只是發病時有些神智模糊，清醒之後，還沒有像今夜這樣顛倒過，把自己的女兒也看成了鬼，這樣下去，日後真會惹出麻煩來的。

在這個顛顛倒倒的長夜裡，她真是滿心的淒惶。

也只有那個野勃勃的傻小子狄虎的話，是她唯一的安慰了。

十五、鬼打牆

離開那艘正在接貨的船，狄虎被安排到倉庫裡工作，他只有他的一隻小包袱，一套雨具和一個拴在褲腰上的小錢袋，袋裡裝著很少的錢。

若是在平時，把他這種身強胳膊壯，生龍活虎似的年輕漢子困在這樣的黑倉裡，真能把他臉給悶黃；倉房還不知是哪年哪月興建的，一條龍的五間通接著另一個五間通，青磚的劖牆，牆根全叫鹽霜剝蝕透了，變成一些彼此相通的鼠穴，即使在白天，也聽得呦呦的鼠鳴，看得見那些褐毛老鼠豎著長尾巴，成串的奔逐著，像一隊扛著旗桿的號勇。

倉裡並沒有另外間隔出看倉的房舍，狄虎住的是倉房一角，那兒有一張小小的繩床，一床粗糙的蘆席，靠牆的磚塊都叫鹽霜剝蝕成片片磚粉，略為觸動著牆面，便像觸著了油酥的蘇式月餅似的，磚皮紛紛朝下落，那些白色的屑粉兒染著較高的牆面，好像是青灰的天幕上飄著的白雲；那種四壁無窗的黑屋子，雖說要比船艙大了很多，但也比船艙更鬱悶，更陰濕，全靠倉頂那塊狹小的天窗透落下的一點兒微光，照亮一些矇朧的景象，天窗久沒擦拭，連那點兒光也很污穢，斑斑駁駁的，好像沒洗乾淨的臉。

在這座寬叉長的堆棧裡面，到處都是霉濕的氣味，各種寄存的、堆積的貨物發出的那種混合難聞的氣味，金針菜捆兒，黑白豆餅堆，南邊運來等待提領的乾海魚，淡菜之類的海貨，圈屯起的花生，大竹簍裝妥的花生油，使淤泥浸過的熟苧麻，淮上盛產的何首烏、淮山藥、半夏、枸杞子等類的藥材，鼓腹罈裡裝著的、罈口蒙蓋上豬尿泡的高粱酒，……狄虎平常也曾扛運過的這些貨物，一直堆疊到橫樑下面，那鬱聚的氣味濃得像黃粉調過的湯汁，使人聞著了就想嘔吐。

但他還是隱忍住了。他用小包袱當做枕頭，把疲倦極了的身子擲在繩床上，舒解地伸開四肢，打著解睏的呵欠。屋外又是個驕陽如火的大熱天，裝貨的船正在吞著鄰倉的豆餅，那些螞蟻般的扛伕們發貨上船，一唱一和，此起彼落的叫喊著，嗨呀嗨喝，噯哩嗨呀，耳裡聽不盡的這樣聲音，人在流著汗，打從聲音裡也聽得出來，——連聲音也是流著汗的聲音，他知道。

也許是多年養成的這麼一種習慣罷？狄虎一聽著這種揮汗扛貨時的叫號子的聲音，肩膀便覺得一旦沒有重物壓著，空空盪盪的好難受，就像整個身子都在半空裡飄浮一樣。

明早他們就將揚帆解纜，航至遠遠的地方去，這一別，他們不知哪一天再能泊靠叉港，自己和他們，更不知哪天才能重聚？想到這兒，他有被人遺棄的感覺。

直到黃昏時，趙大漢兒他們扛完了豆餅，他鎖上了倉門，船上那夥人約他去酒舖裡喝酒，他也沒精打采的婉卻了，他只說一句：

「對不住，我只想早點兒睏覺。」

「你總算死皮賴臉的留在叉港了！」包鴨子說：「大漢兒先跟咱們說，咱們還都不相信呢！」

「不說也罷，」老徐說：「橫直這傻小子沒出息，咱們扛了一天豆餅也沒累在哪兒？他它娘歇了一天，這會兒還是『只想早點兒睏覺』，想必是幹了比咱們扛包更累的事情了？」

「他早已走了氣，變成空心竹兒啦！」又有誰在一片鬨笑聲裡發話說：「傻小子，這還沒正式開張呢，你就這樣急著，也許日後咱們連你的喜酒帶紅蛋一起吃啦！當心身體啊！」

若是在平常，他們這樣困著人鬨笑嘲謔時，狄虎至少也會反唇相譏，跟他們鬧罵在一堆，但今天，不論他們怎樣取笑，他卻一直沉默的望著他們，最後，他仍然抱著那句話說：

「我實在倦的慌，謝謝你們這番盛情，請容我早些歇，明早我再送你們發船罷。」

「他說的是實話，」趙大漢兒出來打圓場說：「昨夜晚，香棚的那個怪老頭兒在茶樓發了瘋癲，用一把錫酒壺砸破了茶博士的腦殼，他自己也昏倒了，狄虎扛他回宅去，整整忙到雞叫才回來，該讓他歇了！」

他們這樣鬨笑著走了。

這些粗野的漢子們，在跟一個夥伴們分別時，不管心裡怎樣想，至少他們是不會把那種離情別緒形之於色的，與其學著常人膩膩黏黏的說一套酸言語，還不若高舉酒盞，把從心裡泛上來的一股兒什麼再壓嚥回去，狄虎懂得他們，也看得出他們那種嚥回言語的強顏⋯⋯

他們走了，他獨自留在黑暗的倉屋裡，將疲極的身體擲向繩床，埋頭枕上，暫時拋開一切入睡了。不知是白天過度乏倦的原因，還是一整天的雜亂和顛倒給他的刺激呢？或者是受了閨女言語的感染？老頭兒瘋狂舉措的震驚？⋯⋯總之，他睡得極不安穩。

是真實還是夢幻呢？他總算這樣的經歷了：

——一條曲折的，湍急的流水，嘩嘩的奔瀉著，一朵漾著她笑靨的白花，在碧色的水波上躍動著淌流下去，四處被藍霧裹住，霧裡迸騰出鑼和鼓的敲擊聲，那白花緩緩綻放成一張嬌媚的白臉，順隨著鑼鼓敲擊出的節拍，飛也似的，在水面上旋著，舞著，他很想伸手去撈取那朵花或是那張白臉，但它總像嬉弄著人，迴旋在他探掌之外……鑼鼓的節奏越打越急，狂風掀起波浪，驟雨也像無數白晶晶的箭簇似的激射著，風和雨中的那朵白花，在這裡旋，那裡轉，逐漸逐漸的飄遠了……而他卻迷失在眼前的一片藍霧裡，踽踽的獨行著。

——忽然來到深井似的黑塘上，天變成墨黑色，沒有星光和月光，只有驟雨在嘩嘩的浥注著。

一盞馬燈在黑漆漆的半虛空裡舞過來，彷彿那是一把金黃色的光錘，把黑幕撞成一個圓圓的窟窿，在這個黃光的窟窿當中，凸現出一個瘋癲怪異的頭顱。

那頭顱好大好大，像一隻柳斗，蟹殼臉，掃帚眉，深凹圓睜的大眼，有稜有角的，在他的額頭之上，舉著一把把白髮，根根粗如馬尾。……「扼死……你！扼死你！」他的嘴唇翕動，從唇縫間迸出這樣的聲音，挾著一股刻骨的幽風，吹向那座黑眼似的深塘。……

慢慢的，他在一種輕微持續的嘈聲中醒轉了，那是黎明前河上的起錨聲，撐篙離岸時的水，以及升篷時有節奏的吆喝。這些黎明河上的聲音，原是他最為熟悉的，但在今天聽來，彷彿隔著一層什麼，遠遠遙遙的，他這才意識到，這已經不是躺在船艙裡了。

而方才的亂夢，像是在太陽初升時的朝霧，散也沒能立即散盡，還在絲絲縷縷的環繞著，他起身時，仍然木木的發著呆，推不開那份初醒的朦朧，他也不明白為什麼夢著那些？不明白那種零星混沌的夢境裡，包含著怎樣的兆示？——依照一般的傳言，夢，都是有著夢兆的。

猛可的他想起什麼來？套了鞋奔出去。

早天剛泛一線隱隱的魚肚白，岸上的石燈還一盞盞的輝亮著，石砌的碼頭上溼漉漉的一層露水；他揉眼望過去，那船業已起錨，緩緩的進入河心的航道了，兩支竹篙靈活的點著水，推動著船身，再晚來一步，就見不著啦！

「嗳，夥計們！」他喊著：「升篷離港，盼你們一路順風啊！」

「嘿，小子！」站在舷邊的老徐看見了他，笑指著說：「留在叉港，叫黑長辮子拴住了腿的傢伙，單盼你在那事上，也跟咱們行船一樣的『一帆風順』啊！」

「咱們等著你的喜酒和紅蛋！」包鴨子正在理著水淋淋的繩索，也抬起頭來說：「要是那當口咱們的船還沒到叉港，你可算欠上咱們的，什麼時節碰了面，什麼時節再補……。」

「回香棚扛香架兒去罷，狄虎。」老徐說：「咱們用不著你送行，他們在升篷了呢。」

長櫓開始撥動，再飄響咿呀，船速加快了。

狄虎還是捨不下，一路跟著他們走。

人，有時真是難解可不是？當一個人常年在水上飄泊著，過著那常年浪跡的生涯時，自然的會打從內心深處厭棄那種刻板的行業，甚至於驚風怕浪，怯聽寒冷和風霜，倸是誰，都抱著那麼一種心願，盼望有一天，從那狹窄、黯黑，充滿煙草味、汗腥臭、鞋襪臭的艙裡釋放出來，脫離這種苦哈哈的行業，甩著膀子上岸去，把雙腳踏在實地上；但自己剛一離船，在長長的回顧中就已有了說不出的依戀，如今更加覺得，自己依戀的並不是這艘船隻，而是這幫粗豪野獷的弟兄，有了他們在船上，才使得刻板的生活裡有了新的樂趣，無盡的辛酸勞苦中，有了樂天知命的慰安。

如今，船上好幾盞馬燈都在亮著，前後起錨的船上，還有插上紅紅的火把的；燈光和火光交閃交映著，在兩岸黯色的背景，凸現出一塊紅銅浮雕似的圖景來，那該是多麼雄壯，多麼美麗的圖景！……橙色的燈火光勾勒出那些精赤著胳膊的人體，那些寬闊的肩胛，健實的筋肉，肌球滾動的臂膀，處處顯出粗獷的美和野性的力量來。

長櫓撥起陣陣的水花，咿呀咿呀的櫓聲，伴和著輕悄斷續的縴歌，劃過這灰藍色的河面，向前面駛去，衝破千萬縷晨霧的船頭昂舉著，奮迎向更多河上的歲月；人影在閃動，在穿梭，在一陣一陣齊一的宏大吼聲中動作，嘿呀！嘿喲！的扯著這一條那一條帆索，巨大的帆篷，一寸一寸的朝上升，朝上升，滿帆時，迎著風向略一轉側，澎的一聲，帆身吃風鼓漲了，船櫓停歇，清晨的風便那樣獵獵的催送著船，脫弦箭簇般的向前射去。

「一帆順風啊；大漢兒。」狄虎跟著跑說。

趙大漢兒等張篷之後，才抽出空兒來站到舷邊，揚手跟狄虎打著招呼，他好像說了些什麼話，但被後面一條船初起篷時的吼聲遮蓋了，一句也聽不分明，狄虎只能看他朝空揮動著手臂，笑露出一排牙齒。船行越來越快，轉眼間，便把那段河街拋在背後，狄虎不得不停住了腳步。

盈盈的黑眼和黑長辮子綰住了自己，而那些野漢們卻沒有被什麼綰住，分別原是難免的，但多麼盼望著，有一天，他們也將會有那麼一塊小小的，有情有義的天空。

他們便這樣，一面懷著些小的憤懣，一面抱著大的希望，駕著古舊的船去了。也許他們還要那樣的到處飄流，但他們總有斂翅棲歇的時候，——他們都正在尋找著那樣的一塊天空。他這樣自安自慰的想著時，忽然覺得在一陣割捨的痛楚之後，又有了稀有的平靜——只帶一分寂寞的苦味。

他咀嚼著這種苦味，回到倉房去躺著。心裡雖有些掛念著棚裡的盈盈，但他卻決定這一兩天不去看她，只求她爹的病早些發過去，不要出什麼大的岔子，他如今所要的，只是再睡它一覺，然後去酒舖兒裡去喝它一頓晚酒，用它把離開那條船和那夥人的愁悶給洗掉。

但狄虎的算盤沒有撥準，當他踏進酒舖去喝酒的時刻，他耳裡就刮進了一些使他驚駭的事情來了。

他聽說老琴師自打前晚發病之後，就鬱鬱魘魘的一直沒有清醒過來，一忽兒抱住頭，嚷著房裡有鬼，一忽兒又揮舞著他那柄二人奪，把晾晒著香枝的香架兒全砍劈碎了，並且還嚷著要把房子放火燒掉。假如這些言語是真實的，盈盈不知怎麼樣爲難呢？

「老頭兒這回光景是真的瘋了，再難清醒過來了！」一個穿黑香雲紗的漢子這樣說：「他竟然把他的女兒當成討債的鬼魂，掄著鐵劍要砍劈她，做爹的變成這種樣子，不是失了心？那真才有鬼了呢！」

「我看倒是未必！」酒舖的主人說。

他是個看上去很猥瑣的人物，頭頂上沒有毛髮，坦露著一個青皮的斑頂，下巴尖削，望起來極像一隻倒掛的青梨，一面說著話，嘴角便朝一邊抽動著，那種不自然的痙攣，很像吃鬼風掃著了似的。

「老闆說對了！」正在害著眼病的夥計蹲在一邊附和說：「上回他使錫酒壺砸爛隔壁小張的頭，小張如今中了血毒，腦袋腫得好大，眼睛鼻子都腫平了，小張的娘跟他的老婆在香棚門口跳著腳罵，要他擔保小張的性命——老頭子要不裝瘋，怎能賠得起人家的腦袋呀？」

「那柄二人奪放在他手裡，早晚總會鬧出事來的！」有人這樣擔心著。

「像他這樣的人，該用牛鐲鎖在磨眼上，不能放他出來亂衝亂闖的。」

狄虎認得出來，說話的這位，正是那天跟老琴師下棋的那個瘦黃臉八字鬍兒，他提起陶老頭兒的時候，兩撇八字鬍兒還抖抖的，彷彿猶有餘悸。

瘦黃臉又誇張的說起很多事；說起老琴師像鬼嚎一般的怒嗥，說他怎樣衝出屋子，揮舞著二人奪，砍劈庭園裡的那些立石，又怎樣繞著老鼉塘，殺喊著，追逐他的女兒……聽他這樣一說，狄虎就覺心裡慌慌燥燥，連酒也沒心再喝下去了。

說是老琴師的那種癲狂病一時不易好，自己倒也是這樣相信著，若說他的病勢一下子就變得這樣糟法，卻壓根兒沒有想到，總覺這樣的變化太突然了！——正像夏日裡變化無常的天氣一樣。

天到黃昏時分了，由於西邊的天腳上厚積著烏雲，這黃昏鬱著一股濃濃的雨意，晚霞欲燒沒能燒起，空現出兩抹帶青的黯紫，像是兩條被鞭打的傷痕。那些疑真疑幻的暮時的黯影，飛舞著如蝙蝠抖動的翅，把天和地一起攪渾了，混混沌沌的弄不分明。

叉港兩岸的石燈，也就在這時分一盞一盞的點亮了，那條條燈火，彷彿是些紅紅的光柱，勉強把欲塌下來的黯色天空撐住，帶給人一種淒涼凝重的情緒。

狄虎被那種初暮時分的慘淡光景觸動了，緊緊腰帶站起身來，匆匆付了酒錢，一出酒舖兒，就拐向香棚那邊去，他急著要過去瞧看瞧看，不願再多一刻的延宕。

旱閃又在遠天的烏雲裡游竄著，一條慫恿著什麼似的白蛇，慘白又帶著半分幻青色的閃光，一直亮到人的眼眉上面來，一明一滅之間，眼前的一切，都彷彿跟著抖動，跟著陷落，落進深深的黑穴裡去似的，但這時天仍沒有全黑，只是暮色很深濃，很黯淡，近乎玄紫色的幽光，還在簷影外飄浮著，在閃光和逐漸掩來的黑暗中描出一些朦朧的影子。

香棚門前靜悄悄的，屋裡沒有亮燈，門也嚴嚴的緊閉著，少數逛廟的漢子們經過那茅屋的門口，都腳步停躊的多望上兩眼，吹起懷疑的口哨來。

「這妮兒怎不開門賣香燭來？」一個說：「平常香棚裡都是挺熱鬧的呀！」

「也許是忙著繡嫁衣了罷？」另一個說：「姑娘這麼大了，心裡不知裝著什麼樣的人？她哪還有心腸枯守著這座香棚來？」

一聽著這種言語，狄虎就想起那天老琴師說的話，想到若要閨女盈盈一輩子跟光板禿子過日子，心裡就像打翻了佐料罐兒，說不出的酸甜苦辣的滋味都有！跟這夥逛廟會的漢子走在一道兒，自己又不便單獨在香棚門口留住，只好眼看他們爬上土級臺兒，爬到廟前，找著石級轉身坐下來，雙手托著下巴，從高處下望那座荒圯的園子，連眼全忘了眨啦！

黑雲像一陣濃煙似的朝天頂上蓋過來，一朵一朵的黑菌子開著花，連那種飄浮的玄紫的黯光，也變成昏沉濁重的初夜的顏色了，蝙蝠在這片昏黑裡成群的翔舞著，越攪，越把那一點兒殘賸的天光攪得曖昧朦朧。

那荒圯的園子裡闇然無人，更顯得立石幢幢，草影朦朧，望得久了疑近疑遠，疑幻疑真，彷彿真是在夢裡顯呈出來的圖景一樣——沒有日光，沒有月色，沒有星芒的暗色，埋在一片灰網之下。

甚至他發現，不但後屋裡沒有燈火亮，連灶屋也是寂寂的，沒見紅紅的燈火和孃孃的炊煙……。

老琴師的瘋癲症確是很棘手的，但狄虎始終相信著閨女盈盈那種力能獨擋一面的野性，相信她在遭受困阨的時辰能拿出主意來的，那麼，這宅子裡黑燈瞎火的沒見一點兒動靜，又該是怎麼一回事呢？

在這一刹之間，他腦海裡掠過很多曾經目睹過的瘋人留給他的悽動可怖的印象，那些印象，一幅一幅的活化成顏彩濃烈的圖景，在眼前昏黑的大幕上，雜亂的展呈著。……

「可…怕……」他低聲的喃喃說。

蝙蝠們還在飛舞著，像要撞破那種從四面八方擠壓過來的黑暗的網罟，但牠們柔弱的肉翅撞不破夜色，網罟越收越緊，終至連牠們飛翔掙扎的影子也看不見了。而印象活化成的圖景，仍在黑裡亮著。

一個被瘋狗咬傷的壯年漢子，已經記不得他何姓何名了，傳說瘋狗咬的並不是他的人，而是他的影子，——在北方鄉野的傳說當中，被瘋狗咬著身體，還有可救治的機會，但假若被瘋狗咬著了影子，甭說扁鵲華陀再世無能爲力，就是天上降下什麼樣的大羅真仙，不吝捨賜祂金漆葫蘆裡的救命靈丹，怕也挽回不了的了！

見著那個瘋漢時，他就被鎖在村梢的一座磨坊裡，那是一座四方形的，低矮破舊的茅屋，一扇柴笆門上，加上一把巨大的羊角鎖，孩子們只能從門邊矮簷下的小窗洞，偷偷的朝裡窺視。

瘋漢被一條粗過姆指的大鐵鍊鎖在磨眼上，磨房裡的光線是那樣黝黯，過多相擠的陰黯被擠出門縫和窗洞，一直流溢進人的眼裡來，一個攀窗窺視的人，得要多定一會兒神，才能分得出屋裡的景象；那些沾著白白粉屑的蜘蛛網，壁蟢兒的白窩，倒掛在樑角的蝙蝠……

在磨坊當中的磨盤邊，站著那個手抓著鐵鍊的瘋漢子，他的臉頰不知在什麼地方碰撞了，腫了許多處青紫疙瘩，正中還斜裂了一條兩寸長的血口兒，黯紅的血漿欲滴還凝，黏糊在傷口的裂縫裡，有一條已經乾了的血跡還留在他的臉上，從額間一直掛到口唇邊，他淡藍色的粗布小掛兒的襟上，噴濺了一大片乾血點兒，像爬釘著一窩吃飽了的大大小小的紅臭蟲。

他拚命的用雙手絞扭著鎖住他頸項的鐵鍊兒，發出叮噹撞擊的音響，很明顯的，他是希望扭斷那條鎖得住蠻牛的鐵鍊，但那只是瞎費了力氣，——他只是自已折磨著自己罷了。

扭不斷桎梏著他的鐵鍊，他就睜圓凸露的眼，像一匹發怒的野狼似的狂嗥起來，那種全身痙攣著的咆哮聲，直能震裂了人的耳膜。

他也許就是瀕死的人了，但還有那樣巨大的蠻力，能單獨一個人拖動上一扇石磨飛轉，使那空磨的磨齒在急速摩擦中發出空洞的雷響：

「我……我要水……水……喲……水喲……」

「誰給我……水……」他吼叫的聲音比石磨還響。

但那只是他的瘋狂，被瘋狗咬著的人，正患的是恐水症，頑皮的孩子們用竹製的小唧筒射一些水到石磨的磨盤上，他就會發狂的掙開，拖著那鐵鍊奔至屋角去，背對著人朝土壁上撞頭，咚呀咚呀，一直撞到鮮血又從剛起疤的傷口裡流滾出來。

「火……呀……火……喲！」

他就是這樣瘋狂的亂喊著，不斷說出些顛顛倒倒的話；他的家人來看他，見他變成這樣，便傷心絕望的飲泣，他卻認不得他的父母和妻兒，更認不得鄰舍熟人，就這樣一會兒跺腳蹦跳，一會兒衝著牆和木柱撞頭，他的兩眼半凸在眶外，滿佈著網絡似的紅絲，像野獸一樣的駭人，他在叫喊時，嘴角堆湧著白沫，更垂滴下一條拖得很長的、帶血的黏涎。

他這樣不飲不食的拖延了兩天兩夜，聲音全吼啞了，人也變成一匹沾著白粉、紅血、灰土、糞便的瘋獸，見著窗外一有人影閃動，他便吱起牙齒，挫響牙盤，奔過來，朝空裡噬撲，人們說：瘋狗病病發時，他也像瘋狗一樣的見人就咬的，被他咬著衣裳或是咬著了影子，一樣會染上不治的狂犬病，故此，好奇的孩子們連趴在小窗口窺視的勇氣全沒有了。

他死後，自己曾去看過他的屍體，全身都呈紫灰色，僵硬得一把捏不動，兩眼還是那樣的圓睜著，像兩粒沙裡紅成熟後的果子，他的牙齒白礫礫的吱露著，咬在那條鐵鍊的環扣上。

如今，這一景象，又在眼前的黑幕上清晰的重現出來，連顏彩也都欲流欲滴，甚至鼻孔中仍能嗅得出陰黯的磨坊中粉屑的陳霉氣味，腥腥的鮮血的氣味，乾燥的驢騷氣味。

甚至連那種由鐵鍊撞擊出的悲慘音響，也搖曳在心上。

在這幅圖景之後，又有一幅圖景顯現了，那是在一個亢熱未消的秋天，林蔭對列的村梢野路上，一群人捉著一個發瘋的女人，那個大腳女人原是外鄉流浪來的乞婦，來時領著一個五歲大的男孩子和一條瘦狗；她初來時住在村梢叉路口的小土地廟裡，有些像是女瘋子，又不太像是瘋子，只不過略顯斜睨的兩眼白多黑少，黑眼瞳的瞳光顯得分散迷茫，像把她過去難解的身世和遭逢，都納放在那種被苦痛扼殺了的瞳光裡，讓人去探究去猜想似的。

村上的孩子們並不怕她，經常好奇的跑到叉路口去，遠遠圍著她，看她坐在門前唱那些討乞的小曲兒，常常是這支曲兒跳到那支曲兒，信口唱個沒完。

使人見憐的，倒是她帶著的那個男孩和那條瘦狗。

那看上去只有五歲大的男孩，據她說業已長夠十二歲了，他的四肢那麼瘦弱，手臂和腿，像是幾莖一折就斷的柴枝，但他卻有一個大得過分且全由骨頭撐起的頭顱。他上身赤裸著，頸上還扣著一條繫有福壽鎖片的骯髒變黑的紅絨，他的胸脯薄得幾乎透明，一層黃亮的油皮下面露出青的粗筋和紫紅的細筋，那副肋骨架兒在喘氣時一掀一掀的張和著，使人不自然的想起荒年時扔棄在路邊的活嬰屍——患瘟症瀕死的孩童，只落下半口游漾氣，說他是「屍」，他還沒全死，說他不是「屍」，人全當他已經死定了。

孩子也許看不見他自己可憐到什麼程度，但他總能看見那條瘦狗——牠該是他自己活生生的影子。

那討乞的婦人是怎樣發起瘋來的？沒有人知道，只知有一天，人們發覺她在村道上披頭散髮的喊叫時，她身邊已經再見不著那個孩子和那條狗了。

有人發現那男孩和那條瘦狗的屍體，被一根腰帶的兩頭分繫著，吊在小土地廟背後不遠的酸棗林裡，人和狗一樣的重量，不上不下的互相觸著頭，在風裡輕旋著。屍身下面的草叢裡，還放著一隻香爐和一對木刻的蠟燭臺，那原是打小土地廟的神案上取過來的。

村人們認出那腰帶原是一條舊的包頭（長的網狀織物，北方婦女常用以包頭，男子則用作腰帶。）那是乞婦常繫在身邊的東西，他們又依據現場跡象，斷定那乞婦是發了瘋病，要不然，她不會這樣吊死她的孩子。

他們出動很多人，去兜捕那個被認為危險的瘋婦，怕她會危害到村上的孩童，但當他們分別執著叉把掃帚，在林蔭夾峙的村道上，如臨大敵似的圍住那婦人時，她卻坐在一棵樹的樹根上，若無其事的唱著她的蓮花落兒呢。村人們終於圍住她，粗暴的揪住她披散的長髮，揪住她沒扣整齊的衣襟，有人就扭住她的手臂，把她朝後倒拖著走，把她拖向一扇預備捆住她的門板。

她哇哇嚷叫的掙扎著，扭歪的臉孔上現出許多怪氣的皺紋來，她用腳朝空亂蹬亂踢，扭動著頭，想張嘴咬住那些降伏她的男人的手掌，但她沒有那麼大的力氣，最後，終於被人捺倒在那扇平放的門板上，開始用麻索把她的上半身捆緊。

「那孩子和狗，可是你弄死的？」村上的漢子問她說：「你知道，那孩子是你自己的兒子？」

「是我要他到閻王那裡去的。」她說：「我扳著嘴告訴他，與其跟我挨餓餓死掉，不如改托生，找個沒荒沒亂地方的好人家，狗聽了，也願跟他去，我就讓他和牠一道兒走，黃泉路上多個伴兒！」

她說著說著，抖動肩胛，瘋狂的大笑起來了，她用腳踹中一個俯下身來看她的年輕漢子的嘴唇，當另一個漢子趕上去叉起她的兩條腿，高舉著不讓她再踢時，她又發出一串亢聲的慘笑說：

「你敢？……上回那孩子，就是……這樣生的！你敢衝著我伏下身，你兒子日後也會跟狗一道兒吊在林子裡！我沒那本事替你們這種野狗生兒子，生了也養不活他，你沒見此地荒亂成什麼樣？只有你們男人才有這種做狼做狗的心腸……」

「她瘋了！」

「她著實是瘋了！」人們都這樣說。

人們把她抬回村去，卻不敢放鬆捆綁她的繩索，就這樣把她架放在一棵大柳樹的樹影下面，送給她飯食和水，但她卻拒絕進什麼飲食，只是哼唱她討乞時唱的蓮花落兒，又徐緩又哀愁的那種調子，翻來是那些，覆去也是那些，用它替代了她心裡一切的言語。

也不過過了兩三天，她就死去了，死時渾身叮滿各式的蒼蠅，密得像燒餅上嵌著的黑芝麻。

諸如此類的圖景：被蛇咬發瘋的，輸了錢發瘋的，中酒毒發瘋的，他所曾見過的情形，都一幅一幅重疊的顯現出來，充實了他一剎沉迷時心裡的空洞，直到黿神廟裡敲響的晚鐘聲把他喚醒。

這時候，虎虎的晚風貼地急捲著，烏雲合嚴了天，又到了驟雨欲臨的時刻了。這種入夜時暴臨頭頂的烏雲，和驟雨前急速的聲勢，使他心裡蒙滿了不祥的預感，不知怎的？總把往昔所見的那些幅悲慘的真實圖景，和那怪異的老琴師的影子鎖連在一起。

人決不會無緣無故的發瘋的，他一直這樣的堅信著，幼年時眼見那些瘋人之後，便常常推想著那些瘋人發瘋的緣由？他們發瘋後，心裡又究竟想著些什麼？這樣苦苦的追根溯源，壓根總能悟出些自以爲是的道理來，但當面對老琴師的時刻，卻難以把握得定了，因爲同時一想起閨女盈盈的危險處境來，狄虎就覺意亂心慌，無暇再冷靜的仔細推想了。

「可怕，真箇兒的！」他跟自己說：「若不趁這機會進宅去瞧瞧，只怕當真鬧出岔事了！」

雨還沒有來，風把沙粒兒朝空裡亂追亂趕，噓溜噓溜的，一片沙粒的咽泣聲。狄虎站起身來，拔腿就朝土級下飛奔，砂風遮著人眼，崗坡上一路不見人影兒，他到了荊棘的矮牆那裡，縱身攀住了那棵馬纓花樹的枝幹，雙腿發力，這一盪，人就藉著樹身的彈力盪進園子，落在那口六角井的井欄邊。

河上的石燈和桅燈距離太遠，微弱到簡直照不亮什麼，狄虎吸了一口氣，彎著腰，躡著腳，摸著石級朝上爬，到了後屋門前，瞧見門是半掩著的，門縫張開一線黑，根本看不見裡邊。

他不敢冒冒失失的闖進屋去，便閃過那扇門，挨到老頭兒臥房的窗下去，單耳貼住牆，細心的諦聽裡面的動靜，聽了好一息兒，屋裡一片死寂，連半點兒聲息全沒有，這一來，他的心便慌得要從腔子口裡迸出來了。

恰巧又起一陣大風，挾著大而稀疏的雨點斜打下來，把那扇虛掩著的門戶推開，門軸摩擦著凹底油瓶埋成的門臼兒，發出吱吱的鼠叫聲，但仍不見有人過來掩門。

狄虎這才撒開腳步，輕快的竄進黑洞洞的屋裡去，他最先摸索到老琴師的睡房裡，摸著那張翻倒在地上的斑竹躺椅，隨後，他摸著一張空空的竹榻，一隻橫在床頭的竹夫人（竹製的涼枕）。

他不在房裡。狄虎這回不再猶疑了，他轉身出房來到外間，想摸著個火匣子把燈給點上。黑裡胡亂摸索了一陣兒，燈是叫他摸著了，卻沒摸著打火的東西，當他準備摸到灶上去取火點燈時，門外卻咚咚的響起了急驟的雨聲。

一剎間，窗櫺的黑影子抖動在他的臉上，他這才放開摸火的心思，一掀簾子，跨進閨女盈盈的臥房去，背倚著房門，等待另一道閃光。第二道閃光，使他看清了這間房子裡的衣櫥、站櫃，挑起紗帳的床榻，但也是空的。

她竟也不在房裡。

他原以爲這屋裡會發出什麼岔事的，一顆懸吊得緊緊的心，這下子突然靜了下來，人也跟著虛浮鬆散了，兩腿一軟，就坐在小小妝臺前的一隻圓凳上，頹然的噓了一口氣，眼朝著油紙窗外發愣。

在這種夜晚常落驟雨的季節，他和她會到哪兒去呢？她是清醒人，就是出門去，天一落雨，她也就該趕回屋來的！

他只是這樣的怔忡著。

忽然，他又覺得這樣的想法不對，前兩天，老琴師在雨前發了瘋癲病，她不也是拎著馬燈，披上桐油雨燈，冒雨去找尋她的爹？……這如今，老頭兒既已瘋魔不醒了，怎敢說他不會跑出門去，害得她再去尋找？

狄虎越想越覺放不下心來，他似乎不該再留在這屋子裡，必得冒雨到崗上去看看究竟才是。

念頭剛剛這樣打轉，人還沒動身呢，一道越檽而入的閃光使他看見衣櫃被風掃開，櫃裡空空的，閨女平素穿著的衣物都不見了；他撩開床幔，床下也不見一雙繡鞋，閃光過去時，他在黑暗裡尋思著：假如她把隨手衣物捲進一隻包袱帶走，那她就不是出門到附近尋找她爹的了。

他重新坐下身來，繼續尋思了好一會兒。

決定留在叉港時，他就曾直率的想過，不是他不願意私下帶她離開叉港，而是她的情形不一樣——她爹是個離不了人扶持的瘋人，唯一能照顧他活下去的，就是他這麼一個獨生的女兒。盈盈雖然有一份嬌蠻的野性，但她心地極善良，又懂得盡做女兒的孝道，若不是逼到不得已的地步，她是不會打起小包袱離家的？她若真在叉港上留不得了，打起小包袱來找自己，該怎麼辦？

他的腮牙咬得很緊。

窗外的驟雨總是那樣猛，那樣急，叭叭叭叭的亂打著油紙窗，閃電連接著閃電，雪青雪青的閃光別有一種淒怖的感覺，狄虎不再停留，霍地站起身子，迅速奔出那座屋子，沿著屋後的一條小徑，直朝竈神廟後的崗頂上奔過去，他仍想沿著那夜閨女領他走過的路，去尋找她和她爹，無論如何，他要咬牙度過這凶險莫測的一關。他曾經當著盈盈答允過的。

風勢這樣的狂暴，風在嘯，林在嘯，打在他臉上的，不知是雨點？還是舞動枝柯劈下的碎葉？他身上沒有雨簑，頭上沒有斗篷，手裡沒有馬燈，只有憑藉間歇的閃光，憑藉那些閃光在一剎揮動時抖索的光鞭，用兩眼精敏的捕捉一些印象——枝柯交舞的樹木，陡削的崖塹，老竈塘下的閃光的塘面，一條穿經林叢的小徑，轟嘩轟嘩的響雷聲滾過他的頭頂，使他一切雜亂的思緒都被這場風雨斬斷了，他心裡只有一個單純的意念鼓湧著：

我要找著他們……找著那瘋癲的老人，找著離家出走的盈盈！

這單純的意念，在他內心裡昇華成一種激狂有力的吶喊，足以使他無畏的面對著這黑夜的風雨。

這場雨的雨勢，似乎比前一場雷雨更為兇猛激烈，那風頭迎面吹過來，直能把人吹起，幸虧碰上狄虎這樣的結壯人，勉強還能頂著風走動，但也叫它壓迫得直不起腰桿來了。他費盡力氣走到崗頂上，腿部已被斷枝劃破，額角也被半空揮舞的枝柯掃破了，閃光過去之後，滿眼漆黑的一片，他閉上眼定神，再睜眼四望，還是望不見一盞移動的馬燈。

——他們也會像這樣，在漆黑裡摸索麼？

他記得前幾天的夜晚，那還是他跟盈盈倆個人，還有雨具和一盞小小的馬燈，也只在坡後兜了那麼一轉，就已疲累不堪了，今夜，他只有一個人，沒有燈在手上，好像是個瞎子，與其這樣冒冒失失的亂摸下去，還不如先回到倉房裡去，把倉房的馬燈添足了油，自己換套乾的衣褲，帶上斗篷，披上雨簑再出來，那倒要好些。

他這樣的想著，便摸回倉房裡來了……。

他摸著倉房的門鎖，又摸出腰間的鎖匙，把那兩扇沉重的木門推開時，他聽見盈盈輕輕咳嗽著，開口叫喚著他，那聲音就在不遠的廊柱邊。

「是你？」他說：「你出來很久了？」

她咽泣著撲過來，半晌沒有回話。

「進屋來罷，廊下很冷。」他覺得略爲寬慰些，但還沒完全放心，黑裡看不見她，只能從她的咽泣，覺出她似乎有著無限的委屈。他引她進了倉房，反身把木門虛虛的掩上，使嘩嘩噪噪的雨聲減弱了一層。

「好黑。」她怯怯的說。

「跟前夜在香棚裡一樣的黑。」他順著聲音，伸過手去抓著了她的手，在霉溼的、漆黑的倉道裡摸著走，一面解嘲似的補上一句：「也許我這飄流命不好，總是兩眼漆黑的。」

「你渾身怎樣弄得這樣溼了的？」

「我做了賊，」他故意把話說得輕鬆些：「你不是說我像個『賊』嗎？剛剛我翻過圍籬進你們家的宅子，……人全說你爹一直瘋著，錯把你也當成了鬼！」

「你有到後屋去過？有沒有碰著他？」

「那屋子是空的。」狄虎說。

「空的？」閨女驚叫起來。

「可不是？」狄虎說：「我摸不著頭腦，也弄不清是怎麼回事兒，心裡又懸著放不下，就奔出屋子，到老黿塘後的崗坡上空轉了一個圈，風太狂，雨太大了，我什麼也沒見著，想不到回來卻遇著了你。」

「是我先出來的。」閨女說了這一句，便把話勒住，沒再接下去了。

「你先站著，我來摸火點上馬燈。」

狄虎把馬燈點燃了，就放在繩床面前的地面上，這一圈帶著彩暈的燈光，無限溫暖的把倆人環繞著，正如狄虎所料想的，閨女穿著一身適於夜行的黑衫褲，沒繡花的黑平鞋，手裡拎著兩個半大不小的包袱，臉上的神情很慘淡，兩頰全掛著淚痕。

「這是怎麼了？」他問著。

「是我自己要出來的，我駭怕。」她抽噎著，兩眼紅紅的說：「我爹變成這種樣，他兩眼直直的，再認不出人來了！他…他……他一見我，就把我當做鬼，說我是從老黿塘裡爬上來，要討他的命的。他不知爲什麼要這樣固執，總是反覆的說著那些話：長鬍子的惡漢，老黿塘裡的鬼……還有老黿神……他用二人奪砍殺我，他撲我，追我，恨不得一刀殺死我，你說，我怎敢待在宅子裡？」

「那你打算怎樣呢？」狄虎說：「我說過，我會爲你盡力的，只要有用得著我的時刻。」

「我不能被他殺掉……」閨女背轉臉哭說：「他這是瘋了，不是他本心要這樣——他不會真要殺死他女兒的！我…我……要去把媽給找回來，不管她在哪兒？我也要去找她，對我爹這種毛病，我沒辦法了。」

「有接過醫生來看過他？」狄虎說。閨女盈盈在屋裡，狄虎不便換衣裳，只好呆呆站在床腳邊，腳下的雨水滴成一灘水泊。

「醫生來過了，」她說：「說他確是失心瘋，永也醫不好的，要麼只有用鐵鎖拴住他，不讓他在發兇時傷著人……他還說過一句不好聽的話，說他心裡有鬼、有魔障，活也活不了多久了，只能把他當成畜牲養，說這是沒有辦法的辦法……」

「這不成。」狄虎尋思著，往昔的悲慘圖景又回到眼前來了：「若照醫生的方法，他會很快死掉的。」

「我不知怎樣是好。」她也染上了一份狂亂，反覆的說：「真的，我不知怎樣是好？……我想，我還該想法子找到我媽，他的病根是怎麼起的，她知道得很多，也許，這世上只有她能想出法子來。」

狄虎搖搖頭，把眼光垂落到那盞馬燈上：

「你到哪兒能找著她？何況你這一走，丟下你爹這麼個瘋癲的人又該怎辦？……這總歸不是妥當的法子呀！你怎會變得這樣傻來？」

「事情落在頭上了，我還有什麼辦法？」閨女帶著一股幽怨說。

狄虎忽然抬起頭，望著她說：

「有些話，我想我是不該說的，——你當真相信你媽她還活在世上？」

他這話一說出口，閨女盈盈的兩眼就驚怔得成了圓的，連眨也不眨的回望著他。

「為什麼不相信呢？」她說：「她的年紀並不太大，雖說離了家，我相信她好歹總會在哪兒活著的。」

「我卻不這樣想！」狄虎說：「我以為你爹這毛病，病根就扎在你媽的身上，……你知道你爹只是個廢人，不是個活生生的丈夫……」

他很想表露出什麼來，但他一時卻找不到適切的字眼兒來跟她說，——她總是個黃花閨女，有些言語，是不便當她的面說得太露骨的，他便很為難的把話給頓住了。

「我不懂你在說些什麼？」她說。

他只是朝空裡噓了一口氣……

倆人在一片緊鎖住的靜默裡對立著；雖說這不是在雨地裡，但滿耳仍灌著雷聲和雨聲，他和她都覺出雷雨夜的沁寒。

「你為什麼相信我媽業已不在世上了呢？」閨女盈盈想了一想，又緊緊的追問說。

「目前我很難斷定，」狄虎說：「我只是在懷疑，……我一點兒也沒有存心咀咒她的意思。」

「我曉得。」她說：「但你爲什麼會起這樣的懷疑呢？……很多人都說她是走了的。」

「你當真肯相信那些傳言嗎？」他說：「我早先也曾多次相信過那些傳說，可是到頭來，幾乎沒有一樁事情是真的。」

「這就是使你起疑的原因？」

狄虎搖搖頭，深深的望著她，忽然他說：「你是不是長得很像你媽？……我是說：你如今的長相，很像她當年的樣子？」

閨女盈盈猶疑的眨著眼，問說：「好端端，你問這個幹嘛？」

「你甭問，」狄虎一本正經的說：「你只要據你所知，照實的告訴我就得了！」

「我媽當年究竟像什麼樣，我怎會知道？」閨女說：「只是人人都說我的長相很像我媽，說我講話、走路，全跟我媽像一個模子裡脫出來的。」

「哪……就……是了！」狄虎說。

「就是什麼呀？」閨女問他說。

「那……就……是了！」狄虎彷彿沒聽進對方的問話，只管用手背輕輕敲打著手掌，一面不住的點著頭，顯出若有所悟的神情，隔了這麼一會兒，他才從那種思緒的纏繞中掙脫出來，對她說：「也許你爹在那一年的雷雨夜裡，一時瘋癲病發，做下了什麼可怕的事情。直到如今，還沒有人發現他做了什麼？連自己也怕記不得了！……但那事情常常在雷雨夜回來，化成一些景象，回來驚嚇著他，使他驚駭，癲狂！他也許在眼花撩亂的時刻把你錯看成你媽，……他喊著：鬼！鬼！也許你媽真的……」

「啊！」閨女叫嚎說：「我求求你，求你不要再說下去了！他不會……不會當真害死她的！他只是常常起疑心，疑心她會扔開他，跟野漢子捲逃掉。」

「壞就壞在那種疑心上！」狄虎說：「他常把無端的空想當成真的，日子久了，才會鬧出岔子來的！如今，他又離了宅，不知跑到哪兒去了？依我想，他還是離不開這座老黿塘，我們得馬上去找他，再晚了，不定會生出什麼變故來呢？」

「我心裡亂得很，又駭怕。」閨女盈盈攢緊她手裡的包袱，說話時，聲音仍止不住的顫慄：「你還不知道，他看見我時那種可怕的樣子，好像一隻瘋虎，他當真會用那支二人奪砍殺我的。」

「不要緊的，」他安慰她說：「有我在呢！」

說雖是這樣說，他的心裡也在微微的凜懼著；他雖是年輕野獷的漢子，身強體健，有一把蠻牛也似的力氣，但這可比不得在碼頭上扛包，光是賣力氣就行了的，就算他有一把野力氣，你又能對那瘋人怎樣呢？這兒是叉港，他只是一個暫留駐在叉港的外鄉小子，他跟她之間沒有什麼名分，他無權插手干預人家務事情，就算能夠抓住機會，那也得靠運氣，——他總不能像守著倉庫一樣的守著香棚，把閨女盈盈像繫汗巾似的，日夕繫在腰眼裡，說這話，也只是自寬自慰罷。但至少當她還在自己身邊的時刻，他相信自己會盡力保護著她的。

「你先把溼衣換了罷，」她說：「你這樣潮溼，等歇再出去淋雨，會凍著的。」她說著，彎腰去把那盞馬燈捻黯了，然後背過身子，讓他迅速的換了衣裳。

他取了他的竹斗篷和雨簑衣，又從枕套裡抽出她的桐油帆布雨披來，遞給她說：「你這雨披放在這兒幾天了，那盞小號馬燈，我替它換了一隻新玻璃罩兒，也添滿了油，今晚上又逗著落雷雨，正好用得上。你想想看，我們怎樣去找他？」

「他也許是追著我出來的，」閨女說：「若不在老黿塘附近，就是在小街上。雷雨很大，他一個瘋瘋癲癲的人是走不遠的。」

「那我們就趕緊去找！」他說：「再晚了，真會鬧出意外來的，……假如他再像前夜那樣，暈倒在有人的地方還好，若是暈倒在黑夜的雨地裡又怎辦？」

他把那盞小號馬燈也點著了，遞到她手上，她一隻手裡提著兩隻包袱，另一隻手裡提著馬燈，臉色有些蒼白，又有些些微的青，一直站在原地沒動彈。

「你有些不舒服？盈盈。」狄虎說：「你的臉色不甚好。」

「我這樣怎好去找我爹？」她揚一揚手裡的藍花布的小包袱說：「我若是提著它，跟你走在一道兒，恁誰瞧見了，都會以爲我……」

她說到這兒頓住了口，蒼白的臉頰上，又轉出兩抹羞紅來，她水汪汪的兩隻黑眼，似乎比平常更亮了許多。

他也略略的猶疑了一陣，但見著她說話時的神情、語態，淒苦的心裡，卻又漾起一陣溫暖的甜意。他曾不止一次的夢見這種情景：她拎著藍花布的小包袱，他牽著她的手，在叉港的河堆上，在濃濃的夜色裡，數著一盞又一盞石燈，舉步如飛的遁走，倆個人乘著風，點點腳步彷彿不是踏著塵土，而是一步踏著一朵雲，就有那麼柔軟，那麼輕快和寬鬆。直到醒過來，才弄清那不是真的，只是一場空夢。如今對著燈，看著她手裡緊握著小包袱的樣子，正像他夢裡所見的一個樣兒：閨女盈盈說的不錯，她那兩隻藍花布的小包袱，就有那麼重的斤兩，她雖沒脫口說出也懂得她的意思，——一個年輕輕的大姑娘家，黑夜裡拎著小包袱，跟一個年輕小夥子走在一道兒，不是涉嫌拐帶，就是相約私奔……。

最使狄虎爲難的是：這兒是碼頭上的貨倉，每天大早，總有人來提貨發貨或是卸貨進倉來，他不便要她把包袱留在這邊，叉港的風俗如此，他得防範人言。

「這樣罷，」他最後說：「我跟著你，護送你先回宅裡去，你得把包袱放下來，然後再去找你爹……」

「我並不擔心找不著他，卻擔心找著他之後怎麼辦？」閨女盈盈愁容滿面的說：「該怎麼辦呢？難道當真像對待一般瘋人那樣，把他鎖著過日子？還是任著他，要我忍受他的折磨？——我要是忍受得了，就不會這樣的打起小包袱，連夜跑出來了！」

狄虎想一想，閨女的話也都句句是事實，這已經是個解不開的難題，使人日夜的煩惱著，他一時激動起來，曾想不顧一切的向她開口，要她離開叉港，離開這個陰慘可怖的家，這裡早已失去了愛，失去了溫暖，只有變異的瘋狂，盲目的妒恨和莫測的危險，她正在一朵花開的年歲，該當選取她自己的日子，沒有雲翳，沒有風雨的日子，不該伴著一個可能行凶的瘋人，日夕擔心受驚恐……但一陣激動過去之後，他可又改變了剛才的想法了。

那瘋癲的老人是無辜的，他並非是要這樣，把一個充滿溫馨的家弄成這樣子支離破碎，他已經不知道他是在做些什麼？而她卻是他活下去的唯一的依憑，自己老慫恿她離家出走，就算是殺害了他，只有勸她認命熬下去，自己盡力暗中護著她，不讓她爹發瘋傷害到她，這雖是宗極難辦到的事情，他也只好認了。

這難題是避不開的，他想。

瞧著閨女還在攢著小包袱爲難呢，他就麼一咬牙，跟她說：

「不管怎樣，你總也得回去一趟，你爹發瘋沒清醒，說句不好聽的話，他如今連飽餓和冷熱都不知道，怎能離得開人？不把他安排妥當了，你就是有心去找你媽，也走不了的。」

「你以爲我在鬧孩子脾氣嗎？」她還是抱定那句話：「我怕得慌！」

實在的，她在重複說起這句話的時刻，她圓圓的黑瞳子裡，確是發著恐懼戰慄的光……

「你知道，」她又說：「他一見到我，就把我當成鬼魂呀！我寧死也不敢回去了。」

「他若真是這樣，我倒想出一個法子來了！」狄虎心裡一著急，果真就急出個主意來：「你不妨丟下一隻包袱和一雙鞋，讓我來佈置，你連夜打這兒溯河朝上走，我冒雨送你趕至十八里集，我再托一條北上的船，載你轉入大運河的河道，到姚家灣泊野泊的地方，然後雇匹驢，找姚家磚瓦窯，那個燒窯的姚老爹是我爹在世時的老朋友，又兼一份遠親，你去那兒，提起我的名字，他會收留你暫時住下來。」

「你慫恿我一個人去那麼遠，你呢？」

「我嗎？」狄虎說：「我留在這兒哄著你爹，你走了，我若出面照顧一個瘋人，按理該算一件功德事兒，沒有人說閒話的！」

閨女盈盈困惑的連連眨著眼，狄虎想出的這個怪主意，潑了她一頭的霧水，她不知道狄虎爲什麼要這樣的安排？讓她一個人到人地生疏的遠處去，去投奔一個燒窯的老頭兒，這多年來，她只熟悉兩個小小的世界，一個是城裡窄巷中的小騎樓，另一個就是石燈輝亮著的叉港，除此而外，她從沒出過遠門。……「我要去找我媽」這聲音，只是自己內心深處的一種呼求，一旦吐出口來，也變得緲緲的，彷彿是雲上的風囈，那樣微弱無聲，自己這才覺得原沒有離開叉港的打算。

再說，她是個姑娘家，不明不白的去投奔他的親友，不單是冒失，更沒有臉面，即使處在情急的時辰，她也不能不顧忌這個。要緊的還不只是這個，她不明白狄虎出這主意，要她留下一隻包袱和一雙鞋幹什麼？他一向是個憨直的人，並不會拿那些轉彎抹角的巧主意，他怎樣哄著發瘋的老人？怎樣安排他度日？她一時想不通，也不敢再朝探虛和細處去追想。

「我不懂，你怎會生出這樣的主意來的？」

「這是沒辦法的辦法，」狄虎說：「人常說：心病還得心藥醫，我不妨告訴你，我這主意實係因著趙大漢兒編造的那番謊話的引動，要不然，我再怎麼也不會想到它……你總該聽人傳說過，說是黿神節前那夜晚落雷雨時，有人眼見到塘裡黿神現真身，有人猜說是黿神來領供，有人就說是閃電常繞香棚打轉，大約黿神看上了香棚的閨女盈盈，要接你去做黿神娘娘！」

「瞎嚼嘴，鬼才相信這些瞎話呢！」

「你不信，」狄虎說：「可是相信的人多著呢！正因爲趙大漢兒隨口編了個謊，就添了更多圓謊的，人要不信那些謊，謊話怎會風傳開來，傳進我的耳朵？」

「這事跟你那主意有什麼關連呢？」閨女岔開話頭問說。

狄虎聳聳肩膀，舐舐嘴唇說：「我想把那謊話再圓一圓，越發讓叉港上的人們相信它是真的，要留你一隻包袱和一雙鞋的原意也就在這裡，……這樣，瞞住你爹說：惡鬼已經遁了，不會再纏他了，叉港上的人也會以爲你跳了塘。」

「這樣就能治得好我爹？」閨女說：「你不覺得你這主意很荒唐麼？」

他頹然的噓出一口氣，垂下他手裡的馬燈：

「你既不敢再回宅子，我實在也拿不出更好的法子來了！」

馬燈搖曳著，他和她的影子也在古老的牆壁上或左或右的旋移；雨聲總在他們寂寞時傳過來，偶爾興起一聲綿長滾動的雷聲，讓他和她想著屋外的黑暗和風雨；他們是早該走了的，但一直像被什麼膠住了腳步，在這座沉黯的、透著霉氣的倉屋裡呆站著，任黑夢在一片急劇的風雨中被一分一寸的擄走。

狄虎也知道自己這主意有些荒唐，但他實在是拿不出更好的法子來了。

「眼前只有這兩條路，你總得要選一選，」他急出話來說：「我們不能老是站在這兒。」

閨女盈盈沒再說話，她放下了一隻小包袱和一雙鞋子，那意思是明顯的——她選擇了狄虎的那個主意。

「那我立即就得送你走，」他划算的說：「我還要在五更天之前趕回來。」

她兩眼眨著眨著的又紅了，滿眶都盈著潮溼。這也是夢魘，還是愛情和夢魘混揉難分的什麼，在她十七八年的生命裡初初的到臨；她原是個嬌蠻野性的女孩兒，這幾年裡，陪伴著發瘋癲的老人過日子，多少的寂寞和委屈都忍受了，並沒使她軟弱，使她困惑，也不知怎麼地，自打遇上了狄虎，她那股子野性便突然的崩解了，柔化成一支需要支撐、需要依攀的藤蘿，只有靠著他，才能夠生長。……明知他想出的主意很荒唐，但她信得過他，甭說讓她冒失的去投奔一個陌生人，就是他指著一座刀山呢，她也願意粉身碎骨的爬過去。

「走罷！」她咬牙說出這兩個字來，馬燈在她手裡不停的哆嗦著。

「我先來瞧瞧雨勢，看看附近有沒有人？」狄虎說：「若是雨勢不大，我得把馬燈捻熄了走，免得讓人瞧著了我們。」

她惶亂的點點頭。狄虎拉開倉庫的木門。雨勢似乎減弱一些，但雨絲還是很斜很密，他們捻熄了燈走出去，似乎聽見酒舖那邊的小街上起了一陣雜亂的嘈嚷。他跟她在廊影裡摸索著朝前走，隔著雨霧，微弱的紅光，在他們的腳下閃跳著：他們走近酒舖時，狄虎牽閨女側身一閃，閃進一條兩面山牆夾峙的小巷裡，狄虎熟悉這個地方，那是一個狹隘的屋外通道，一直通到後面的土崖邊，在那圍著木楷花簇的土崖邊，有一座小茅坑，茅坑前有一條草徑，繞接到街梢的河堤，爲了閃避著人的耳目，他就想帶她走這條冷僻的草徑。

他們剛閃進那條狹巷，那邊吱呀一聲，酒舖的門被什麼東西用力的猛撞開了，最先淌瀉出一道油似的黃光，緊跟著，滾出好幾盞大大小小的馬燈和燈籠，那光景，很像敞開的麻袋裡滾出一地的西瓜，狄虎生怕燈光照著了手拎小包袱的閨女盈盈，便躡起腳步，扯了盈盈，拉她到暗處來，側過身子，緊貼著牆壁，倆人全屏住呼吸，偷偷的朝亮裡窺看著。

燈光滾瀉到雨夜的河街上，散成一朵朵飄浮在黑裡的紅花和黃花，在夜風中微微的盪動著：跟在那些拎燈的人們之後，又撞出幾個奔逃的酒客來，有的人手裡抓著一支燒著了的柴火棒兒，有的人抓著一把錫酒壺，還有一個抄了一條棗木長凳兒，如臨大敵似的，一步一步朝後退著，一面把長凳橫著揮動。

「幸虧他還認得酒壺，一進門，就抓起原泡老酒來喝，」一個拎馬燈的漢子說：「他若不是喝了酒，只怕真會動手傷著了人！」

「還說呢？」酒舖的主人抱怨說：「算我倒霉！」

「幾張新上過漆的八仙桌子，全叫他掀翻砍爛了。」圍著白圍裙的酒館跑堂說：「他那把倒霉的二人奪實在鋒利得很，差點兒削掉我的耳朵呢！」

「他們是在說我爹……」閨女盈盈渾身起了一陣顫慄，扯著狄虎說。

「噓。」狄虎用中指捺在他的唇上，示意她不要出聲。——他們和這邊的距離並不很遠。

「不要嚷嚷，他要出來了！」一個拎酒壺的傢伙說叫別人不要嚷嚷，他自己卻先嚷嚷起來，不但嚷嚷，而且還兜著圈兒蹦跳。

雨仍然在落著，聲音貼在耳門上，反而不覺著那振耳的嘩嘩了。

瘋老頭兒出來之前，酒舖的主人大聲怨著說：

「管他是真瘋還是假瘋，他三天五日的跑到這兒來鬧事情，這怎麼成？咱們做小生意買賣的人家，容不起這個瘋神呀；砸爛了東西不說了，好些常來喝酒的老主顧全叫他嚇得不敢上門啦！」

「那柄鐵傢伙留在他手上，太危險了！」茶房說：「若不把它奪下來扔下河去，只怕有一天會鬧出人命來的……他攫著什麼全亂刺亂砍。」

「這樣的瘋人，早該用鐵鍊套著脖頸，把他給鎖在宅子裡的，怎能容他隨便出門闖大街來？」酒舖的主人大約是心疼他舖裡被砸爛的東西，就慫恿一夥兒說：「今夜咱們就該拿住他，把他給鎖上！」

「奪下他的刀來是不錯的，鎖他倒用不著。」另一個叉港當地的爺們說：「鎖他不鎖他，那是他家族親友的事情。……他閨女不是在嗎？她的香棚生意好，賠得起你酒舖裡被砸爛的東西，她不是剛跟程老光頂的兒子訂了親的嗎？他再這樣鬧下去，咱們得把程老光頂找的來，替她作個主，做女兒的，總不願央人鎖起她爹的。」

「對呀！該騎驢下西鄉去找老光頂，或是他兒子也行。……小禿兒既願入贅，這可不正是時候？香棚要是有個撐門立戶的男子漢在，瘋人就好約束了……」

酒舖主人的話還沒說完呢，單聽呼的一聲，一把錫壺從門裡扔出來，正砸在他的膝骨上，疼得他張嘴吸氣，半晌才換過氣來，哀哀的喊著媽。

狄虎轉眼一瞅，一圈兒燈籠又搖晃著朝後散開，那瘋了的老琴師舞動他的二人奪，踉踉蹌蹌的從酒舖裡跌撞出來，他喘息的站在一圈兒燈光當中，雨線在他頭頂上亮晶晶的張掛著。

「鬼！鬼！」他用那柄二人奪東呀西的亂指一陣說：「我曉得你會來索命的，可惜缺少一面拘魂牌子，閻王爺不會給那牌子，我曉得。」

他費力的舉起那把雙刃的鐵劍，有星星點點的寒芒，在劍身上閃爍著，但他的雙手都在抖索，劍身也在抖索，他腳下擺出練武人習慣的架勢，但誰都看出他的腳步是那樣的飄浮不穩，所擺的架勢，又是那樣的笨拙、滑稽，簡直到了可笑的程度。但他手上抓著的，總是能夠殺人見血的一宗利器，即使隨意擺擺架勢，也已夠人駭懼的了；原先奔出來的那幾個酒客，一個個驚惶失措的朝後退，都怕那老瘋子的劍會突然劈到他們的頭上。

當老琴師轉頭的時刻，狄虎這才看出來，他並沒有要追逐誰和砍劈誰的意思，他那雙睜得大大的眼睛，他那一臉的皺紋，都刻畫出他內心的驚恐駭怖來，他眼裡並沒有那些酒客，甚至沒有那些燈光圍成的光環，也沒有黑夜和雷雨；不知有什麼圖景，在他的眼前壓迫著他，使他轉著圈子朝後退，朝後退……

在那一剎的功夫，他的額和唇都溼濡了，雨水在他的臉頰上，像淚一般的流滴著。突然他發力的大吼一聲，他手上的那把鐵劍揮起一彎帶光的圓弧，朝他眼前的空裡砍劈過去，但也就在那圓弧揮起的同時，一個漢子舉起他手裡的長板凳迎了上去，那柄鐵劍劈裂了圓凳頭，把鐵劍夾住了，瘋老頭兒抽了幾抽，沒能抽得動它，舉長凳的發聲喊說：「快趁機會把他捺住！」

燈光的花朵朝裡邊合攏，幾個酒客一湧而上，把瘋老頭兒撲倒在泥濘裡，那幾個人也緊張過度，一起跟著跌撲下去，像疊羅漢似的疊在瘋老頭兒的背上，使他雙手前伸，拼命的抓爬著面前的泥水，伸翹著頭顱，艱難的掙扎著，同時用小腿亂踢著水窪中的雨水，噴濺出一陣陣的水花來。

「先把他弄回香棚去！」

「誰備牲口下西鄉，去接程老光頂……」

當他們架起泥頭泥腦的老琴師，絞扭住他的雙臂時，閨女盈盈的手在狄虎的掌心裡死命的扭動起來，她想掙脫他的手掌，奔出去，但他用力把她抓緊了，那隻挽在她手腕間的小包袱，在兩個人當中擺盪著。

那包袱在擺盪著，一簇燈光擁著那個滿身泥濘的老頭兒遠去了，他這才喘出一口氣，壓低聲音，悄悄的湊近她耳邊說：

「你不是說試試我那方法的麼？這該是最後的機會了。等那程老光頂和那光板禿兒一來，你陷進泥淖去，就算能拔脫，也難免身不沾泥了。」

「我這樣走了算什麼呢？」

他望著她，在深深的黑暗裡，他望不見她的臉和她的眼眉，但她依稀的頭部影廓卻由遠處石燈的微光勾勒出來，這是夢魘的時光，也是情和愛的時光，淒苦和甜蜜一起流匯向他的心裡，他的心開放著，任它們流匯在一起，在他有限的經歷當中，人生就是這樣，而這……這已經足夠好了。

「就……就算是遠嫁罷……」他呑呑吐吐的說。

她聽著他這樣的一句話，便想起當年初來叉港時所聽的船歌來，那歌聲，恆托著她的夢在藍藍的水波上浮動飄流，她收藏起他的這句話來，把頭埋向他的肩胛。他們便在雨裡，無聲無息的遁走了。

十六、黿神現形

兀突的事情正在二天天亮的時候。

那些酒客把瘋老頭兒降伏住了，反鎖在他自己的臥房裡面，舉起燈籠到處找閨女，閨女均不在屋子裡，她的臥房門大開著，裡面翻得亂亂的，一地撒散著東西，有她的針線扁翻倒在踏板上，指箍、插針的蠟盤、各色的絲紕（生的彩絲，專作刺繡用。）彩線，遍地滾呈著；有一些衣物抖散在床榻上，櫃櫥前的站凳上，留著一雙鮮明的，絲毫沒經擦拭的鞋印兒，一望而知那就是閨女盈盈的腳印，她當時一定是很匆忙，櫃櫥的門扇沒有推攏，最上層的描金箱子的箱口也沒有蓋得嚴。

酒客們算是一時熱心過火，費盡力氣囚住了瘋癲的老琴師，極需要把他交付給他的女兒，若不找著閨女，他們怎能脫得了手？萬一老頭兒撞頭服毒丟了性命，這付擔子有誰擔當得起？

沒辦法，酒舖的主人只好關照兩個夥計，隔著窗子看守著老琴師，一面跟那些人商議怎樣去找閨女？

「半夜三更的，這丫頭能跑到哪兒去呢？」酒舖的主人摸著他那青皮鴨蛋殼兒似的腦袋，發愁說：「你們瞧她的房裡，亂得像遭賊搶了似的。」

「天還落著雨，她能跑到哪兒去？」有人應聲說：「她就是出門，總也在家根附近了，難道真還會像她媽那樣，跟哪個小夥子跑了不成？」

「這可說不一定，」一個矮胖子說：「閨女大了，心早已變野了，她眼裡有了誰，就是有著疼愛她的父母，也照樣扔在腦後，何況這座香棚裡，沒有什麼她值得她留戀的，她哪會顧得個老瘋癲……。」

「話也不能這麼說，」穿黑雲紗的漢子說：「老頭兒發瘋不認他女兒，逼她也逼得太緊些，一見面就把她當做鬼看待，用二人奪追著砍殺她，一個十七八歲的姑娘家，就是嬌蠻野性些，膽子也是有限的，她怎敢在家裡再呆下去？也許她匆匆忙忙的打點些換身的衣物，跑到附近哪個親戚家裡去聽避去了！」

一些人擠在陶家的後屋裡，方桌的桌面上，更擠滿了好些盞馬燈和燈籠，發出一屋子影影綽綽的黃光，人的黑影子巨大而神秘，看上去比人多了好幾倍，深淺不同的繞著牆壁來回旋轉著，有的舉手比劃，有的裝模作樣，有的交頭接耳，顯出無聲無息的雜亂和忙碌，一舉一動，再再跟那些人學樣。

雷雨還在外面落著，停一陣又落一陣，也像染上了老琴師的那種病，顯出施瘋作邪的樣子來，閨女能弄到哪兒去呢？還不能不說是他們多事多出來的難題，瘋老頭兒被鎖在屋子裡，這難題逼得他們又非解不可！

酒舖的主人把他的青皮鴨蛋殼兒摸了又摸，摸了又摸，才想出話來說：「在叉港，陶家算是孤門戶，盈盈她媽又沒娘家，這丫頭是沒什麼人家好去的。」

「事實上，屋裡亂成這個樣，總是經她翻弄的，她把她衣物全帶走了！──站凳上，她的一雙鞋印兒不是假的，她總歸是出門去了什麼地方了？」黃臉八字鬍兒說：「要不是尋親投友，就是跟人捲逃，這是很明顯的，是不是呢？」

「空猜想，空談論沒有用，」酒舖的主人說：「咱們且不管她去了哪兒，先拎著燈到附近找一找看，她要是在，總能喊得應的。」

幾隻手正伸向桌上去拎燈，老琴師在咚咚的擂著房門，又啞聲啞氣的嚷起鬼來，他是不是真的見著了鬼是另外一回事，至少，在這種雨夜裡，在眾多燈影搖曳的時辰，聽著一個瘋人這樣的叫喚，是會使人心悸的。

他們停住手，彼此望了一望。

這時刻，一條青白的大閃，耀盲人的眼目似的從東天亮到西天，緊跟著響起一聲霹靂，那聲音彷彿直轟著人的頂門，人們甚至覺著腳底下的地殼也朝下沉陷，陷進深不可測的黑穴裡去。

兩勢跟著這一聲雷，忽地又狂暴起來。除了雨的水腥氣味，幾個人又都嗅得一股被燒烤的焦糊氣味，把濃烈的夜氣也跟著染糊了。

酒舖的主人尖著鼻子嗅一嗅，便鎖起眉毛來，正想問旁人是怎麼一回事兒？那邊的門一響，倆個貼在廊簷下面的夥計，旋風般直撞進來，臉色變得白慘慘的，瞪著眼睛，一聲遞一聲的乾喘，光是張開嘴，半晌也沒說出話來。

「是怎麼了？這氣味——」

「這種怪雷！真能嚇得人吐出苦膽來！」前面的那個夥計朝門外指著說：「一陣火光爆出來，硬把下面的一棵樹給劈斷了！」

「香棚也起火啦！」另一個夥計叫說。

香棚東面的那一角，可不是起了火？火苗雖叫大雨壓住，沒能即時透出屋脊，但卻在一股濃濁的白煙覆蓋下，吐出一彎隱隱的紅色光亮，映出那棵被巨雷劈裂的、枝葉焦糊的洋槐樹，以及小半個庭園，雖說雨勢把火頭壓住，這把雷火卻足足的延燒了一個更次，直到屋角崩塌下來，雨水才灌進去，把餘火給澆熄，但火熄後的濃煙更是怕人，它像濃霧一般的障蓋了叉港的河面、小街道、整個的老黿塘塘面，那種白漫漫的濃煙很凝重，和地面黏吸著，即使是密不分點的暴雨，也很難把它沖走。

幾個人也曾打算出來，但叫暴雨和濃煙逼回去了。一直到雞啼時，暴風雨停歇了，他們才打著呵欠，揉著倦眼，各自拎著燈籠出門來，到處去尋找閨女盈盈，一找找到倉庫那邊的走廊上，是哪個想到了說：

「這船上留下來的小子，常去逛香棚找閨女搭訕，也許他知道些什麼？」

「對，」酒舖的主人說：「咱們推門進去瞧瞧去，說不定他把盈盈那丫頭窩藏在這兒呢！」

「假如這小夥子不在，那分明就是他把閨女給拐跑了！」穿黑雲紗的漢子說：「她是決不願跟光板禿子的！」

「也甭亂聲張。」黃臉八字鬍子要平穩些，插口評斷說：「沒憑沒據的，沒揪住他的小辮子在手上，怎好亂的去栽誣人？……咱們也只能推門進去，先瞧了，問了，再說罷。」

他們一推門，發覺那木門是虛掩著的，就一湧而進，到了那霉濕氣很濃的堆棧裡，在堆棧一端的角落上，掛著一盞捻黯了的馬燈，傻小子狄虎精赤著胳膊，大叉兩腿臉朝天，正睡得沉鼾，那種齁齁的鼻鼾聲，像拖著兩條鐵鍊似的。

忽地，他迷迷盹盹的坐起來，伸手在半空裡亂揮，發著夢囈說：

「不好……她……跳，跳下去了！」

「誰？你說誰跳下去了？」酒舖的主人趕上前，拉住狄虎的胳膊，搖著他問說。

狄虎沒回答他的話，一歪身又躺了下去，顯見他是在做著怪夢。

「噯，老弟，」穿黑春雲紗衫子的漢子走上前來拍拍他的肩膀說：「你醒醒，你究竟夢見什麼了？」

「啊！嚇……死我了……」那個伸手摸著額頭，這才睜開眼來，他望著床前的這一圈兒人，怔忡的坐著，過一晌，歉然的說：「對不住，也許我在夢裡呼喊，驚動了諸位了，剛剛我做夢是不是？」

「不錯，」酒舖的主人說：「你夢著什麼事情？要那樣嚷叫？」

「我夢見我走在大雷雨裡，」狄虎揉著眼，聲音仍然懵懵的，帶一股沒有醒迷的意味：「剛巧經過老鼉塘，一陣大閃打東天扯到西天，彷彿把天蓋兒劃成兩片一樣，緊接著，轟嘩一聲雷響——我有生以來，還沒聽過這樣響的暴雷，……轟嘩一聲雷響，那老鼉打塘面躍出來，腳下踏著四朵雲，停在香棚那邊的宅子上……」

「有這樣的怪夢？」酒舖的主人怔一怔，縮縮脖頸，彷彿那響雷正轟著他的光頭。

「就是那一聲雷！」穿黑香雲紗衫子的漢子像證人似的指陳說：「就是哪一

聲劈裂了槐樹，使香棚起火的怪雷，不是從天上落下來的，是打老黿塘上滾地而起的，可不是？」

「這簡直不是夢！這是真的！」黃臉八字鬍子的那兩撇上下翕動著：「我相信是神黿又現了真身了！如其不然，是不會有那一聲怪雷的！」

「您……您說什麼？」狄虎說。

「香棚那邊，一道雷把樹給劈了，」八字鬍子說：「香棚也叫雷火燒塌了一角，——若不虧這場傾盆大雨壓著火頭，等火苗竄起來，還不知燒成什麼樣子呢？這真真是宗怪事情，偏給你夢著了！」

「怪事？——怪事還多著呢！」狄虎說：「我又夢見一個閨女，手裡持著個藍花布的小包袱，那模樣，極像是那邊香棚裡賣香的閨女，她打宅裡走出來，不言不語的朝下走，那老黿浮在她前頭，像引著她似的。」

「那……她怎樣？」

「她叫那老黿馱著，沉到那塘裡去了！」狄虎說：「當時我哪知是夢？心裡一發急，就發狂的奔過去，心想把她拉住。儘管我奔得再急，奔至塘邊的時刻業已來不急了，一道閃光照亮塘面，我眼見她一寸一寸的沉下去，發聲喊叫，也不見誰去救她；閃光映著她白磁人似的一張臉，最後還落下一頭的黑髮浮在水面上，她手裡的小包袱散開來，滿塘都飄著她散碎的衣裳……」

「竟有這等的怪事情？」酒舖的主人有些傻了眼。

「嗨，」穿黑香雲紗衫子的一跺腳說：「你知我們幾個黑裡拎燈出來幹嘛？我們正是爲了找她來的；她爹昨夜在酒舖裡發瘋，揮刀亂砍人，我們把他窩住了，送他回宅，反鎖在屋子裡，又怕他鬧出大岔子來，留著倆個店夥在看守他，……原該把他交給他女兒，大夥兒好沒事的，到處找卻找不著她的影子。」

「你們有去老鼉塘看過沒有？」狄虎說。

「我們打塘邊繞過來的，」酒舖的主人說：「當時天很黑，馬燈照不亮塘面，黑忽忽的沒看見什麼，腳下頓一頓，也沒下塘去看。」

「你們不記得鼉神節後就有人那樣傳說了嗎？」八字鬍子說：「當時聽講鼉神要娶娘娘，我還猶猶疑疑的不敢相信呢，誰知真的應驗了！依我想，盈盈只怕真的會叫鼉神馱了去，要不然，他不會憑空做出這種夢來的！」

「咱們去瞧瞧去，」酒舖的主人說：「天該亮了！」

「對，」已有人附和說：「瞧瞧就知道了！她若是真的沉進老鼉塘，總有些蛛絲馬腳可尋的。」

「我也跟大夥兒一道去，」狄虎下床趿起鞋來說：「我倒不相信，夢只是夢罷了！」

「老黿顯過的靈異事太多了，」酒舖的主人反用訓誡的口吻說：「年輕人總是這也信不過，那也信不過，我老實告訴你罷，——當初若沒靈異事，崗稜上怎會興建起黿神廟來？又怎能有這麼旺盛的香火供奉祂？黿神若不靈，四方人豈不都成了傻瓜？」

狄虎沒再說話，他連笑的心腸也沒有了。

牛不知力大，驢不知臉長，這原是人們嘲笑牲畜的話，若是加上一句「人不知蠢笨」，倒也說得過，這酒舖的主人跟這幫子酒客明明已經做了傻瓜，還要在哪兒裝模作樣的自以爲聰明呢！

在平常，判斷什麼事情，也許他們還會動腦筋，但只消一抬出神來——即使是這種烏龜王八神也好，他們就會相信一切事情，把它當成靈異了，當初那些靈異是怎麼來的，自己並不知道，至少至少，這一番「靈異」，不是什麼神造出來的，而是自己草率的安排，看樣子，他們會相信這種安排的。

他們走出倉庫時，天真的亮了，雨後初晴的晨光清清朗朗的，顯出一片發亮的微藍，河面上沒有升起水霧，天和地彷彿都被沖洗過，沒留下一絲塵埃，河岸上看管石燈的人，正騎著牲口走過來，沿路熄滅那些燈火，風兜著人的臉，有著水洗般的舒鬆。

藍色的晨光裡，逐漸揉入些淡淡的玫瑰紫，熄石燈的人就有著那麼輕快的心情，信口哼唱起輕快的小曲兒來，那聲音，像一波一波的流水……。

但酒舖主人的一聲驚呼，使那個停了嘴了。

「大清早，出了什麼事嗎？」

「你過來瞧瞧罷，瞧瞧老黿塘的面上飄著些什麼？」八字鬍子指著說：「香棚裡的閨女盈盈，叫黿神接去做娘娘去啦！」

說它是兀突也好，怪異也好，他們看到的，也就是那樣了；正像狄虎所夢的，那藍花布的包袱巾仍在水面上飄漾著，此外還飄著閨女的花花綠綠的衣物，木柵門大開著，塘邊不但有閨女的腳印兒，還有著她的一雙沾了泥污的繡鞋，幾朵紫色的絨花，在塘邊的水渦上打著旋，一方小小的汗帕子裡，包的是她結紮辮子用的黃色絹帶，這些這些，都是汊港上的人們熟悉的，他們看慣了閨女衣衫的花紋和樣式，看慣了她鬢邊的花和辮梢的花結，見到這樣的衣物，就好像看見了閨女盈盈一樣。

古老的黿神廟揹著半天的彩霞，在東邊的崗稜上站立著，俯視著這座神秘的深塘，從很久遠的日子起始，一路斜滾的時間，落進塘心就靜止了，除了輕輕的打著迴旋之外，這深塘的面貌仍像既往時日一樣，從沒有改變過，只是每過一段時日，人們會替它添上一些神奇怪異的傳言，使黿神廟保持著旺盛的香火，使瞎老廟祝收入更多的香油神水錢。

「她真的被黿神娶去了！」酒舖的主人說。

「好一個年紀輕輕的姑娘……」八字鬍子說話的聲音，透著一股子經過壓抑的惋嘆。

但沒有誰懷疑，也沒有誰敢於輕率的懷疑？多少沉甸甸的傳說，在這塊那塊荒寂的土地上磨著人，打搖籃邊起始，一直到人們長大，很少有誰能移開這份沉重的壓力——凡是神，都是不可忤瀆，不可懷疑的。人人的頭頂上不是頂著智慧，而是頂著些古老的東西。

盈盈被黿神娶走的事情，就這樣沸沸揚揚的傳開去了……只有狄虎一個人明白那事情的真相。

程老光頂以親族的名義來料理這事情，那個沒吃著天鵝肉的小禿子，兩眼居然紅紅腫腫的；也許背著人曾經痛哭過，怨過黿神奪走盈盈，那是於事無補的；在這種事情上，「神」總要比人佔點兒便宜。

沒有誰動一動那些飄浮在老黿塘上的衣物，也沒有誰碰觸閨女遺在塘邊的繡鞋，那樣的現場，彷彿成了那種奇蹟的活證。

整個叉港的人，全被這奇蹟轟動了，傳言像風般的播揚開去，成千上百的人群都來圍觀這宗神秘的事情，有的過渡來，有的趕旱來，有的騎著牲口，有的打著遮陽傘，他們擠進那個傍著黿塘的宅子，看那棵被雷火轟裂的洋槐樹，看那燒塌一角的房子；他們圍著老黿塘，看閨女盈盈的花衫子和繡鞋，看那紫色的絨花和黃色的絹帶，你一言我一語的談說著。

「黿神祂選人沒選錯呀，」一個梳圓髻的女人，笑瞇瞇的跟另一些婦道人說：「在我們叉港上，還有誰家的姑娘比盈盈更靈巧，更俊俏的？……她算是天生的有福澤，有仙根，才脫了日後的輪迴之苦，叫黿神選去做了娘娘，這該是大喜事呢。」

「她托夢也托得巧，」另一個穿道姑服的女人說：「要不然，我們會錯以爲她是投了塘呢。」

「其實，這跟投塘有什麼兩樣？盈盈她總歸是死了！」

穿綠衫子的閨女是閨女盈盈的手帕交，在平常的日子，她們一淘兒五六個姐妹，常常在一道兒去河邊石級下漿洗衣裳，用她們的白手盪出漣漪，以她們的嬌笑去逗引游魚，……她沒有想到盈盈會突然遇上這種事，歸入這樣悲淒的結局，因此，話裡總有著幾分不平：

「她是死了！等到她的屍首起了水，我得大哭一場，多燒些兒紙箔奠祭她，我覺得她這樣死掉，真是太可憐了！」

「年輕輕的女孩兒家，少在神塘邊上胡言亂語了！」做媽媽的責叱她女兒說：「鼋神來接走她，怎能跟死混在一道兒？你該說些吉慶話的。」

事實上，吉慶話也用不著她去說，凡是來圍觀的人，沒有誰不把盈盈沉塘的事情當成一場熱鬧看的，他們談說著昨夜的風雨，那一聲毀屋裂樹的怪雷，和看守倉房的小夥子的怪夢，大多認爲鼋神能娶盈盈，對叉港大有好處，至少，那神祇的枕邊有人進言，將會使叉港這一方比往常更「風調雨順」了。

也有些弄船的漢子們來湊這場熱鬧，他們的話題，卻落另外一些重點上；有的人誇說盈盈的姿色確是他所見過的姑娘當中最美的，這樣的女孩子，不該溺死在塘裡；有的人不信這些邪魔，嘲弄的說：

「等她的屍首浮上來，就知她沒做神妻了！」

這話讓狄虎聽著了，他就大聲的說：

「你們也甭嘴快，我做的那場夢，真真切切是這樣的，我敢打賭，她的屍首是不會浮上來的，不信麼？……不信你們就瞧著好了！」

「何止是你做夢啊！」一個年老的女巫立即在一旁附和說：「昨夜我替河南一家的病人行關目，打那聲怪雷的時刻，我手捻一把香，站在門斗兒底下，我親眼看見一團綠綠的雷火來，一個黑忽忽的東西馱著一個人飛進老鼉塘的……」

老女巫這樣一說，附和的人更多了，有人說：「這我倒沒有看見，不過每回起雷雨時，閃光總繞著閨女盈盈的窗子打轉，當時我就覺怪納罕人的？……若是不出這回事，到如今我怕還想不明白呢！」

又有人說：「假如她是投塘死了，屍首總會浮上來的，假如屍首不浮上來，那她定歸是去做鼉神娘娘啦……」

在這整整的一天裡面，老鼉塘上就沒斷過看熱鬧的人群，各種各樣更怪異的傳聞，都從人的議論裡生出來，並且抖翅飛了開去。——正如狄虎所料想的一樣。

傳說這樣的播散開去，人們從四鄉八鎮湧向叉港來，都要親眼看一看這種神蹟，來滿足好奇的慾望，叉港上的鑼鼓班子，成天在塘邊敲打著，樂器班子也吹起喜氣洋洋的細樂，這些班子都是由善男信女們召雇來的，用以慶賀鼉神的大婚。

拜黿塘的人，也都帶來瓜果供物。在黿塘周近的野地上，到處都看得見草草插在土裡的香枝。

第二天過去了，仍不見閨女盈盈的屍體浮起來，人們更加相信盈盈沒有死，已經做了黿神娘娘了。

黿神廟裡的瞎老廟祝眼瞎心不瞎，竟然也作了一場夢，說是黿神頭戴紅盔，身穿綠甲，來托夢，告訴他說：凡女陶盈盈，業已被上界冊封為黿神娘娘了……

「黿神指點我，要我募化十方，重修黿神廟。」瞎老廟祝說：「要我勸人放開瘋癲的老陶爺——他如今是黿神老爺的丈人翁啦！——要廟裡差個小廝代管那座香棚子，還要加塑娘娘的金身……」

「這些都好辦，」程老光頂兒首先就附和說：「你準備緣簿，咱們各人認攤就是了！……老陶爺他是個活瘋癲，我也沒法子養活他，香棚既歸廟上代管，他也只有歸廟裡照料啦！」

「對，黿神廟總該養活黿神的活丈人！」

「這是應該的，」瞎老廟祝心裡暗自權衡了一陣說：「我這兒不缺人手，專門找個小廝照料他，再撥份香火田供他養老，黿神爺這樣靈異，還愁養不起祂丈人？」

瞎老廟祝的這個夢做得正是時候，化緣簿兒剛捧出來，立時就寫滿了，再換一本，也在當天被搶著寫滿，有的捐錢，有的捐磚瓦木料，有的認獻神龕神幔，有的認獻娘娘的金身，那種熱狂勁兒，比得過外面炎炎的大伏天！

三天過去，仍沒見盈盈的屍身浮出來，叉港上的人興奮得如醉如癡，日夜施放著鞭炮，使河堆上的鞭炮屑兒散滿河面；而高得過頭的大盤香，棒棒兒香，都放在帶耳的銅盆裡，用幾個人抬到老鼉塘上去燒。

他們都知道，假如溺死人，決沒有過了三四天還不起水的，盈盈不是自溺，當然是做了鼉神娘娘啦！

在一片歡慶聲裡，重修鼉神廟的事也已安排妥當了，瞎老廟祝把瘋癲的老琴師放出來，替他加上冠，披著彩繡的袍服，打扮成跳假官的乞丐那種模樣兒，由兩個小廝扯著他上廟去。

人，就有這麼怪法兒，不幾天的功夫，一個瘋癲的老頭兒，由於這宗怪異的事情，人人再見著他時，都把他當成皇親國戚看待了。

其實，瘋老頭兒還是瘋老頭兒，他多皺的臉上，仍掛著不爲什麼而笑的慘笑，兩鬢間篷亂的灰髮和一口白齒映著他灰敗的臉色，真像是一匹瘋獸，但人們見到他時，把好奇和嘲弄的人臉都收斂了，變成一種內發的虔敬，他走到哪兒，哪便紛紛讓開路來。——因爲他和黿神沾了親，做了黿神的岳翁。

事情像登塔一般的，一圈圈朝上發展著，傻小子狄虎卻悄悄隱退了，他變成一個旁觀的人。

是他自己做下了什麼？還是這群人做下了什麼呢？

如今，她已該到了窯上了。她正在那兒等著自己，等著聽得她爹的消息，而在叉港，她是升了天，變成黿神娘娘了，這是多麼滑稽梯突的事情啊！

他很想從周遭的人臉上，從他們的眼神裡，發現一些不同的、生動突出的表情，——總該有一兩張聰明的臉，一兩雙穎悟的眼睛，能看得見猜得透那發生在塘上的事情罷，但卻沒有！就像被什麼魔物壓著一樣，他們的心智成了一張木板刻印出來的單色畫圖，又單調，又愚拙，千張萬張源出於一個底模，再沒有新奇的變化了，連光景明黯都是一樣。

腳下的泥土就是這樣一張巨大的古老的模型，風傳久遠的傳說就是些刀刻的線條……土地爺手扶龍頭拐顯靈啊！閻王爺半空顯聖啊！某處某人死後還陽，縷述陰司諸般情境啊！某處某人惡鬼附身啊！雷擊惡人時，焦糊的屍體上寫著他生前所犯的罪狀啊！某處雷雨時掉下來一條龍啊！……每一年，每一月，甚至每一時辰，都能聽到這些傳言，它都擁有很多很多鑿鑿的證據，都被人深深的相信著，千萬人吐氣成風，吹得你凜懼戰慄，既然有這許多神異的事情在前了，那麼，盈盈被黿神娶去，又有什麼可懷疑的理由呢？它也是那樣的一陣風，會從千萬人的嘴裡，向後世吹下去的。

這樣的看著，想著，狄虎忽然覺得太陽都變了顏色，慘慘的照著一群活動的殭屍，……他們都已死了，當他們開始深信第一個聽到的傳言時刻，他們的額頂上便印下了那張木刻的畫幅，被牽入那種魘境……。

他們才真是一群可佈的瘋人。

他在這群人裡朝前擠著，擠近了老頭兒的身邊，那瘋老琴師看見他時，便停下了腳步，愣愣朝他望著，像有幾分認識他的樣子。

「鬼下地獄去了！」狄虎指著眼下的老黿塘說。

老琴師朝那邊望了望，那些花花綠綠的衣裳，仍在塘面上浮漾著，沒有人敢撈取它，翻它，任它留在那裡，讓來的人觀賞。

「鬼魂不會再來纏你了。」狄虎又說。

瘋老琴師掉頭望望他，又仰臉瞧瞧太陽，咧著嘴，呵呵的笑出聲來。

他就這樣拖著長長的，鎖鍊似的笑聲，穿過圍睹的人群到廟裡去，在那兒接受黿神廟供的養。

閨女盈盈的屍體永不會再浮上塘面了。

黿神廟重修的日子，也被定在秋涼的時候。

在這段日子裡，狄虎常到廟裡去看望瘋老頭兒，他的瘋癲病雖沒好，卻也很少狂暴鬧事，瞎老廟祝用他彰顯這宗靈異事兒，拿他裝點門面，因此收入了更多捨施的錢；老琴師呢，被安排在廊房裡住著，偶爾也在小廝們陪伴下，在廟裡走走，他似乎忘記了過去，忘記了他的女兒。狄虎每回進廟去，都耐心的跟他說些瘋癲的話，告訴他：鬼魂業已下地獄去了，他就呵呵的笑起來。

但等黿神廟重修工程開工的前夕，狄虎卻辭掉這份看管倉庫的差事，悄悄的離開了叉港……

十七、鄉野傳說

連著幾場驟雨之後，老鼋塘裡的那些飄浮的衣物，有的沉入塘底，有的漂到淺水邊，濡染著綠苔、萍葉和泥沙，那雙繡鞋久經日晒雨淋，也已褪去了它那鮮艷的顏色，不再引人注目。

人們似乎已經由這事故發生之地，跳到另一面去了。

重修後的鼋神廟不是更引人注目麼？叉港不是大地方，只是無數臨河碼頭中的一個碼頭，能有這樣神奇的事故，能有這樣一座廟宇，實在夠使人滿意的了。

秋空朝高處遠處推開去，當爽氣的晴天，雲更潔白，天宇更顯得澄藍，那彷彿是一幅畫卷，不知是哪個慧心巧手的巨匠，把它蓋在極細極白的絹面上，尋不著一絲污跡，半點塵埃，……就在那種天和雲的背景下面，畫似的矗立著鼋神廟翻修的廟脊，那嵌著花瓦的脊身足有兩尺來高，脊頂上面，站著一組一組五色的立雕，大都是些人們熟悉的、跨鶴乘雲的神仙人物，脊翅斜斜的朝上飛起，標露出瞪睛賁鬚的龍頭，彷彿在那兒誘引著人們去膜拜。

凡是去燒香拜廟的人，都會到後殿去參拜鼋神娘娘，——一個新的女神，她的立像在內層神幔的前面，外層的黃幔高高挑起，讓人們都能夠看見她，看見她纖長的合十的手，和她罕有的美麗的姿容……。

那座神像是縣城裡最有名氣的塑像店雕塑的，一點兒也不像活潑潑的閨女盈盈，倒有幾分像是法相莊嚴的觀世音；但叉港上的人們都說極像她生前的樣子，他們以爲做了黿神娘娘總該換一副娘娘的樣子。

秋季是碼頭上最熱鬧的季節，各地輾轉運來的米糧、豆餅、落花生、山藥、百合、各類打捆的藥材，像山一般的碼頭兩旁堆積著，等待裝船運到外埠去：凡是來到叉港的客戶和船戶，沒有人不爭著去逛黿神廟的，他們有的擠在香棚裡，有的擠在茶樓和酒舖裡，有的躺在娼戶的矮屋裡，度過情味不同的夜晚，但他們都會聽到有關於老黿塘的諸種神奇怪異的傳說，包括了他們最愛聽的——香棚裡的閨女變成黿神娘娘的故事。

「只見黿神馱著拖下水，一直沒見她的屍首浮上來，」酒舖的主人常常這樣的跟懷疑的酒客爭論著，用這種不可懷疑的證據表示他比別人聰明：「不是嗎？哪有死人不起水的？只有黿神娘娘才這樣……」

管理香棚的小廝，愛指著坐在廟門口的瘋老琴師給香客們看，告訴他們說：

「哪還有半分假來！——那個老爹，就是咱們黿神娘娘在俗世的爹，也許娘娘保佑他，打她成仙之後，他的瘋癲毛病就好得多了！」

這種神奇怪異的故事是說不厭也聽不厭的，說的人每說一遍，就要把它修飾修飾，讓它更動聽更圓滿些，總要說得別人點頭相信爲止；聽的人轉述時，也會很自然的加上點兒什麼，使它更爲多采多姿。

當這神奇怪異的傳說正在河上風傳著的時候，一條船在叉港的碼頭靠泊了；艷艷的晚霞在西邊燒起一把大火，河面上每一道漾動的粼波都是橙紅的，有些歸巢的鳥雀飛得很高，橫掠過河面，那些林立的船桅頂上，已經亮起疏疏落落的桅燈；那條靠泊的船下了錨，橙紅色的光波漾動著船影，跳板一搭，那些野漢子們便陸續的跳上岸來。

「真它媽山不轉水轉，一轉眼似的，真又轉回來了！」說話的包鴨子左右晃動著身子，歪歪拐拐的，一副興高采烈的樣兒。——走長班船的漢子，在黃昏時定泊，兩眼一望見河街，就會像這樣的輕快。

「慢點兒高興，鴨子。」趙大漢兒在後面拍拍他的肩膀說：「你昨夜輸得差點兒脫褲子當當，見了狄虎，你那份喜禮怎麼出法兒？」

「嘿嘿嘿，你放心，我早就預備妥當啦！」包鴨子縮著脖子笑說：「你總愛門縫看人，把人給看扁了。」

「我就不知你準備了些什麼？」老徐說。

「我準備了一張嘴，」包鴨子說：「還有一筆灰賬（意即欠著不用償還的賬目。）——能吃著狄虎那小子的喜酒，就算沾了喜，有什麼不樂的？」

「你怎知有喜酒等著你吃？」老徐說：「你也先甭樂哉，等到見了傻小子狄虎再說罷！我看他辦事，未必如你我所想的那麼快當呢！」

他們站在碼頭上，朝四邊眺望著。短短的一段河街上，業已亮起燈來，黃昏沒盡時的燈火，黯黯柔柔的，像一朵一朵的黃色睡蓮，寂寂的浮著，茶樓裡的書場還沒開鑼，但那一帶的店舖裡，總是擠滿了消磨黃昏的客人，把他們浮泡似的言語和浪溢的笑聲，懸掛在油紙窗外的矮簷間，好像北地豐收後懸著紅玉米和高粱種子似的，給人一種溫暖豐實的感覺。

碼頭兩邊，露天堆積著的貨物上，蓋著油布和草墊子，有幾個看貨的小廝就躺在貨堆上，閒閒的哼唱著小寡婦上墳之類的俚俗淫冶的小曲兒，那濃濃的鼻音，也擠出了他們心眼兒裡的遐思……。

「咱們該去哪兒呢？」包鴨子說：「是賭？是醉？還是去矮屋鑽那貓騷被？」

「我得先去找狄虎。」趙大漢兒說：「你們先到酒館去佔張桌子。」

「誰說不找他來？」包鴨子呶呶嘴說：「他不在倉房裡，叫咱們一時到哪兒找去？你們沒瞧見倉房的門上掛著羊角鎖嗎？」

「他能走到哪兒去？」老徐笑笑說：「咱們繞彎兒爬土級，只怕一到香棚裡就把他給拎出來了！」

「對！」趙大漢兒說：「咱們一道兒去瞧瞧去，看他跟那會罵人的丫頭，究竟熱火成什麼樣兒了？」

「咦，個把來月沒來叉港，這兒變了樣兒啦！」包鴨子說：「你們瞧那黿神廟，修整得多氣派！」

殘霞的光影，落在新修的黿神廟的脊瓦上，殿脊背後，襯托著逐漸黯下去的天幕，兩相比映，越發顯出光艷艷的廟宇的突出來，那些立在脊頂上的神仙人物，彷彿真的騰雲跨鶴，飛升半空，這情景，直把趙大漢兒他們瞧得目瞪口呆。

「我的乖乖，瞎老廟祝在哪兒撈著了，把個黿神廟修整得這麼排場。」

「無非是靠著黿塘裡的這隻烏龜王八發財。」

他們一路談說著，爬到香棚門口，再那麼一瞅，三個人都愣住了，原來那座香棚改了樣兒，一盞吊燈下面坐著的，不再是笑靨迎人的閨女，卻是一個黃皮寡瘦的看廟小廝，鼓瞪著兩隻金魚眼，衝著門望呆呢。

「噯，我說，小哥兒，」趙大漢兒開口問說：「這兒的香棚換主兒啦？——早先那個最會罵人的大閨女到哪兒去啦？」

「我猜，八成是跟哪個白臉後生跑了罷？」包鴨子的嘴閒不住，插上來湊趣說。

「你們準是船上剛來的，不知不該罪。」小廝肅然的說：「若叫叉港的人聽著你們隨口污蔑黿神娘娘，只怕不容你們脫身了！」

「嗯？黿神也作興娶娘娘？居然又娶了個人去？」

「怎麼不作興？」小廝說。

包鴨子一向有些油嘴薄舌，攫住機會指著小廝說：

「那麼當和尚的，也該娶個老婆囉！」

「施主，您口舌上多積點德，甭拿出家人開玩笑了！」小廝說：「方外人怎能娶老婆？您這話說得太沒正經了。」

「沒正經？」包鴨子伸著腦袋：「我還是西天取來的『一本正經』，——和尚不娶老婆，就得跟太監一樣，把下半截兒閹掉，要不然，有誰去伺候那個黿神娘娘呀？只怕那個愛捻酸吃醋的黿神不敢離廟了，祂能不防著他們那些如狼似虎的單身和尚？……」

趙大漢兒心裡有事，一聽包鴨子儘跟小廝胡扯蛋，越扯越不成話，就打斷他的話，朝小廝說：「弄船漢粗野慣了，說幾句無心的玩笑話，你也甭多計較，咱們只是想問陶家這父女倆哪兒去了？」

小廝猶自瞪著包鴨子，直等趙大漢兒提高嗓門，把話再問了一遍，這才掉轉臉來，乾嚥一口吐沫說：「黿神節後，這兒成天落雷雨，那時就聽人傳說，說是頭一場雷雨時，黿神就現了真身……」

「不錯。」老徐在一邊拖張長凳坐下說：「那時節，咱們的船還泊在這兒，這些也都聽說過的。」

趙大漢兒把兩肩朝上一聳，嘴角笑得歪歪的，當然他清楚的記得他自己說過的謊話。

「你朝下說罷。」他說：「咱們全在聽著呢。你說這香棚的閨女怎樣了？」

「下面有個看管庫房的，叫……叫什麼什麼狄虎。」小廝說：「有天落雷雨，半夜裡他做了一個怪夢……」

「怪夢？」趙大漢兒對著燈霎霎眼，一種直感告訴他，好戲來了！但他表面上沒露聲色，平靜的問說：

「他夢著些什麼呢？」

「他夢著雷火劈倒了這園子裡的洋槐樹，又燒毀了這座香棚，」小廝說。

「真有這回事情？……我是說那雷火。」老徐說。

「哪有半分假？」小廝指說：「那棵叫雷火劈裂的洋槐樹，差不多有上千人來看過，枝葉全是枯焦的，前些日子，師父才著人來把它鋸掉，弄去燒火，你們看這屋角，有幾根樑木沒抽換，一頭還都是帶些焦糊呢！——若不是雨水灌進來滅了那把火，只怕整座香棚都化成了一片灰燼了……。」

「真是怪夢！怪夢！」包鴨子搖頭晃腦的說。

小廝餘忿沒消，重新瞪了他一眼說：

「這哪算得怪？更怪的事還在後頭呢！——他還夢見黿神腳踏四朵雲，在雷火閃光時，冉冉的打老黿塘裡飛升上來，把香棚裡的閨女馱進塘裡去了！」

「天喲！這難道也是真的？」包鴨子手摸屁股跳起來叫說。

「有人親眼看見的。」小廝說：「這難道還是假的不成？」

「不論是真是假，都離奇得離了譜兒了！」老徐說：「我實在不敢相信，狄虎做的夢怎麼會變成真的？也許是閨女受氣投了塘，機緣巧合上了！」

「先甭嚷嚷，」趙大漢兒說：「人家的話還沒有說完呢！咱們先聽他說完了再嗨。」

門外的天色，說著說著的就黑下來了，黑蝙蝠從暗角裡飛出來，在人頭頂上抖動著牠們極薄的肉翅，刷刷有聲，帶給人一股子玄異的感覺，秋蟲子在階前簷下唧唧的交鳴著，把秋夕的空氣攪弄的很僵涼。

小廝合起手說：「我曾把這事說給好些位初來叉港的施主聽，他們乍聽我的話，也都不敢相信的。……你們剛剛打老黿塘邊經過，那時天還沒有黑，你們朝塘裡看，就能看得見塘邊飄浮著的衣物和一雙遺下的繡鞋：按理說，她若是投塘溺死了，總該浮屍起水的，但是沒有！這是沒法子解說的。人們為這個，集資重修了黿神廟，加塑了黿神娘娘的金身；假如是一般投塘自溺浮屍起水，就算是有夢在先，也不至於這樣四方轟動的。」

「你說的不錯，」趙大漢兒說：「但那發了瘋癲的老頭兒呢？」

「您說老陶爺嗎？」小廝說：「現由廟上供養著他呢，看上去，他要比早些時要好得多了。」

趙大漢兒打兜囊裡捏出一小疊銅子兒來說：「替咱們也各抓一把香燭，咱們先上廟裡去瞻仰瞻仰那位黿神娘娘去，好歹也算是開一回眼界。」

小廝抓妥了香燭，趙大漢兒衝著那倆個丟了個眼色，三個人就退了出來。

「這究竟是怎麼一回事兒？」走到黑裡，老徐停住腳說：「還說什麼黿神娘娘不黿神娘娘？簡而單之一句話，就是說：閨女投塘死掉了！……傻小子是怎麼弄的？硬把個水花白淨的大姑娘窩囊出這種結局來！」

「嗨，想起來真的秋氣！」包鴨子說：「這麼一來，非但喜酒喝不成，瞧光景，咱們還得帶隻黃盆去找狄虎，——好等他的眼淚呀！」

「你們不用像這樣浮燥，」趙大漢兒說：「好在咱們在叉港上還有幾天好停留，聽話總能多聽一圈兒，事情未必就如小廝說的那樣簡單，等咱們找著了狄虎，就會問得出真正的緣由來的，那傻小子心裡藏著很多鬼爪兒，一點也不傻，有他在叉港，怎會讓盈盈去投老黿塘？還有心跟人去編那種怪夢？……依我看，小廝若不是道聽塗說，就是存心造謊，不信？不信你們就瞧著罷！」

「對！對！」包鴨子拍著他自己的後腦杓說：「傻小子只是在用情這點上，真個是叉專叉傻，閨女盈盈若是投塘自溺死了，他不跟著跳下去才怪呢，哪還會去跟那些不相干的人去說夢啊？……我這腦袋瓜子紋路不多，你不說，我還想不到呢；你覺得怎樣？老徐。」

老徐用手捏了捏下巴，穩沉的說：「我想的可沒你那樣輕鬆，說真箇兒的，小廝說的話，雖未可全信，但則香棚的閨女投水死了，也許是真的，……她爹是個瘋癲人，她又嬌蠻任性弄慣了的，不過在沒見著狄虎之前，一切都拿不定罷了！」

三個人一路胡亂的猜測走進竈神廟去，在那座雖然不甚宏大但卻髹漆一新的後大殿的神臺上，果真看見了那個竈神娘娘的金身。

一盞南瓜形的盤捻兒佛燈，垂吊在神龕的上方，那麗亮的黃光，正射落在竈神娘娘的金色臉額上，那臉孔，那眼眉，在神佛中說起來，算是異常美麗的，有一種祥和、莊穆、慈悲、敦厚的神情，瀰佈在她的眉宇之間，望著那種神情，就會使人安靜順服，彷彿在天上，在雲中，真的有著這麼一位慈心美麗的神，在關注著這一方的禍福、命運和風雨……趙大漢兒恍惚曾經聽誰說過，說是那些雕刻靈像的匠人們，在雕塑神像之前，照例都要齋戒沐浴，焚香默禱，禱求神靈在他們的夢裡顯像，好讓他們依照初夢中所見的形象刻意的描摹。

「這個塑像的傢伙卻沒夢見過閨女盈盈！」趙大漢兒仰起臉，出神的望著那尊塑像，心底下翻湧起這麼一種聲音：「他塑出來的不是她，沒一點兒相像的地方。」

他略閉了一閉眼，潮溼的悲哀淌進他的心裡去。一滴一個記憶，一滴一個畫圖。自己不後悔多事，硬把傻小子狄虎牽進她的夢裡，狄虎是個正經人，至少他把每個日子都看得煞有其事，自己算是飄萍浪跡的過來人了，不忍看他把野勃勃的一生在河上埋葬，他該有個家，像鳥雀有個安安穩穩的窩巢……她呢？雖說嬌蠻野氣些，卻是個好女孩兒，橫看豎瞧，都恰好跟狄虎配成對兒，就算結局真的弄成這樣，那也只算是意外了！

盈盈那閨女只是個透活的女人，天生不是做神的材料；他還記得他初次引著狄虎來逛香棚的夜晚，她在黑裡跺著腳罵人的事，記得另一個霞影滿天的大清早上，他拿她和狄虎逗趣，她發了火，差點兒把一桶水潑在他頭上，她追他，一直到土坡下面，臉上罩了一層紅馥馥的霞暈，額角和鼻凹裡，都沁出細小的汗粒兒，把她那張白臉滋潤著，顯出一種艷麗的光影，好像灑過水的鮮花一樣……。

她是個透活的人，很少有姑娘家敢像她那樣子，一個人跑到碼頭上，費上一整天的功夫罵人出氣的，她不是那種遇上一點兒困難挫折就一把鼻涕一把淚，就認命投塘了此一生的嬌柔女子。她同樣也不是神！沒有什麼樣的神像她那樣愛動火性，愛唱唱似的隨口罵人的。

這叫人怎樣替她辯說呢？如今她竟然被人塑成一尊神了，即算她是神，她也只該是屬於狄虎的神，他知道狄虎爲什麼願意單獨留在叉港，他心上只有她一個人有著足夠的分量。如今，夜風從殿外來，搖著寂寞的大佛燈，也搖著她寂寞的影子，那些焚香頂禮膜拜她的信徒們，有誰真能懂得她的心意？也許只有夜懂得，秋蟲懂得……。

「你瞧，那瘋老琴師在那邊呢！」包鴨子蹩過來，悄聲的說：「要不要過去跟他說些什麼？」

「算了。」趙大漢兒嘆口氣說：「咱們先去找狄虎倒是真的，你還指望在瘋子嘴裡掏出什麼話來？」

他們去找狄虎，仍然碰上鐵將軍把門，只好回到酒舖裡去，要了幾樣小菜，悶悶的喝酒，正好碰上一個岸工，趙大漢兒拉他同桌喝酒，跟他談起狄虎來，那岸工說：「你們在北地沒碰著他麼？他辭工不幹，算來也快半個月了罷。」

「嗯？」包鴨子驚說：「你是說：他已經不在叉港了？他好端端的幹嘛要辭工？」

「這個誰知道來？」那岸工捏著酒盞說：「他要走，又沒誰能拿繩兒拴住他的腿。咱們一向是各幹各的活，各端各的碗，你是知道的。」

「他是一個人走的？」老徐說。

「對。」那岸工說：「我還記得，他走的那一天，還跟大夥兒辭過行，說他要回北地去，他只是一個人，拎著一隻輕巧的小包袱……。」他說著，忽然想起什麼來，抬頭問說：「你們急著找他，敢情有什麼要緊的事情？可惜他沒留話給誰，也沒說他要去哪兒。」

「一條船上的老伴當了，」趙大漢兒說：「咱們既來叉港，怎能不找他聚聚來？誰知這小子，竟這麼不聲不響的溜回北地去了！喝酒罷，——像咱們這類人，船一靠泊下來，除了喝老酒，還會有什麼要緊的事情？」

喝酒罷，真是的，粗野的浪漢的人生，多半在這小小的酒盞裡沉澱著，就是有什麼納罕，有什麼焦慮和悶鬱，一抓著酒壺，就彷彿愁消悶解了！

那岸工喝罷了幾盅酒，拱手道謝離了座，轉到隔壁的茶樓書場上聽書去了，趙大漢兒他們三個，還在那兒喝著悶酒；隔壁書場上的小鑼小鼓聲，夾著說書人那種特有的，低啞、哀淒的嗓門兒，穿透一些毫無意義的喧嘩傳過來，隱隱約約說一些聽熟了的悲歡離合，一些遙遙遠遠的歷史的奇情，這些都是打同一個師傳傳下來的唱詞和說詞，簡直沒什麼好變化的，變來變去，也還是大同小異那一些；這邊的鄰桌上，也有人提起閨女盈盈變成黿神娘娘的傳說，跟小廝所講的，也只是大同小異罷了！

「回船睡覺去！」趙大漢突然擲下酒盞說：「找不著狄虎，我是越想越糊塗啦！」

「要回你倆先回船，」包鴨子說：「我它娘不死心，還得找人，多打聽打聽呢。」

事實上，打聽和不打聽，多打聽和少打聽，結果都是那麼一回事兒，世間凡是能在民間普遍傳流的傳說，沒有幾個不是像這樣子完整而又單純的，他們能夠頭頭是道的說出使人相信的道理，若說討證據麼，都可是人證也有，物證也有，事證也有，因此，傳佈傳說的人們對於懷疑者，通常是流行這種樣的結語：

「噢，就是你一個人聰明？——咱們大夥兒難道全是傻瓜？」

包鴨子就被人這樣的頂撞過。

「在沒找著狄虎那小子之前，我是至死也不信閨女是投了塘，變成那個裝了金的木偶的？」他執拗的說。

「眾口礫金，你拿他們有什麼辦法？」老徐在船頭上吸著煙，故意拿滾油去燒火，他越這樣澆，包鴨子越叫他激得冒火了。

「我它媽真想潛下塘去摸摸，看看塘底下躺沒躺著一具屍首？」他說，聲音飽含著激憤不平的意味：「我說，閨女盈盈若真是下了塘，準有屍首在，鬼才相信她變成什麼黿神娘娘，肉身成道昇了天？」

「這話又是空話了，」老徐挑眼兒說：「在叉港上，人人都知道老黿塘是座神塘，無論年成再怎樣乾旱，它也是滿滿的一泓綠水，永也不會乾涸，——傳說這塘心的地穴一直連著東洋大海，你到哪兒去摸什麼屍首去？你說的不是空話嗎？」

「你等我相信了再說罷，」包鴨子說：「咱們都還有口氣在，等著瞧，這兒地勢高，常鬧旱，等到大旱年成，就是鹽河見底，不能行船了，我也要夥著你跟大漢兒一道，騎牲口趕旱路來瞧瞧，……老黿塘究竟不是大海，它終有乾涸見底的時刻，若是閨女盈盈真的投了塘，若是塘有一天真的見了底兒，我姓包的敢跟天下人打賭——那塘心就是不見屍首，也會有一具女人的白骨骷髏！你敢打賭嗎？」

「我有什麼不敢的。」老徐悶悶的說。

「你呢？大漢兒。」

趙大漢兒習慣的聳聳肩膀笑說：

「我有什麼好跟你賭。——我跟你的想法一樣呢！」

「也許在老黿塘現底兒之前，咱們就找著了狄虎！」老徐也笑說：「我倒盼望咱們找著的，不只是他一個人，還有那個活著的『黿神娘娘』。」

「也不錯。」趙大漢兒說：「我呢，可也這麼想過，也許除了他和她，還有幾個新添的兒女呢！」

「你還是牆頭一棵草，風吹兩面倒嘛！」包鴨子說。

「倒也不是。」趙大漢兒說：「我覺得你們倆個的想法都有道理，可又是一而二，二而一的事情，不是嗎？閨女若是不死，準是跟了狄虎，若是死在塘裡，塘底下準該有具骷髏，對我來說，我當然盼望閨女還活著，年輕輕的一朵花似的人沉屍塘底，未免太慘了啦！」

船上的夜晚，又安適又清涼，兩岸古老的石燈，在河上泅泳，搖成一條條亮晶晶的曲折的光柱，彷彿在那兒默默的撐持著他們的玄想。

這一回，他們在叉港沒能停留幾天，船上業已載滿了貨，明天雞啼的時候，他們又要走了。

「對啦，我可又想到一樁事情了，」包鴨子說：「假如照咱們所想的，——不論老徐對，還是我對，那個加塑的黿神娘娘的金身，還能在廟裡站得住嗎？」

「有意思，」老徐說：「只怕連那個傳說裡的老黿神，也會在人們心眼裡變成撒謊的大王了！」

他們在二天起錨的時刻，把這話跟船上的漢子們說了，結果，他們彼此紛紛的議論著，使清晨的河港上，一路撒落下他們鬨鬨的笑聲……。

這些不信神的野漢子們，正爲了閨女盈盈的命運，在精神上，跟古老的傳說挑戰，要在未來的日子裡，賭一賭究竟是誰輸誰贏？

十八、金身

流水這樣的淌過去，日子也跟著淌過去。

老鼉塘總是不見乾涸，船上的漢子們竟再也沒找著狄虎，歲月的雕刀，鏤刻著他們的臉額，使他們一張張曾經是光潤油亮的，紅銅色的臉子上，佈滿了一條條縱橫深密的皺摺，他們那些曾經飽滿明亮的黑瞳子，也逐漸的灰黃帶黯了。

河上的風霜，也已經染白了他們的鬢髮。

甭以為半生辛苦的野漢子們，都會有個平寧安適的老年，在長長的河上飄泊，幹定了這一行的人，當他們還活在世上的時刻，從不知人生還有什麼樣美好的休閒。

打那年的鼉神節算起，晃眼已經十六個年頭了。

趙大漢兒、老徐和包鴨子三個，還在同一條船上混生活，所不同的是那條舊船換成了一條新船，但這只有把他們襯映得更老。

老徐的身子要弱些，又鬧喘，已由扛包的差事，換成了掌舵的老水手，包鴨子升成扛伕頭兒，雖不跟著扛貨，但他對裝貨的經驗足，船上還是少不得他；趙大漢兒雖然白了頭，但身子倒跟當年一樣的結實健壯，在這條船上，他是百務總攬，——代替船主當家了。

有了這三個不服老的漢子在船上，這條船不但行船快，就連船歌聲也比別的船更要響些兒。他們仍然不定時的在叉港上靠泊，過著和早先一樣的日子。

新修過的黿神廟，也逐年逐年的黯灰下去了。那黿神娘娘的傳說呢，在下一代人的嘴裡，已經變成久遠年代的古老傳說的一部份；人們的習慣如此，很少去探究那傳說的真實性如何？只把它們當成一些點綴性的故事。黿神廟裡瞎老廟祝和那瘋老琴師都已經死了，瘋老琴師被埋在土崗背後亂塚邊的一座墳裡，瞎老廟祝的墳埋在廟後的坡頂上，它和河口的鎮水銅牛，神異的老黿塘，以及河兩岸的古老石燈一樣，變成叉港上的風景……。

在坡頂上放牛羊的孩子們，在河港裡撈魚摸蝦的孩子們，都熟悉這個故事，酒舖裡消閒的酒客，青石級上浣衣的婦女們，偶爾也會說不厭的重新提起它來，那也只是信口說一說，提一提，沒有人去認真的追溯它的真相了，即使是怪誕又如何呢？在平靜悠閒的日子裡，這故事總算是填補了一些人心的空白。

石燈和桅燈夜夜輝亮著，河面的每一片波浪，都是片片疊疊的銀色的光瓦，傳說裡的少女盈盈，彷彿就被人認定是永住在那水晶般的光瓦蓋成的宮殿裡，無春無秋，無冬無夏，她已經在日子的外面，時光的外面卓立著，永保她的青春和她美麗的容顏……美麗的叉港總該有些美麗的故事映襯的罷？

有多少飄流在長長河上的浪漢們喜歡叉港，他們愛上這夜晚河上的美麗的燈色，愛上那些自成段落的河街上動人的客地風情；一樣是被歲月的雕刀雕刻著，總希望那些生命的紋理，刻得深入些，細緻些，好在寂寞的暮年多一分回想，抱著姑妄聽之的心情，多咀嚼那些傳說又何妨呢？去認真追究事不關己的事情，才真是荒唐吶！

可是，這世上偏偏就有趙大漢兒、老徐和包鴨子這樣迂而不輟的人，大半輩子過去了，他們還像當年一樣，時時刻刻追探著這件事情。

十六年後的夏天，他們船泊在叉港的碼頭邊，正巧又遇上了一年一度的黿神節了，這一年的雨水不豐，即使到了驟雨季節，也都沒見雷雨。

三個人在酒舖裡喝早酒，河堆上響著雜亂的鑼鼓的聲音；打黿神娘娘加塑金身之後，黿神廟靈異的聲名就傳播到更遠的地方，每年黿神節的慶典，要比往年更加隆重得多，從四鄉趕來的拜廟人，更比往年多了一倍啦！他們也像往年一樣，沿著兩邊的河岸迤邐過來，打著一面面陳舊的黃旛和黑旛，撐著揉出無數皺褶的千層羅傘，鑼鼓手和出會人，仍然穿著那種打箱底取出來的老裝束，——紅得刺眼，黑得傖俗的馬甲和裩褲，還帶著許多黃黃白白的霉斑和褶痕，把陳舊了的歲月，明明顯顯的摺在上面，霉在上面，變成一樣馴服了的玩意兒似的，在咚嗆咚嗆的鑼鼓聲裡顫抖著。

酒舖裡很多的酒客們，爲了爭瞅這場熱鬧，都紛紛離了座位，搶到門外去瞧看，只有趙大漢兒他們三個，照樣喝著他們的老酒。

酒是辛辣的，辛辣得毫無道理，像鋒利的篾片兒似的割著人的喉管，一直割到隱隱作疼的心底下；有人說：酒跟老婆一個樣兒，年輕時初初愛上它，愛得興高采烈，卻不懂品嚐它的真味，中年時嚐慣了它，理所當然的把著杯，覺得它平淡無奇，及至老境將臨，懂得它是人生的安慰時，卻又平興起餘日無多的感喟了！

趙大漢兒覺著這些，當年進酒舖兒，和如今的況味逐漸的變得不同了，若論道理，卻也論不出什麼道理來，只是幾個人全有那麼一種感覺，早先喝著酒，總還閒不住一張嘴，不是天南地北緲無邊際的閒聊瞎話，就是打心窩黑角搜尋出一堆發霉的小事來，爭是非，抬大槓；實在沒有正經話可說了，哪怕是插科打諢，嘲笑謔罵一陣兒也是好的。後來，日子過得久了，彼此能談能講的，都已老生常談的說膩了，就會找些自覺新鮮的事，一勁兒聊它半天，但那已是事不關己了；如今怎樣呢？酒辣麻了舌頭，世上也不再有什麼新鮮事落進心裡，三個雖聚在一張桌子上卻各喝各的，各想各的，懶得動言語，偶爾抬頭互相望那麼一望，不是搖頭苦笑，就是不約而同的迸出一聲沉遲的嘆息。

一生沉落在酒盞裡，說撈麼？撈著的也只是一股辛辣罷了，什麼樣的言語能表露出這種心情呢？而門外的鑼鼓聲那樣劇驟的響著，一直敲打進人的生命的深處去，從那兒鼓湧起一些溯憶——一些平時已懶得再去溯憶的什麼。

「嗨，真沒什麼意味！」趙大漢兒不對誰說。說了之後，又用盞裡的餘酒，猛可的接進喉嚨去，想潑熄從那兒燒起來的憂煩的火燄。

但那火燄不但沒有澆熄，反而愈燒愈旺了。

「沒什麼意味，可不是？」老徐說。

「沒意味。」包鴨子想起什麼來說：「一臺戲，只演了上半臺，咱們原是等著看全本的，誰知那上半臺反來覆去的唱，一輩子眼看等了過去，就是沒見下文，真是它奶奶的——人的一生，就這麼短法兒。」

那兩個一時沒答話，老徐抓起酒壺，跟趙大漢兒添酒。空氣在別處熱得點火就能燒得著，可就在這張桌面上僵冷著，觸手冰寒。

「老黿塘沒有乾，」包鴨子萎頓的垂下眼皮去望著酒盞，慢吞吞的說：「我想，咱們這一輩子，怕是找不著狄虎的了！」

趙大漢兒笑了笑，努力把嘴角朝上翹，想把空氣變得輕鬆些、溫熱些，他說：「只能講沒碰上，是不是？老徐。——那個老小子沒來找咱們，咱們南呀北的跟著船淌，又何嘗專一去找過他來？……人生雖短，我相信機緣巧遇總還是有的！哪天機緣來了，不定就會碰上，把多年謎底一下子揭穿！」

老徐用手支著滿生鬍髭的腮膀兒，品味著趙大漢兒所說的話，過半晌，眨了眨眼，點頭說：

「你說的話，確有幾分道理。咱們這一輩子，說完當真還沒有完呢！也許一下子就能碰得狄虎，呃，也許……也許老黿塘真會在這幾年裡乾涸，老天爺幫咱們的忙，會讓咱們把這臺戲耍到結尾的！」

包鴨子固執的搖了搖頭說：

「不瞞你們說，當初誇口的是我，如今先灰了心的，也是我！希望雖還沒斷絕，依我看，機會也不太多了！誰敢說咱們還能活幾年？」

「那可不一定。」老徐說：「今年北方已在鬧旱，這兒也沒見雨水，你沒瞧他們抬著泥龍向黿神祈雨嗎？若不祈來一場雨，怎知黿塘不會乾？」

包鴨子噓口氣說：「沒辦法，只好等著瞧罷！一個人一輩子，不論事大事小，總是經不得三等二等的呢！怎知等到壓尾，又能眼見老黿塘現底兒呢？」

也許包鴨子說話的聲音大了些，把那邊那個猥瑣的酒舖主人驚動了，他急忙抹著那撮花白的山羊鬍子趕過來，大驚小怪的插嘴說：

「了不得，這兒的河道乾涸得，老黿塘卻斷乎不得乾！那是座活水神塘，乾了如何得了？叉港這帶地方，若真連老黿塘全乾得現了底，那會造成什麼樣的災情？只怕千百人的骨頭都要生黃銹啦！」

「甭駭怕，老哥。」趙大漢兒舉手搭在酒舖主人的肩頭，感喟說：「咱們如今可不比當年，都是有一把年紀在身上的人了，天就是塌下來，地就是陷下去又如何？……何況他們倆人只是說的玩笑話，哪有那麼巧？說了就真的能應上？」

「啊！這倒是真的！」酒舖的主人這才釋然於懷，吐了口氣說：「黿神娘娘是在叉港這塊地上長大的，這兒也算是她的家鄉，有她在，她不會不保佑這一方的，真讓叉港鬧出那樣的大旱來，不但地上的人受苦，只怕黿神廟上也會缺香煙呢！」

鑼鼓聲震天動地的響著，包鴨子突然發狂的大笑起來，指著酒舖的主人說：

「幸好你聽話沒聽全，要不然，真怕會嚇壞了你，你知咱們剛剛在說些什麼？——咱們是在拿你們的那位黿神娘娘打賭，賭她如今還是活在世上？還是沉屍在塘底？老黿塘要是不乾涸，咱們怎好撈起她的屍骨？」

「絕沒有這回事！」酒舖的主人說：「提起這事來，誰也不會比我更清楚，……那夜老陶爺大發瘋癲病，在這兒揮著二人奪亂砍東西，是我夥著酒客和店夥把他降住了送回屋的，那時雷雨正狂，她不在屋裡，我們拎燈去找她，管庫的小夥子夢著黿神馱了她下塘，還有人也親眼看見的，塘裡有她的隨身衣物，塘邊有她的繡鞋在，這是錯不了的，但她始終沒起水……塘底要真有屍骨，當時哪有不浮上來的道理？」

「不興有人在塘上故佈疑陣嗎？」包鴨子睞著兩眼，跟對方頂上了。

「故佈疑陣？」酒舖的主人也跟著把兩眼瞇成兩條細縫，猶疑的說：「你說，有誰為這事去故佈疑陣啊？」

包鴨子轉臉去望望趙大漢兒說：

「事情已去得這麼遠了，咱們不妨把實話說給他聽聽，你覺得怎樣？」

「還有什麼不好說的？」趙大漢兒說：「事過境遷，再是說什麼也不要緊了。」

包鴨子挪挪身子，讓出一截兒長凳來拍拍凳面說：

「你坐下，我給你添一盅酒，把這本賬說給你聽。——好，我說，你該還記得那管過倉庫的小夥子罷?這一說，十五六年了呢。」

「我記得他，」酒舖的主人說：「他那時是個模樣很憨直的年輕人，好像叫……叫什麼什麼虎的，原先跟幾位在一條船上待過。」

「你說對了，他叫狄虎。」老徐說。

「狄虎他怎樣呢？」

「狄虎嗎？」包鴨子說：「他來到叉港，趙大漢兒只領他逛了一回廟，他就迷上了香棚裡賣香燭的閨女了！不用說，我講的就是那位『雹神娘娘』——你當然曉得她那野怪的脾氣，誰要是在眉眼上，言語上，有意無意的撩撥了她，她會怎樣？」

「她嗎？」酒舖的主人說：「她能罵上三天三夜！」

「算得上老街坊！」趙大漢兒說：「我就吃過她那一杯的，她只罵了我一整天——那還算是看在狄虎的面上，要不然，她那洗衣棒槌也許砸壞了我的頭，今天我哪還能搖頭晃腦的在這兒講話？」

「狄虎那張臉，敢情是磨盤做的？在她眼裡，他當真有那麼大的面子？」

「倒也差不多。」包鴨子說：「她對誰都是白眼朝前，只有在狄虎跟前，才肯把那對黑眼珠兒捧出來，……你明白這個，就該知道他爲什麼不跟船，反要離開大夥兒，獨留在叉港的了！——他跟她暗裡早就有了意啦！一個是非卿不娶，一個是非君不嫁，只是明裡瞞著人，叉港上沒人知道罷了。」

酒鋪的主人聽了話，雙肩震動了一下：

「你的意思是說：閨女盈盈沒有投塘？她是跟那狄虎跑了的？」

「八成是罷，我猜想。」

「那小子是拿夢來做幌子，跟我說了謊？」

「也不差多。」

「那……？那老黿塘上的衣物和繡鞋，全是那狄虎故佈疑陣，事先安排好了的？……要不然，又該作怎樣的解說呢？」酒鋪的主人繼續追根刨底說。

「可以這麼說罷！」包鴨子抱著膀子說：「除非是我猜想錯了，還有什麼好解說的？你信它也好，不信也好，事實上，我的猜想，至少有一半是對的。」

酒鋪的一切，在酒鋪主人的眼裡輕輕晃盪起來，他自覺有些兒暈眩，這三個花白了頭髮的老野漢子，肚子裡全裝的是什麼邪魔鬼怪呀？他們怎會生出怪念頭來呢？……一個早被加塑了金身，受八方香火多年供奉的黿神娘娘，竟還會活在世上，且是像當年她媽一樣，是跟外方的漢子私奔了的，這事情若真有了憑據，那該怎麼說？黿神廟還能算廟嗎？

他伸手攫住酒杯，一仰脖子，猛噓下一杯酒，把那份驚疑壓了一壓說：

「若是那一半呢？」

「若是那一半，事情就更簡單，」包鴨子說：「我剛剛業已跟你表示過了，她投了塘，塘底該有她的屍骨在，若沒屍骨，她就有十成是跟了狄虎了。」

「我這一輩子，從沒聽過這等的怪事！」酒舖的主人說：「我的腦袋暈暈脹脹的，連想也不敢想啦！」

「真的刷不掉，假的安不牢，」老徐說：「鼋神娘娘的傳說是真是假，總有水落石出的一天；那一天也許就在眼前，也許通過咱們短短的一生……，這世上事，真真幻幻的多得很，誰能逐項分得清？咱們之所以念念不忘這宗事兒，也只是關注著咱們那位小兄弟狄虎罷了！他們總是一對有情人，照理該有一番好收場的！」

「既碰不著他，咱們就只好盼望乾了的鼋塘裡見不著白骨骷髏了！」趙大漢兒說：「其實，咱們幾個業已花白了頭，等著等不著是另一回事，總算盡了一番心意。」

趙大漢兒的語音，是低啞、緩慢而蒼涼的，像是一陣秋白的暮風，吹捲起一攤落葉，就有那麼一種直撞入人生命裡去的悉悉索索的蕭條……這種蒼涼，立即把酒舖的主人撞動了，他低下頭去，久久的沒再說話，只是旋弄著那隻酒盞，過了好一會兒，才迸出幾句話來說：

「人，想來也真夠可憐，都這麼糊裡糊塗，人云亦云的白活了一輩子，到老了，能曉得自己糊塗的，該算是好的，只怕十個有九個都不知道呢！」

「咱們也不是聰明漢子，」老徐說：「正如你所說的，都是糊塗鬼，白把這一輩子逛盪掉了，人云亦云的事情，恆常經歷過呢！」

「只是在這宗事上變機伶了！」包鴨子帶一分嘲弄的神情說：「這也是解說不得，只好說碰巧了罷。」

鑼鼓聲匯集到黿神廟那邊去，至少有十幾班鑼鼓班子在競著敲，敲起一陣陣嘩嘩震耳的聲音的烈風，糊塗嗎？沒有一個善男信女自以爲他們是糊塗的，他們心裡，照樣的有雲有雨，也有火毒毒的太陽。

烈風盪進酒舖來，天和地都像被這股嘈音煮沸了似的，使人坐立不安，遍身滾汗。太陽被聲音震醒，推開雲片出來了。

各處的鳴蟬，開始無休的嚷熱的叫喊。

「他們在向黿神祈雨。」趙大漢兒說：「他們是祈不下雨來的，北地的大旱朝南移，看光景，叉港這一帶，也得旱一旱了。」

「我說過，假如真的旱涸了河道，不能行船，」包鴨子說：「咱們恁情騎驢趕旱，也得要到叉港來看一看老竈塘現底兒，人生難得看一臺整本的戲呢。能把這宗事看到底，一生辛苦勞碌，也是值得的。」

而酒舖主人卻爲雨水憂愁起來：

「可是這兒是靠水吃飯的碼頭，旱不得呀，我的老天爺，若是真的旱涸了這條叉港，再沒有船隻，那，那這兒不是成了鬼市？……我這酒舖兒，看來也得歇業啦！」

「我說的只是『假如』的話。」包鴨子攤開兩手說：「人，哪有真指望鬧水鬧旱的？可是天要鬧水鬧旱，人麼，也只好乾瞪兩眼看著它罷了！」

包鴨子說的不錯，老天爺可真有使叉港起一場大旱的意思，扳著那張漠漠青藍的面孔，不理會竈神廟前空場子上騰起的大陣香煙。

從清晨到晌午，鑼鼓聲不停不歇的敲響著，供品打廟裡排列到廟外來，不管是婦孺老弱，人人手裡都執著「五風十雨」、「風調雨順」、「大顯威靈」的祈雨旗兒，眉和眼充滿了焦灼的等待。

太陽是塊攬得紅紅的烙鐵，壓在那些潑著汗的腦門上，天上原有幾片淡淡的浮雲，也被那種乾燥的亢熱蒸發掉了，哪有半分雨意露出來？

但風還是有的，捲起瀰野黃沙的風吹在人身上，是黏的、熱的，彷彿那已經不是什麼風，而是一陣一陣流火，把陽光吹灼到人的皮層裡面去，使體弱的人昏倒在沙上。

「黿神爺喲，天起旱了，打打噴嚏罷，龍王爺沒受差遣，不能奉著神牌兒行天雨，您賜場小雨也行。」一個老婦人手捧香燭，連連揖禱著。

「許是雲遊四海沒回來。」另一個婦人說：「但活靈活現的娘娘總是守著神廟的，她前世是生在叉港的人，能不盡力保佑這一方嗎？」

「她怕沒有行雲佈雨的大能耐，只能代黿神爺收供物罷了！」一個鄉民說：「黿神是靈驗神，只要咱們香火供奉不見缺，把心盡到了，一天沒雨，兩天沒雨，我相信隔不多久，雨總是會來的，往年這時辰，雲掩著不開天，……雨季該到啦。」

「該到了，」一個捲著一隻褲管的漢子，舐舐乾裂的厚唇說：「再晚，早秋莊稼怎樣點種下土？——地硬得插不進犁尖，像石塊似的。」

這樣的焦慮，像霉漬似的傳染著，東一窩西一塊的人群，都在竊竊的私議了，而他們堅執著對於黿神的最後的信心，咬牙苦忍著，頂著能炙裂人皮膚的日頭，焚香、擊鼓的拜禱，又從晌午時一直苦熬到黃昏……。

天雖沒落雨，但人們都是懷抱著希望散去的，這許多年來，大旱從沒侵襲過靠近河流的叉港，這兒以耕種爲生的人家太少，即使天不落雨，河裡一時也斷不了水，何況還有那座傳說永不會乾涸的神塘，會供給居民的飲水呢！當大夥兒恐旱的時刻，那座崗丘環抱的、碧珠般的老黿塘，就成了他們信心的根源。

趙大漢兒他們的那艘船裝妥貨物之後，在第三天的清早起錨離岸了，離岸前，他們用酒葫蘆到酒舖去灌酒，喜歡嘮叨的包鴨子又跟酒舖的主人打起賭來：

「我說，天要是再這樣旱下去，一秋不見雨水，我敢保險，你們的那座神塘也會底兒朝天的。」

「有什麼好賭的呢？」酒舖的主人鎖著眉，憂愁的說：「等到那時刻，我的酒舖關了門，你們的船，只怕也該上架兒了！」

「你老哥的年歲並不比咱們大在哪兒，」老徐抓著酒葫蘆說：「人可以老，千萬甭讓憂愁把人給壓倒，包鴨子可不是神仙，他嘴裡吐話沒那麼靈驗，只不過是隨口說說罷了。」

酒舖的主人苦笑著，無可奈何的聳聳肩膀。

千萬甭讓憂愁把人給壓倒！這句話，真要比黿神廟裡早晨撞鐘的聲音還響，在人耳際嗡嗡不絕的縈迴著；他站立在酒舖門口，看看那條船起錨解纜，明艷的晨光洗著船身，他們豁去小褂兒，精赤著上身，跟年輕的水手們在一道兒打號子，一道兒動著，一片充滿蓬勃朝氣的高亢的呼喊聲中，滲和著他們三條粗沉宏亮的嗓子，使那種歌聲更有著動人的力量。

趙大漢兒掄著長篙，挺著他寬闊的胸脯，把篙頭點著石砌的河牆，使那條船緩緩的移向河心去，他的姿勢是那麼樣的雄昂，筋球在他粗大的臂膀間滾動，連背脊上都凸起銅塊一般的角線。

包鴨子站在船頭，領著一批扯篷的水手，打著輕快急速的升帆號子：

嘿呼，嘿呼，嘿呼，嘿呀！

嘿呼，嘿呼，嘿呼，頭索低呀，二索緊呀，

偏向東南好迎風呀……

船到河心進入航道了，老徐安閒的坐在舵樓上，以極爲熟練的手法，輕輕轉過舵把兒，使頭對準航道的正前方；篷的一聲帆震，接著是一陣歡呼，船身朝前箭駛開去了。

酒舖的主人覺得有些黯然。

他們是那種經常穿透憂愁捆束的人，長長的河上的世界是廣闊的，那廣闊的世界冶煉了他的胸膛和肩膀，也給了他們野性的力量，他們像河面上沒遮攔的風一樣，是飄泊，是遊歷，同時也是在完成某一種征服，——至少他親眼看見他們征服了他們自己的憂愁。

老鼉塘或許有一天會乾涸。

但這世上所有的河道不會完全乾涸。

鼉神廟或許有一天會倒塌。

但這世上卻不會沒有這樣野性的弄船人。

——他們會比神活得更爲久長……

千萬甭讓憂愁把人壓倒！這樣有力的話一落到自己的心裡，就那樣的軟弱無力了。

酒舖的主人拖著腳步，走回那低矮陰黯的舖裡，從童年起始，他就站在這兒，在爹的膝蓋上，看那許多張陌生的或是熟悉的人臉，聞慣了從甕口流溢出的酒香味，也聽熟了酒客們傳講的那些故事……生活在叉港上的人，多是講說這兒發生過的、古老神異的故事，他們講說鎮水銅牛的來歷，一直用誇耀的語氣說到當初治水南遊的大禹王。

「甭瞧叉港是個小地方，地上踩過大禹王的腳印子呢！」爹也這樣的誇耀過，彷彿幾千年的那份遙不可及的榮光仍亮在他的臉額上，自己就想不出那些故事和眼前的日子究竟有著什麼樣的關聯？

同樣的，他們也津津有味的說起老黿塘，以及那和龍同根同族的巨大神黿，從祂所行的諸種神蹟，這一帶的人們，都在內心默許祂是一方的守護神，這默許不容打破，不容懷疑，因此，黿神廟才會像一頂沉沉的冠冕，壓在叉崗最高的丘頂上。

打火吸著了一袋煙，酒舖的主人在櫃檯裡面那狹隘的店堂裡坐了下來，背後圍著一排紫褐色的大酒甕，一股悶悶的酒味在不流動的空氣中沉澱著，凝結著，這些年來，自己就龜縮在這裡，坐的是上一代磨得泛油光的木椅，讓那些古老陰黯的傳說把人擠得不想動彈。

他吸著煙，嬝嬝的煙霧噴騰起來，升到黑黝黝的樑頂上去，逐漸的擴散、消失，人的一輩子，也就像這一陣嬝嬝的煙，誰知自己佔著這角空間，佔著這把椅子，還能佔上多久？

瘦小的人體，像一隻晒乾的蝦米似的，聳著肩，駝著腰，朝前伸著下巴，那張臉上的皺紋全朝鼻尖聚攏，越發像是一隻生得歪扭的苦梨疙瘩了。

這隻歪扭的苦梨疙瘩，年輕時也會羨慕過另外一種生活，另外一個天地，——那由眾多野漢們說話過的、廣闊的天地，但他並沒有放棄既有的酒舖，跟他們一起去經歷那個天地，他是一顆歪扭的苦梨疙瘩，獨自萎縮在生長他的瘦弱的枝枒上。

如今想來，那一切都很朦朧，都很遙遠了……他活著，比一隻酒甕所佔的地方更小，比他吐出來的煙霧更輕，一旦讓開這把磨得泛油光的坐椅，還會留下一些什麼？……千萬甭讓憂愁把人壓倒！趙大漢兒這句話，毋寧是衝著自己說的，雖沒存心嘲弄誰，卻也多少帶點兒嘲弄的意味兒，這感覺，總算把人從一場夢裡晃醒了。

不甘心這樣的被嘲弄，不甘心被方方重重的傳言這樣的擠死，但彷彿都已經晚了，晚了！他大口的叭著煙，讓濃濃的煙霧把眼也給鎖住，坐禪似的，在寂靜裡默想著，遙遠的事情不說了，單就自己曾經親身經歷過的：香棚裡的閨女盈盈變成黿神娘娘的這股傳說來說，果真有著很多值得人推究的疑點。

但當時自己爲什麼會毫不懷疑的相信狄虎所做的怪夢？相信老黿塘上飄浮的衣物和塘邊擱置的繡鞋？爲什麼就那樣的戰慄凜懼？相信那眾口礫金的說法？根本不靜下來深思默想呢？

瞎老廟祝重修黿神廟，加塑黿神娘娘的金身時，那本緣簿上，自己曾最先寫下樂獻的名字。……也許更多更老的傳言，都是另一些名字造出來的？

他又抬起頭，望望張掛在門簷上面的，沒有雲翅的天，那是一匹深湛的藍色的細布做成的帘子，把很多很多不可解的東西隔在那一邊。

他用已經不太堅固的牙齒咬住煙嘴兒，內心裡有陣火燄似的熱朝上湧，脫口便噴濺出憤然的聲音來：

「旱罷旱罷！真的旱一場也好！……老黿塘心真露出一具白骨骷髏來，黿神廟就該塌了！」

十九、久遠的謀殺

那年整秋沒見一滴雨水，叉港首先乾涸了。

開始時，河心還留有多處互不相連的小小水泊，困著成千上萬條針尖大的小魚和米粒似的小蝦，其它各處，全露出深可沒脛的黑淤土來，很多光腚的孩子和捲高褲管的婦人，揹著竹筐籮，在淤泥裡踐踏著，撿取泥中藏匿著的泥鰍、白鰻和巴掌大小的鯽魚。

慢慢的，那些含有水分的淤土也乾裂了，生出很多龜背般的裂紋，紋邊被日頭炙晒得捲翹起來，腳步一踏上去，就酥成一灘碎粉，有些地方還留著深深黑黑的人和牲口的足印，彷彿是些雜亂的模型。

小小的水泊也經不住蒸發，逐漸的乾涸，留下許多亂髮似的乾水藻，黏著白白的魚蝦的屍體，在風裡散發著一股難聞的腥氣。

一旦沒有了船隻，乾涸了的叉港上的那份荒涼，就使人不忍眺看了。崗坡上的樹木一片枯黃色，有些脫了皮、卸了葉、露出白骨似的枒叉，有些披著一身的黃沙，露出焦糊踡曲的樣子，河岸邊的沙地上，一些空魚網張在那兒，撈不住大風裡的一粒沙，原本平整的地面，也變成一片流沙的河，每粒沙都被太陽烤得熱燙燙的，隔著厚厚的鞋底，仍能燙得人腳板起泡。

那隻拖著繩索的方頭渡船，躺在斷折了的枯蘆叢裡，而河兩岸的石燈也許久沒有點亮過了。

「天啦！怎會一旱旱成這樣？」

「也許這一方犯了天譴，命該受罰罷？」

「虧得還有一座老黿塘，能給大夥兒留一口飲水，要不然，真會渴死人的！」

儘管天旱成這樣了，叉港上的人們對黿神仍然是感恩不盡的，——黿神爺總還替他們留下了半塘碧水，雖然傳說這座神塘永不乾涸，但誰都看得出，老黿神居住的地方，水線越落越低，賸下的不足半塘水了。

由於不涸的神塘的名聲太大，不單是叉港，連周近鬧旱的村落上，不分日夜，都有人牽著捆了木桶的牲口群前來汲取飲水，有的更是從十幾里開外放車來運水的，這樣一來，叉港上的人不得不集聚起來，限制外埠運水的數量。

「神塘不是不會乾的嗎？」運水的找出藉口說。

這話問出口，不由不使得叉港上的人面面相覷了；是的，每個人都知道神塘是不會乾的，但這話究竟是誰說的呢？等到要人來答覆的時刻，誰也不敢大拍胸脯的保證了！……它眼看就快乾了呀！

「天既旱成這種樣兒，要省水也得大家都省。」運水的人們又說：「誰也不能霸著這塘水，眼睜睜的看著旁人乾死、渴死、咱們也不是浪費水，只是取些去挨戶分點潤喉……」

既沒有道理攔著人家取水，只好抱著些解嘲似的幻想來互相安慰著：

「黿神怕是歸海去了，至今沒回來。」

「等祂一回來，地底下一定會九泉併發，一夜之間，漲滿一塘水的。」

就在這時刻，叉港的酒舖裡，來了三個騎牲口趕早的半老頭兒，趙大漢兒、老徐和包鴨子三個，當真爲了十多年前的那場賭約，一路跋涉著來到叉港，酒舖的主人抬起他那張苦梨疙瘩似的臉迎著了他們，訴苦說：

「你們說是要來，當真就來了？」

「當初玩笑開的太多，」趙大漢兒抹著汗說：「咱們早就一道兒發過誓，說要說得正經，做也要做得正經，說來，當然就來。」

「這兒如今沒酒給你們喝，」酒舖的主人說：「酒甕全空了，我的酒舖也關了門了。」

「咱們的船也上了架兒了。」包鴨子說。

「要不然，咱們怎會抽出空兒來看這臺子戲呀？」老徐用手指捏著唇角捲起的油皮。

「北邊旱得怎樣？」

「不怎樣。」趙大漢兒拍拍裝水的羊皮囊子說：「至少還用不著仰著脖頸來喝老黿塘的水。說來也奇，旱只旱在你們這一方呢！」

「剛剛他不是說：船也上了架兒了嗎？」

「那是烘船（按：船隻下水日久，照例要拖上岸去烘烤船底。）」老徐說：「離腳下三天路程，那邊的河水照樣行船，……老黿塘怎樣了？」

「看光景是不太靈光了！」酒舖的主人說：「你們自己去看去罷，若依我看，早晚就得乾了。」

「黿神怕是搬了家了，我猜想。」包鴨子銜著酒舖的主人說：「他搬家容易，你們搬家卻很難。」

「也不見得。」對方說：「外面在吵嚷些什麼？難道是爲爭水打架嗎？」三個人一轉臉，就看見好些在熱沙上朝老黿塘那邊奔跑的漢子，一面不知在嘈喝些什麼？

趙大漢兒趕上去，攔著其中一個問說：

「那邊怎麼回事兒？」

「聽說塘水快涸了，大夥兒都要下塘去鑿泉挑井！」那人急匆匆的說：「早年逢大旱，黿塘也沒像這麼乾過，如今塘水浸不過人的腿肚兒，快現底兒了，有人說：塘心的泉眼，怕被什麼阻塞住了？再不挑，就斷水啦！」

「黿塘快現底兒……了！」趙大漢兒喃喃的說：「說是永不會乾涸的神塘，也經不得一場大旱，這如今，那些拜黿神的人又該怎樣解說呢？」

「嗨，人嘴兩塊皮，說話善挪移，」老徐說：「就算黿塘真的乾了，他們也不會死心的，他們若不找出點兒道理來掩飾，不是直承他們全是傻瓜？」

「趕去看看去罷，」包鴨子說：「甭忘了咱們是爲什麼來的。」

老黿塘就要乾涸的消息，震動了叉港一帶的居民，大旱咄咄的逼著人，使他們全依恃著老黿塘這一塘不涸的神水，有了它，至少不會斷絕飲水，但如今，連這最後的依恃也幻沒了。

人群像爭食的螞蟻，紛紛朝塘邊團聚著，正如那人所說的，老黿塘業已算是乾涸了，它四周的崖塹乾得泛白，一些細小的灌木和藤蔓，還欲枯未枯的垂掛在崖腰，好像忍不住日晒和乾渴，想伸頭到塘底去爭喝那口餘水，崖壁底端，凸呈一道一道的水線，憂愁的皺紋也沒有那樣密法兒。——水位每降一分，該包藏著多少信心破滅的憂愁？皺紋那樣展佈著，連苔蘚都已枯死了，有些變成大塊的黑斑，沾在崖壁的凸齒上，有些變成絨狀的白鬍鬚，在風裡亂飛漫舞。

這座被人在輾轉傳說中誇爲沒有底的神塘，實際上只是一座比較深的汪塘，從塘口到塘底，也不過十多丈深的樣子。

也許它的深度，超過了這一帶開鑿的磚井和土井，也許它在群崗圍繞中的氣勢，會令人興起神奇的感覺，也許若干年來它確是沒曾乾涸過，沒有人看過它的原貌，那種荒緲的傳言才被人們深信著。

但如今它確是乾涸了，它的崖壁上層已經顯出許多齒裂的痕跡，底兒裡還殘留著一些渾濁的積水，中間凸露出一塊黃色的沙渚，有一些斷枝、木塊，裹著些半乾半溼的苔衣，歪斜的插在沙渚上，像是一面面戰敗者留下的、破碎的殘旗……

很明顯的，若不再加挖挑的話，這點兒渾水，是經不得這一帶人幾天飲用的了。

人群裡面，有些是帶了鐵鍬，繩索和筐籃來的，他們圍在塘口，嘈嘈雜雜的爭論著；有人說：瞧這種天色，一時兩時不會來雨水，這附近只有這座深的活泉，也許被什麼穢物掩塞著了，得要立時挖挑，要不然，等到老黿塘也旱得滴水全無的時刻，這兒成了火燄山，怎能活得下去？有人說：不挑塘增水，大夥兒只好逃荒到外地去！等這場大旱過去了再回來。有人不以爲然，認爲即使挑泉挖井，也該先焚香許願，並祭鼉神，怕鼉神被人下塘驚觸了，發起怒來，會降下更大的疾患災殃。

「咱們得先去問問廟祝去！」有人喊說：「這總是鼉神的地方！」

「甭問那些神棍了，」酒鋪的主人插口說：「他們也一樣要吃水才活得了命，還有比乾死更可怕的？」

「老爹說得對，」一個年輕的漢子立即附和說：「還有什麼比乾死更可怕的呢？挑泉罷！……你們不敢先下塘去挖掘，我帶頭好了，就是有什麼疾病災殃降下來，一樣會先由我承當。」

他說著，就捲起褲管，舞著鐵鍬先跑下塘去了。

經他這一吆喝，至少有幾十個漢子全脫去上衣下了塘，開始挖掘塘心的浮泥，有人把結上長繩的筐籮墜到下面去，盛滿一筐泥土時，發力朝上拎。一剎時，幾十把鐵鍬揮舞著，十來隻繫結長繩的筐籮在崖壁間起落，陽光映照出那些揮舞鐵鍬的人影，照亮他們滾汗的背脊，而以筐籮運土的人們，也發出了哎喲嗨呀，嘿呀荷喲的，宏大齊一的吼聲，震動了這塊乾旱的土地！

趙大漢兒、老徐和包鴨子三個遠來的人，最初是抱著膀子站在一旁看著，從這座螺殼形的、面臨乾涸的深塘，他們看見了傳說的真正面貌，——所謂永不乾涸的神塘，也不過就是這樣的一座深坑。接著，他們又看著這一群曾經在神前舞耀過、匍匐過、求禱過的人們，把黿神廟放在一邊，當他們為了一口求生的飲水時，他們已經用自己的雙手掙扎，去撕破他們曾經津津樂道的傳說，去向那傳說裡的黿神挑戰，那宏大的呼吼，就是他們奮搏時的忘情的吶喊，連年老孱弱的酒舖主人，也拉起衣袖上前，抓住索頭拉筐運土了。

「來罷，老兄弟夥兒！」趙大漢兒動了豪情，吐口吐沫搓搓手掌說：「咱們也來幫上一把！」

「假如真有個癩頭黿躲在塘心裡，這一挖，也該把牠挖出來現世了。」包鴨子說：「這回挑活了泉眼，該算是人手挑的，再不是什麼老黿吐水了罷？」

「我關心的倒不是這些。」老徐說：「不知他們能不能挑出屍骸來？」

「最好是沒有。」趙大漢兒說：「這樣，咱們心裡總還多份盼望，當她還活著……」

但事實卻不是這樣。

挑井的當天下午，一具白骷髏被挖掘出來，由於這具骷髏，人們又重新拾起十六年前的舊事。骷髏很完全，沒有散碎，也沒有失落什麼，它頭朝東南，腳朝西北，斜躺在那座凸出水面的沙渚上，面上被一層約有一尺來厚的積沙掩覆住，當挑井的人清去那層積沙時，它便赫然的顯現出來。

這具骷髏的出現，把挑井的人全駭住了，它會是誰呢？在叉港，沒有誰跳過老鼉塘，除了已經變成鼉神娘娘的那個少女盈盈。

骷髏那樣的仰呈著，人站在塘邊，就可以清楚的看見，有個挑井的漢子舀了半桶水，沖潑掉黏附在骨骼上的沙粒，發現那骷髏的腕骨上，還套著一隻翡翠的腕環，他便指著那腕環叫說：

「這還用說嗎？……這就是早年的閨女盈盈。還記得當時她沒見浮屍起水，大夥兒才把她當成神的！這翡翠手環，只有女人的腕上才有的。」

「看骨盤也知她是女的了。」

「無論如何，她當初投塘時，應該仰面起水的。」有人說：「當初她不浮屍水面，事情還是很蹊蹺，弄不清是什麼道理？」

「道理在這兒了！」旁邊一個伸著鐵鍬，撥著一條已經蝕銹的鐵鍊，喊說：「這不是投塘，這是謀殺！天喲！這……這是…謀殺……」

他喊叫的聲音撞在四邊的岩壁上，發出巨大的、嗡嗡不絕的迴響。

趙大漢兒他們得到這消息要晚一些，他們從小街上趕過去時，那具白骨骷髏業已被人用門板抬上來了，門板放在碼頭邊，四周圍了十多圈人頭。

「是叫人謀殺了的。」一個看過了擠出來的婦人，髮髻被擠得歪歪的拖垂著，見人就搖頭晦嘆說：「可憐那兩條骨稜稜的腿上，被銹鐵鍊盤繞了好幾圈，骷髏的頭蓋骨上，也凹去一個窟窿，那鐵鍊的兩頭，還拖著兩隻小碗大的鐵球呢！」

「那是起會時耍的流星鎚！」

「可憐的女孩子，」酒鋪的主人傷感的回憶著：「她雖說野性些，也不至於真的開罪誰？誰會對她下這樣的毒手呢？」

趙大漢兒和老徐、包鴨子三個擠進人圈裡去，天還沒近黃昏，偏西的太陽照著那具骷髏，人們終於清清楚楚的看見了。

「會是她嗎？」趙大漢兒仍然疑惑的揉著眼。

「哪還會有錯呢？」包鴨子蹙著眉毛說：「這一回，她再不是什麼黿神娘娘了！……我真不懂，當時狄虎那傻小子是幹什麼吃的？——他也許會曉得一點兒內情的，我猜想。當真閨女遭到謀害了，會托夢給他？」

「可是，如今咱們到哪兒找他去？」老徐說：「做夢也想不到，十六年後，還能讓人發覺這種謀殺的大案子。……如今，那個瘋癲的老琴師早已下了土了，瞎老廟祝也死了，狄虎壓根兒沒見音訊，可說是一切都已湮沒了，誰知道凶案是怎樣生出來的？別的不說了，單就這幾位年輕人來說，他們什麼也不知道。」

人們真的不知道什麼，他們只是依照傳說，依照當時的情形去揣測，去判別，紛紛發出不同的議論來。

有人猜測閨女一定是愛上那個船上的傻小子，因此激怒了瘋癲失常的老琴師，把她給殺害了的。有人卻懷疑是瞎老廟祝在暗中搗鬼，爲了藉著這個神蹟去向各方詐騙錢財，濫行斂眾。也有人疑心到狄虎的頭上，以爲閨女不願偕同他私奔到外鄉，他一時動火擊殺了她，又沉屍滅跡，然後藉故逃遁了的。

但這都只是私下猜測罷了……

逗著這樣鬧旱的年成，人們自顧不暇，哪還有心腸真的挖根掘底去追究去？這明顯的謀殺案子，因爲時隔太久，反顯得茫無頭緒，人們只是草草的把這具白骨骷髏掩埋在老黿塘後的崗坡上，當然沒有（也談不上）經官，因爲天還是旱下去，許多人家都準備逃荒啦！

「下半臺戲也算看過，悽悽慘慘的。」包鴨子在臨離汊港時，跟他的另外兩個老伙伴說：「我總覺還差個結尾，……弄不清她究竟是死在誰的手裡？」

「嗨，疑真似幻的，」趙大漢兒說：「人生也就像這樣的！至少我們總算看清了一點——什麼黿神現身，娶了盈盈去做黿神娘娘，全是一番鬼話，你怎不說話呢？老徐。」

「我？」老徐說：「我覺得我有好些話，要等到找著狄虎之後再說，也許這一生，真的很難碰上他了！」

真的很難碰上他了。在趙大漢兒、老徐他們的世界中，天和地都是那麼遼闊，那麼廣大，他們用風帆量過，闊步量過，垂暮的白髮量過，那忙忙碌碌的生活，間接也量著他們總歸是短暫的人生。

時間宏宏然的巨輪般的碾壓過去，時間是那麼神奇，它會蕩除很多東西，碾碎很多東西，也改變了很多事物的狀貌，大旱之後，風沙幾乎填平了那座曾經是繁華的汊港，河堆上，也都厚積著那些閃著金光的沙粒，南來北往的船群不再來了，它們把這條十里長的河道讓給了一片初茁的旱蘆葦，和很多吱吱喳喳的鳥雀。

河街呢？變成一座座無人的廢墟，那些原就夠簡陋的茅屋也已東倒西斜，窗門敗壞，再難見著人影看著炊煙了！汊港被風沙填成荒地，沒有人能夠長年久月的守著這塊遍是砂礫的荒土，任它逐漸的恢復久遠之前——沒挑成汊港時的原始荒涼的面貌。

叉港上的住戶原是這樣來的，因爲這裡有港灣，有碼頭，有大陣的船群和集散的貨物，有足夠的魚蝦，他們依附著這些生活，並不是依附著那些浮誇的風景。一旦失去了水道，便失去了貨物、船群、魚蝦……一切生活的憑藉，他們不得不放棄那些茅屋，相繼逃散，投奔各方去另謀生路。

也許因爲大旱時辰的地殼變形罷，黿神廟的後殿，從脊頂裂開一條很大的縫隙，後牆也跟著崩裂了，廟裡的神棍也一個個去了外方，只留下熄滅了的佛燈，空有香灰的香爐，讓幔裡的黿神幔前的娘娘好望梅止渴似的空守著。

有些貪財的人，撬開了鎮水銅牛的肚腹，挖去了金心銀膽，夜夜輝耀的石燈再沒誰耐心去點燃它們，任它們立在沙裡，好像是瞎子，空白睜大他們沒有眼珠的黑眼眶兒，朝著遼闊的雲天。

那裡，只有旱蘆葦的嘆息，只有鳥雀們的碎語。彷彿都是在論說當年，當年石燈輝亮的日子，扯帆扯篷的清晨，櫓聲盪響的黃昏，酒香洋溢的店鋪，人群熙攘的河街……而那些也像風裡的浮雲，遠了！散了！

那座神異的老黿塘怎樣了呢？風砂淤住了它的底兒，再沒有挑出什麼樣的活泉來，使它變成一個死水塘，綠苔厚積著，叫日頭烤成醬色，風起時，帶著一股臭味，中人欲嘔，它曾經被傳說誇成的種種神異，再沒有一樣是靈驗的了。

在有雨的夏季，淤河床中的蘆葦生長得很茂密，有許多新的灌木，也在那片起伏的土崗上生長，有更多的鳥雀飛到這裡，牠們在石燈的黑眼眶裡做巢，並且孵出一窩一窩的乳雀來，有些鳥雀會大模大樣的飛進那些窗門散落的無人茅屋去，取食從鍋臺裂縫中茁生出來的草芽，有些飛到黿神廟脊上，沐著風，晒著太陽，唱著牠們自己的歌。

牠們的日子充滿了快樂，牠們光潔的翅膀上，只駝著自然的藍天，沒有什麼樣的傳說，沒有什麼樣的神話，也沒有任何捆綁。

也就在那個夏季，有一個跛腳的漢子回到荒落落的叉港上來，他是那酒舖主人的兒子，他回來時，帶著一捆行李和一個他在外鄉娶來的妻子，他們就住在香火斷絕的黿神廟裡。

「我真不知道，你們常說的叉港竟是這種樣荒涼法兒……當初你們究竟是怎樣活的？」他的妻子說。

「當初它熱鬧得很。」跛腳的漢子說：「當初它一點兒也不像這樣子荒涼，如今河道旱塞了，集散的貨物都轉由東邊的海口、西邊的鐵路去發運了：早年那種日子，不會再回來啦！」

「那你何苦要回來呢？」

「我聽說這兒的旱蘆葦長得很好。」丈夫說：「我們可以砍伐蘆葦編蘆蓆，運到外地去賣，這種不需本錢的生意，勤苦做下去，會積蓄起錢來的。」

他和她便在那兒留下來，和快樂的鳥雀們一起過著日子，第二年的驟雨季之前，他們生了一個白白胖胖的兒子，夜晚來時，他們在燈下編著蓆，他說：

「等這孩子日後長大了，我要告訴他叉港上發生過的許多故事，尤獨是閨女盈盈的故事，我不再哄騙他，說她成了神，她是被人謀害死的，——我親眼看見她的骷髏，臂上套著翡翠手環，腳上還鎖著鐵鍊子。」

「我聽你說過很多遍了！」他的妻子說。

「但你總是不相信。」

「我不相信。」她說：「除非有人見著那個狄虎，……算年月，他還該在世上活著呢！」

「你以爲她是狄虎謀殺了的！」

「不。」她說：「我以爲那具骷髏會是另外一個人，我總是這樣想的。」

二十、沉冤大白

凡是從叉港投奔到外方去的人，都像那對夫妻一樣，不時對旁人說起閨女盈盈的故事，同時也說出他們的存疑來。——那骷髏究竟是不是盈盈？要是的話，她究竟是被誰謀害的？這件事情，像風般的播傳著，在城市裡，在鄉鎮上，在長路邊供人歇腳的涼亭裡，在鄉村村口的樹蔭下面。……有更多的人轉述著它。

離開叉港兩百來里路的一個濱湖的集鎮上，也在傳說著這宗事情了。濱湖的集鎮上的人們，特別沉迷於這個故事，因爲它跟一般的神話傳說不同，也就是說，它有著一個真真實實而又沒有收梢的結尾，這使得他們興起了一份探究的興趣，……閨女盈盈到底是被謀殺了呢？還是真的成了神？如果她是被謀殺，應該知道凶手是誰？是那個已經死去的貪財的瞎廟祝？是她當時有著瘋癲病的爹？還是那個逃遁得無蹤無影的情人？如果她真的成了神，那麼那具白骨骷髏不是她，又該是誰？

「我想，這事情得去問問荒河渡的大叔去了，」有人說：「他們是打下河那一帶來的，也曾到過老黿塘，多知道一些叉港上的事情。」

幾個年輕的打漁人在鎮梢一家名叫「秋雨軒」的酒舖裡喝著晚酒，一面熱熱鬧鬧的議論著。這濱湖的小集鎮的夜色，很美，也很荒涼；酒舖座落在一條狹長的沙洲上，前後兩面都臨著溪河，那些窄窄曲曲的溪河帶著一股子野氣，使平沙夾岸的清流中波漾著燈影，沿著酒舖的周圍，種植了很多垂柳樹，那絲絲縷縷的長條，點吻著水面，彷彿是逐嬉著銀灼灼的水上的燈華；幾條狹長的小漁船繫在柳蔭下面，船頭還張著長方形的魚網，船後是一片水蜈蚣花，夾著綠色的蘆葦，蘆葦深處，不時傳出宿夜的水鳥拍翅的聲音。

那個漁人一提起荒河渡的大叔來，大夥兒的興致全被引動了：濱湖的地方夠荒僻的，他們不懂得那家人爲什麼要選著那樣荒僻的地方安家？

荒河渡離集鎮只有三里遠，緊握著大湖口，面前是煙波浩渺的湖面，背依著一大片野林和一條野路，側面就是那一條把南北野路切斷的荒河，從集鎮上的小溪河放船朝西入大湖，正打那條通湖的荒河上走過，每回都要經過那家野舖的門口，差不多集鎮上的漁人都認得那家人，都記著那野舖的樣子。

舖子坐落在河口一座低矮的土坡上，面朝南，低低的長簷，闊闊的油紙窗，簷角吊著紙燈籠，每晚亮得一片油黃，燈籠上寫的有「荒河舖」的字樣。

那座鄉野風情濃郁的野舖子，在荒涼的背景中凸露出來，多像是一幅新鮮的彩畫！門前的南瓜棚連著絲瓜棚，棚下安放著供客人憩息的桌椅，絲瓜南瓜坐在人頭上，一片飽滿的清涼，絲瓜粗過人胳膊，南瓜大得能當雙人用的涼枕，可見主人培育它們多夠辛勤。

野舖跟別處最大的不同就是光敞潔淨，黃土牆那樣光滑，發著耀眼的亮光，棚底下找不到一片落下的葉子，恁是碗碟杯盤，都沒有一絲污跡油漬，無論一几，一草一木，潔淨裡更顯出親和的魔力來，那魔力正像是黑夜裡開出的燈籠的黃花，每一絲光蕊，全搔癢了人的心眼，使人時時願意變成一隻向光的蛾虫。

在這幾個喝晚酒的漁人當中，誰都不能確實的知道那野舖是何年何月在那兒開設的？好像在他們幼小的時刻，那兒就有著那座野舖，冬天，客堂裡燒著紅紅的爐火，春天，野舖前的坡岸上，向陽的花朵射出一片耀眼的繽紛。

不單是他們，凡是放船去大湖打魚的人，很少有人沒在那段坡岸邊歇過船，品嚐過時新的野味，以及他們自釀的烈酒，有些寒冷多雨霧的日子，漁船從湖上回來，隔老遠，就能看出河口亮著的燈光，大叔和他幾個孩子會打著葵火棒兒，在坡上搖晃著迎接來船，那些晃動的紅火，使人撥槳也會多添一份力氣。

說也真怪，大夥兒原本談說得十分火熱，一經人提起那野舖來，話聲就自自然然的中斷了，幾個各自低下頭，把玩著他們眼前的酒盞，好像那野舖，那家人，只適於沉思默想……

「對啦，大叔他會曉得老黿塘的那番怪事的。」一個終於說出話來：「我早就聽誰講過，他原是在姚家灣姚家磚瓦窯上燒窯的，那兒離叉港要近得多。」

「咱們趁夜晚划著船去那邊怎樣？」另一個帶著醉意的說。

「有什麼怎麼樣？說走就走。」

「秋雨軒的酒味淡，到那邊，咱們再喝。」

正在嘈嚷著，一個眼尖，朝外指著說：

「瞧，說著曹操，曹操就到，——那不是荒河舖的大叔嗎？他進鎮批貨來了。嗳，大叔，這邊過來坐歇兒，咱們正打算找您呢！」

他們齊聲這樣招呼著，把那位大叔硬招呼進舖裡來了，他看上去並不顯得高大，但卻足夠壯健，舉動之間，脫不了一股野勃勃的氣味，尤獨是那圈絡腮鬍子。

他身後還跟著一個大男孩子，也有十六七歲了，身材比他爹還要高些，他肩上揹著一大包煙絲，身後還跟著一條狗。

「您去過鎮上了？大叔。」

「我來批點兒貨回去。」他說：「找我有事？」

「沒事。」一個說：「只是咱們剛聽人傳說起下河那邊，叉港上發生的怪事情，說是閨女盈盈被黿神馱去，做了黿神娘娘，……後來，叉港鬧過一回大旱，乾了那座老黿塘，——您當真沒聽人講過？」

對方習慣的舐舐嘴唇，拖條長凳坐下來說：

「沒聽說過，但我逛過黿神廟，也去過那座香棚，我該認識那個叫盈盈的閨女，她明明是個活著的人，怎會變成黿神娘娘呢？」

「要真的變成黿神娘娘，那倒好了！」那個年輕的漁人道：「他們說：當初那閨女在雨夜裡失蹤時，有人夢見她被黿神馱進了老黿塘，二天又發現塘上浮著她的包袱和衣物，塘邊還留著她生前穿過的繡花鞋。……又加上沒見她的屍身浮起來，就相信她真的成了神了。」

「怪就怪在她並沒成神，」另一個急著接口說：「老黿塘在前些時乾涸了，挖泉淘井的人，還是在塘底下找到了她的骸骨！她沒有變成神，她死了！」

「她……死……了？」那大男孩說。

「沒你的事。」做爹的說：「你把貨跟狗，全都弄到船上去罷。」

「她死了，大叔。——一個被人當成神，又在黿神廟裡塑了立像的閨女，竟然會是被人謀害死的。」年輕的漁人提起壺來，替對方斟了一盅酒，饒有興致的說：「這不是怪事嗎？」

「被人謀害……你是說？」

「人全是這麼講的。」原先那個說：「骸骨的腕節上套著翡翠手環，腳脖兒上還繞著銹鐵鍊，——那就是她沉屍塘底不能起水的原因。」

對方聽了這話，緊鎖住眉頭，像是在費力的苦苦想著什麼。

「咱們幾個，剛剛還在商議著，打算趁晚涼去荒河舖找您呢。」另一個又說：「您是打下河那一帶移居來的，總該比咱們多知道一點兒。」

「我嗎？」對方手摸著鬍髭說：「你們料岔了，我知道的，一點也不比你們多，我總有十多年沒聽著誰說起汊港的事情了！」

幾個年輕的漁人各吐了一口氣，抬眼互望著，多少帶些失望的神情。

「要是你們有興致，」對方說：「我倒很想聽一聽這種怪事呢！——誰敢斷定那骸骨就是香棚裡的閨女？又怎知不會是旁人？」

「再沒有什麼樣的女人失蹤，——講的人是這麼講的。」原先的那個說：「但人們沒法子從那骸骨認出它是誰來，只能認定那是個女人。」

月亮從東邊出來了，月先從開敞著的窗戶外潑瀉進來，潑得桌面上一片冷冷的銀色，一隻夜遊的大鳥飛過去，擲下幾聲怪異的鳴叫。

那個年輕的漁人趁著酒興，重新說起他們聽來的那個傳說，對方出神的聽著，沒有打斷話頭，也沒有提出一句疑惑不解的問詢，但他的眉頭始終鎖得很緊……

還有誰能比你更熟悉這個故事呢？狄虎！他在心眼裡這樣自問著，你的盈盈沒有投塘死去，更沒有變成虛無飄渺的神，當自己編出那神異的夢境時，她已經到了姚家灣的窯上，當然，她如今仍活在世上，活在自己的身邊，她如今是荒河舖的女主人，這一帶的漁人都認得她，管她叫做大嬸兒了，除了自己，再沒有另外一個人知道她的過去，知道她就是香棚裡的閨女盈盈——

那傳說在開初並不兀突，且正如自己的料想——叉港上的人們相信了那個謊話了，有些人更利用那個謊話，編造成更多的謊話來，使鼋神廟的神臺上多了一位女神的塑像。

至於叉港鬧大旱，鼋塘乾涸了，那卻也不算稀奇，俗話：十年古路熬成河，人世間，滄海桑田的變化大多了，傳說鼋塘不涸，也只是一種謊話。奇就奇在那具骸骨上……一個腕套碧環，腳鎖鐵鍊的女人的骸骨，真使人掉在迷惑的深井裡，叉港人既沒有另外的女人失蹤，那會是誰呢？誰？

他垂下頭，在月光裡冰著。

而說故事的卻有另外一種認定，認定那具骨骸就是閨女盈盈，他們的興致放在那宗謀殺案上，想探究在她爹、狄虎、瞎老廟祝三個當中，誰會是凶手？

「三個可疑的人物，」那漁人說：「有兩個全都死了，只有一個是逃遁了的，——那個人說跟大叔您姓的是一個姓呢？」

狄虎打了個哈哈：

「你們倒很有興致追究這個？」

「談得上追究嗎？廿年前的舊事了！」原先的那個說：「咱們只是好奇罷了。」

「世上事，總還是隱藏了一點兒，聽起來才有意味，它才會逗人去想。」狄虎站起來說：「若真是徹頭徹尾的弄明白了，也就會索然無味啦！不是嗎？」

幾個漁人還待說什麼，那男孩卻在舖外叫說：

「爹呀，快些划船回去罷，西邊烏雲朝上翻，涼風欻欻的，快來雨了呢！」

「我得走了！」狄虎說。

他打簾子出了那酒舖兒，上了船，拾起槳，在道別聲裡划著船，沿著那條月光下的溪河，西邊划過去。西邊雖有大塊的烏雲翻升上來，但背後那塊天仍很晴朗，月色也還是朗亮的，槳划著水面，滿溪都是碎銀子，宿鳥被槳聲驚動了，發出不安的低鳴，水蘆葦長得很密，船舷滑過時，常會擦響它們伸出來的葉子，紫色的水蜈蚣花，大串大串的搖擺著，讓月光映出它們的顏彩。

「爹，我們要快些撥槳了，」那男孩子把狗抱在膝頭上，望著滾向月亮的烏雲說：「雲彩走得快過船，不等咱們到家，就會落雨的。」

「不要緊。」做爹的說：「再轉過前頭的這片河灣，就望得見咱們舖門前掛著的燈籠了！……我實在該划得快點兒，你媽準站在門口等著呢！」

他這樣說著，吐口吐沫在掌心裡，搓了搓手，重新抓起槳柄來，用力的划著，船便順著彎曲的溪河，飛一樣朝前滑。

他一面划船，一面低聲的唱起船歌來：

「門後種桑麻門前有柳，
快快活活的過著春秋，天天划船一百手啊，
一定能活到九十九啊……」

同樣是河，這兒卻沒有令人擔心的大風大浪；同樣是船，這兒卻不再有飄泊無定的生涯，自打跟盈盈移居到這兒來，十多年的日子正像這種輕快甜蜜的歌，除了時常惦念起留在黿神廟裡的那個瘋癲狂暴的老人之外，整個的日子裡，再沒有一片憂愁的陰影了。

今晚上出乎意外的聽著了叉港的故事，同時也聽著了那瘋癲老人死去的消息，自己有一份淡淡的悲傷，但終也有半分安慰——他不再那樣活著忍受折磨了，他要回去，把這些事全講給她聽。

船拐過眼前的那道河灣，划過較寬的荒河的河面，遠處崖坡的燈籠光，就直跳上人的眼睫了。

多麼溫暖的一盞燈籠啊！

十多年來，這盞荒河舖的大燈籠，不但常常溫暖自己，溫暖自己和和睦睦的一家人，同時也溫暖過無數夜晚，無數有風有雨、有霜有雪的日子，溫暖過湖上的漁人和荒路上的遠行客呢！……它正是很久很久之前，自己曾渴盼的夢景。

「爹。雨來了呢！」男孩說。

「把斗篷戴上罷。」他說：「我再加把勁，就到家了啦！」

他們在家門前的椿腳上繫住船，雨勢急驟起來，荒河舖的女主人在瓜棚下迎著了她的丈夫和孩子，怨說：

「你們定是在鎮上叫什麼拖著腿了，差點兒就淋著了這場急雨。」

他望著她，也望著簷下的燈籠說：

「淋雨的日子，不是早已過去了？我們回到家裡，關上門，再沒有什麼雨能淋著我們了。」

「去睡罷。」做媽的跟那男孩說：「小的都早睡了。我一直站在這兒等著你跟你爹回來呢！」

她兩眼微微斜睨向丈夫說：「你們到哪兒去了？這麼晚？」

他牽她進屋來，轉身關上門，掌起案上的油燈朝睡房裡走，她跟著他，把話又說了一遍。

他把房門也關上，現在房裡只賸下他和她兩個人了。

「你說，你們究竟到哪兒去了？」她又說。

「聽你的故事。」他這才說。

「我的故事？」她坐在床沿上說。

「當然是。」

「又是什麼黿神娘娘嗎？」她悄聲的說：「我不是早已聽你講過了嘛。說真的，那是你做下的錯事，害得我們都不能再回汊港去了，這多年來，我常記掛著爹，死活總離得這樣遠……」

他挨著她坐下來，屈起手肘放在膝上，用手抵著下巴，癡癡的望著壁洞裡的燈火說：「這多年來，凡事我都沒瞞過你，剛剛我聽人說：那瘋癲的老人早已經過世了……汊港鬧大旱，老黿塘也乾涸過。」

她呆在那兒，兩眼直愣愣的，半晌沒有出聲。雨聲是一把愁情的鎖，打四面八方來，把他們鎖在裡面。

「就算你當初不離叉港，他又能得著什麼呢？」他又說：「那時刻，他業已瘋得不知人事了！」

「無論怎樣，他總是我爹，他那樣孤伶伶的活著，孤伶伶的死去，儘管他自己不再曉得，我這做女兒的，卻時時想著，念著……」她說著，哽咽起來：「除去這個，我還能有什麼樣的故事呢？」

「有的。」他說：「剛剛我不是講叉港早些時曾鬧過一場大旱嗎？老鼉塘將涸的時辰，好些人下塘去挑井覓泉，誰知竟在塘心挖出一具骸骨來。」

「骸骨？誰的骸骨？」她動容了。

「誰知道是誰的骸骨，只知道它生前是個女人。」

她驚訝的睜大眼睛。

「那是一具女人的骸骨，他們這樣講的。」他說：「那女人生前是被人謀殺的。——她頭蓋骨上有洞，腳上還纏著鐵鍊，他們都猜測那骸骨是你，沒有誰知道他們猜錯了，沒有誰知道你還好好端端的活在世上。」

盈盈喘息著，她已經起了細細的皺紋的臉變白了。

「那會是誰呢？」他自管述說下去：「據說叉港上並沒有旁的婦人失蹤，而你又活在這裡。你知道，那謀害的手段是這樣的：凶手先用鈍器打破了那婦人的頭骨，再用鐵鍊捆住她的屍首，把她沉進潭心裡去……那不光是一條鐵鍊，那是一柄流星鎚。」

她脫口驚啊了一聲說：

「那骸骨身上，還有什麼沒有？」

他想了一想說：

「不錯，那骸骨的腕子上，還套著一隻手環！一隻碧綠的翡翠手環……你想想，那會是誰呢？」

盈盈倒抽了一口氣噎住了，半晌才幽幽吐氣說：

「天哟！那是……我……媽！我記得，那柄流星鎚曾掛在爹的床頭牆壁上，跟那把二人奪掛在一起。她的腕子上，確有一隻碧綠的翡翠手環……」

在這一剎間，他全身被一種陡然的震驚擊打著，頭腦有些昏沉，他不得不用手擊著兩邊的太陽穴，一面喃喃的，彷彿自語似的說：

「世間會這樣的顛倒麼？——一個活在世上的閨女，硬被人當著黿神娘娘看待；一個遭人謀害的婦人，卻要擔當私奔淫亂的罪名……」

她轉臉朝著他，在那盞微帶橙紅的小燈火裡，他們互相的凝視著，諸種往事，都像煙雲的幻景，一幅扯著一幅，一幅連著一幅，遠去了，遠去了，只有他們彼此才是真實的，生命也許只是一場落在黑夜裡的驟雨，電閃過，雷鳴過，撕不破那彌天蓋地的黑暗，短促的一生終會過去，但至少，他們會按照自己的心意和願望，活過並且愛過，顛倒的人世於他們何損呢？這燈光不是驅走一圈兒黑暗？這茅屋，不是隔開了急風和驟雨了麼？

他和她都知道，那骸骨是被誰沉在老鼃塘裡的，那不能算是存心的謀殺，一個因疑妒發狂的瘋人，早已遺忘了那宗事情，但他的心裡，仍殘留著一份原始的懼怖：那黑夜，那風，那雨，那閃電和雷聲……他死後，這一切都已經過去了。

他伸手握著她的手，卻沒有再說話。

他們在寂默中依偎著，像當年他在叉港崗坡背後的小土地廟裡一樣。驟雨也該快過去了。

黿神廟傳奇

作者：司馬中原
發行人：陳曉林
出版所：風雲時代出版股份有限公司
地址：10576台北市民生東路五段178號7樓之3
電話：(02) 2756-0949
傳真：(02) 2765-3799
執行主編：朱墨菲
美術設計：吳宗潔
行銷企劃：林安莉
業務總監：張瑋鳳

初版日期：2018年12月
版權授權：司馬中原
ISBN：978-986-352-644-5

風雲書網：http://www.eastbooks.com.tw
官方部落格：http://eastbooks.pixnet.net/blog
Facebook：http://www.facebook.com/h7560949
E-mail：h7560949@ms15.hinet.net
劃撥帳號：12043291
戶名：風雲時代出版股份有限公司

風雲發行所：33373桃園市龜山區公西村2鄰復興街304巷96號
電話：(03) 318-1378
傳真：(03) 318-1378
法律顧問：永然法律事務所 李永然律師
北辰著作權事務所 蕭雄淋律師

行政院新聞局局版台業字第3595號 營利事業統一編號22759935

定價 ：340元

國家圖書館出版品預行編目資料

黿神廟傳奇 / 司馬中原著. -- 初版. -- 臺北市：風雲時代, 2018.11 面；公分

ISBN 978-986-352-644-5（平裝）

857.7 107015390